# 未来天王 ②

WEI LAI TIAN WANG

陈词懒调——著

羊城晚报出版社
·广州·

# 目录 CONTENTS

# 第1章 CHAPTER 1

# 牧洲

延北市，干休所。

护工按时给居住在这里的老人送来他们订的晚饭，但按了好几声门铃都没见有反应，直到她以为屋里没人的时候，门才打开。

是屋里的人用中央控制器打开的，护工走进屋，发现客厅并没有人，而房间里传出两位老人的声音。走过去一看，两个老人正凑在一起看光屏上的新闻。

“二位老领导，晚饭送来了。”护工轻声道。

没反应。

护工声音提高了一点，又说了一遍。

这次有反应了。

老太太回头歉然一笑：“先放那儿，我们待会儿吃。”说完又盯着光屏了。

护工有些好奇两位老人看什么看得这么入迷，不过出于职业道德，她不能乱看，只能在心中好奇一下。

护工离开之后，二老依然没有从光屏前离开。

“我还没看完，翻什么页！”老太太将页面又转回去。

“你看太慢了！”老爷子在旁边不满地嘟囔，不过在等的时候也没闲着，他将页面截图保存下来，准备待会儿给一些老朋友发去。

老太爷和老太太平日里也会关注一些新闻，不过以前从来不看娱乐方面的东西。纪念日那天方召来过一趟后，二老每天看新闻的时候，也会瞄一眼娱乐版块的消息。他们对方召这个重孙的印象比较深，反正平时闲着也是闲着，看新闻就多看一个版块也没什么。至于最近延洲炒得正火的事件他们当然也知道。

延洲征兵的宣传片两位老人也看过，还评价那主题曲非常好。因为很喜欢，所以去搜索下载，谁想，看到了MV，还看到MV后面字幕上的名字，当时他们也怀疑是同名同姓的其他人，直到银翼公布真相。

那时候看网上很多质疑声，老太爷、老太太虽然心中也有疑虑，但毕竟事关自家人，他们看到那些诋毁、质疑的言论也会不爽，延洲其他地方的他们管不了，不过延北市本地的总能管一管吧？虽然他们已经退休了，但影响力还是有的，一些老同事、老部下，还有一些后辈，总能出点力，维护下网上的舆论风向。

可没等二老做出反应，接二连三的证据便砸了过来。

延洲音乐协会两位副会长，全球顶级游戏制作商火烈鸟公司，还有音乐界著名的大师薛景，都站出来作证。

"哈！这下他们没话说了吧！"

方老太爷拍着大腿乐呵，音乐协会的副会长他不认识，但火烈鸟的大名还是听过的，也接触过一些火烈鸟公司的外设产品。而薛景，他们就更熟悉了，二老读书那会儿薛景就已经闯出名头，年轻人可能不了解，但老太爷、老太太他们这一辈的人是非常清楚的，那时候总有新闻报道，从"天才少年"到"有为青年"，到"名师"，再到"大师"，随着时间推移，影响着数代人。

所以，看到薛景对方召的高评价时，老太爷和老太太是非常激动的，还在网上预订了《交响新编》的电子版本和纸质版本，一上市就会收到。

而在那之后，二老以方召的名字为关键字搜索的时候，又发现网上其他行业的版块也有提及方召的名字。

医学杂志——

"银翼天才作曲人方召《百年灭世》四乐章破冰封之门，延洲赫尔病毒研究团队已取得突破性进展……"

延洲的研究团队已经发表了他们新一轮的研究成果，"突破性进展"不是自吹，不是夸大，而是真的取得了喜人的进展。如今还有其他相关领域的研究人员，从其他洲赶过来想加入这个团队，就算加不了，在旁边学习一下也是可以的。在赫尔病毒的研究上，延洲的医疗团队走在世界前列。

历史刊物——

"尊重历史，小谈资本市场中的娱乐圈乱象……"

文章从正、反两方面举例，批判利益导向下混乱的影视制作环境。架空世界的那些就算了，随便怎么发挥；而涉及真实历史的影片，必要时艺术化一下也能理解，但一些具有影响力的元素好歹也用点心吧，否则看起来灭世时期葬送了几十亿人的生命就像是一场愚蠢不堪的玩笑！

而《百年灭世》四个乐章的MV则是被当作正面例子。

不过，对于这类文章，娱乐圈的很多人都只是笑一笑：能赚钱就行啦，谁听你说什么！你行你上啊！至于那个作曲的毛头小子，瞧着吧，红不了多久的，银翼现在是要争利益才使劲吹，等这话题过了，也就没人再提起了。每年有多少新人如昙花一现，很快就销声匿迹了。

“树烧过头，就只剩下灰了。”一位延洲的影视制作人说道。

不过老太爷和老太太不知道那些，他们只是发现在音乐、影视、游戏、时政新闻等题材的电子刊物和直播节目中，都有提到方召的名字，有些一笔带过，有些重点提及。

“刚那张照片我存了吗？”

“存了。”

“跟薛景一起的那张照片也存了？”

“存了。”

二老又保存了一张新闻截图，看时间才发现已经晚上了。

饭菜热一热吃了些，老太爷便迫不及待地出去找人聊天了。

老太太出门扔垃圾的时候，就听到隔壁传来老太爷的大嗓门。

“哎，老杨，今天咱们不聊国事，聊聊自家小辈吧。知道新闻上说的这个是谁吗？我重孙！唉，臭小子混娱乐圈的啊，那地方不好混。跟其他那些明星不同，他只是个作曲的。唉，年纪轻轻就做出四首什么史诗音乐。”方老太爷一边“唉”着，一边嘴角却恨不得翘到天上去，说到这儿伸出四根手指晃了晃，然后收起三根手指，“其中一首还被当作咱们洲的征兵宣传片主题曲呢！”

隔壁老杨：“……”

“这样下去怎么办哪，我就担心他年纪太轻，扛不住压力。听说那什么火烈鸟都找他作曲，对了，薛景你知道不？就是你小时候你妈经常拿来给你做榜样的那个，比咱大十岁的那谁，我重孙跟他一起编书呢，还是副主编！”

隔壁老杨：“……”

“网上还有不少新闻，你最近上网不？看新闻了没？没看？没看我给你看啊，我都存下来了……”

隔壁老杨：“滚！！”

方老太爷摇头晃脑，哼着不成调的小曲回来时，就看到老太太脸上意味深长的微笑。

“你干吗这么笑？”老太爷觉得莫名其妙。

“你是不是忘了什么？”老太太问。

老太爷想了想：“阳台的花我今天浇过水了！”

“……谁问你这个！”

“那你说的是什么？”老太爷还是不明白。

老太太也不指望他那破记性，提醒道：“你记不记得，小召纪念日过来的时候，离开前说的话？你还答应过他的。”

终于想起来的老太爷：“……答，答应过……吗？”

没心思出去闲聊了，老太爷在屋里踱步转圈，想了想，给方召拨了个视频通话过去。

方召刚从薛景那边吃完晚饭回到公司。

“有事?”

“废话，没事找你干什么?我闲啊?!”老太爷瞪眼。

老太太在旁边笑。退休了成天没事干，不闲?

“你这是在公司?”老太爷看了看方召所在的背景，问道。

“刚从薛教授那里过来。”

听到这话，老太爷又想笑，但想到什么，板起一张脸:“我正要跟你说这事。这几天的新闻我看了，你确实做得不错。但是，在这种时候，不要太被外界的评价影响，别被夸一下就飘飘然，要理性对待!”

老太太看了老太爷一眼。刚不是还对外使劲吹吗，现在又要方召理性对待外界评价，变脸够快的啊。不过，老太爷说的话，老太太是认同的。

从部队转业之后，他们虽然就跟养老似的，但也经历过许多事情，看过别人的沉沉浮浮，“木秀于林，风必摧之”的道理，他们也是懂的。难得小辈里面出了个方召这样的，他们不想看着方召真的如昙花一现而后就销声匿迹。方召的父母不在，他们俩作为长辈，提一提也是应该的。

老太爷和老太太跟方召说了很多，其实这些话，明苍和薛景都跟方召说过，段千吉也提过。人红是非多，做错了被骂，做得对同样被骂，有些是出于好意，有些则是借题发挥，但那些都是通往成功的必经之路上必须承受的。

其实，方召还真没被外界那些评价影响多少，他也是个经历过事情的人。上辈子的他年纪比现在的明苍和段千吉还大，比老太爷、老太太和薛景也小不了多少，末世与新世纪的大环境不同，但人心之复杂，方召也领教过。

老太爷还说:“如果实在静不下心，可以出去走走，需要保镖吗?我一些老战友好像有开特卫安保公司的，要不我给你弄两个人过去?”

“不用了，公司已经安排了人，明天应该就过来了。”方召道。

“你们公司安排的未必靠谱，给你安排的哪儿的人?”

“听说是特战队出来的。”

“……哦。”老太爷顿了顿，“总之，你自己要冷静，其他那些破事自然有你们公司的相关人员去做，你自己好好作曲、好好编书就行了，知道吗?”

“知道。”

“行了，就这些。”

老太爷断开通话，去房间从床头柜里取出一个盒子。

“还是决定给了?”老太太问。

老太爷叹息一声:“你也知道，很多时候求人不如求己。反正，枪放我这也用不了。你那把不是还在吗，咱们这儿要用就用你那把。这把枪，借那小子用用……也未必真用得上，就是求个心安。”

老太爷跟方召通话的第二天，周六，方二叔没上班，借了一辆同事的车，从延北市开了四个多小时的车来到齐安市。

前一天晚上，方二叔吃完饭正打算出门跟同楼的几个朋友聊聊天。他也看到了关于方召的那些消息，最近每天都跟附近的人聊起。之前纪念日方召来看他们时，给附近几层楼的孩子买过糖，那几天也在他们家住，很多人都见过他，所以网上新闻爆出来之后，不少人都认了出来，每天都拉着方二叔聊天。

方二叔正打算出门的时候，就接到了老爷子的来电。自打加了老爷子通信号之后，还从来没有过老爷子主动来找的情况，看到个人终端上显示的“爷爷”两个字时，方二叔吓了一跳，以为老爷子那边出什么状况了。

不过，老爷子只是问了问方宇的事情，又问了方二叔周六的打算，得知他周六不用上班也没安排，便问方二叔能不能去一趟齐安市。

难得接到老爷子安排的任务，方二叔很激动，当下就跟同事借了辆飞车，周六一大早就跑去干休所，接过东西，向老爷子保证一定完成任务，然后直接开车去齐安市。

早上方召收到老爷子的消息，说是有东西给他，方二叔今天会送来，所以周六这天方召一早就在家等着。

方二叔按照方召给的地址找过来，靠近这一片区域的时候，车内的电脑系统就弹出限速警告，待这一片区域的安保人员检查过身份证明、验证码等信息之后，车才被放行，来到方召所在的楼层，而方召已经在楼顶等着了。

“看你住的这一带保卫措施还挺严的，应该也不用担心被打扰。”

来之前方二叔还想着方召最近曝光率一下子增加，生活肯定会受到影响，但现在看这里的安保情况，也放心不少。

“这里确实不受打扰。”薛景当年在这里买房就是为了躲避麻烦，方召看中这处同样是这个原因。要是还在黑街，恐怕早就被记者堵上门了，有些记者对黑街的规矩比租户们都熟悉。

“这是老爷子让我交给你的。”

方二叔不知道老爷子要给方召的到底是什么，也没打开看过，进屋之后茶都没顾得上喝，就将包装过的盒子递给方召。东西送到后方二叔也没久留，知道方召这边的情况安好，就不再担心了。难得来一趟齐安市，他去找几个老朋友一起聚聚。

方二叔离开之后，方召将盒子外面的包装拆开，输入老爷子给的密码，将盒子解锁，便看到了里面放着的一把黑色的枪。

没有枪套，枪放在黑色的盒子里，枪身反射着幽冷的光。沉稳中带着些许锐气，看枪身构造，与他从黑街抢过来的枪不一样，不过，这种枪他在游戏里面见过。

盒子里还有一张纸条，写着：

**求人不如求己。**

下方又加了一句：

**仅用于防身。**

方召看着枪和纸条，笑了笑，将纸条烧毁，枪放好，又给老爷子回了个信息：“收到。”

方召以为自己要等名气更大之后才能去找老爷子要枪，没想到老爷子这么快就将枪送来了。

老太爷将枪送来，之前答应方召的话是主要原因，除此之外，在老太爷的观念里，名人都挺容易陷入危险的。因为受到的关注度太高，出去就会被人围住，要是遇到某些疯子怎么办？遇到一些为了利益不择手段的人怎么办？方召在齐安市又没有什么靠得住的亲友，也不能完全信任银翼，就算安排了保镖，又有几分把握能防住所有的事情？世上总有些神经病为了点芝麻大的破事就发疯，真要是倒霉遇到那种情况怎么办？

方召只是个搞艺术的，是个文艺青年，肩不能挑手不能提，还是带把枪保险，至少他们老两口是这么觉得的。

收到方召回信的老太爷又叮嘱了他几句：“不要觉得带着一把枪就万事都不怕了，出去外面得有警惕心！”巴拉巴拉地说了一堆，完全将方召当成一个什么都不懂的小娃娃来对待。

“您老想多了，我知道怎么用枪，也不会乱用。”

“你知道什么！唉，算了，你们这些年轻人，说什么都听不进去！”

“您老真想多了，我现在也只是稍微有名了那么一点，比不上那些大明星，不会有那么多麻烦事。”方召道。

老太爷叽叽咕咕又说了几句，才断开通话。

已经拿到东西，方召也不继续留在家里，而是去了公司。他给段千吉发了一份申请，申请外出取材。

老太爷有句话说对了，可以出去走走。虽然方召并没有被外界的那些议论影响到，但他确实打算出去走一走，而且目的地还有些远。

火烈鸟公司交给他的游戏配乐任务还没完成，他想再出去找找灵感。在延洲烈士陵园拜祭时，就得到不少灵感，只是还不够，方召打算去其他洲的烈士陵园看看，他早就想去看看老朋友们的墓地了。

银翼顶楼办公室。

段千吉正在听汇报，关于游戏代言人的网络投票还有两天截止，目前极光的票数最低，但他们三方的票数咬得很紧，三方都是两千多万票，差距在一千票以内。从总数上看，其实也不算是很大的差距，只能说三方势均力敌。

看到方召提交的那份申请时，段千吉脸皮一抽。

外出取材？还要出延洲去取？找灵感需要跑到各洲的烈士陵园去看一看？

不过方召现在留在延洲确实也没什么要紧任务，关于极光的发展计划，方召已经看过了，也同意了。再加上一些媒体正盯着方召，段千吉觉得，这时候让方召出去避一避风头也好。

思量之下，段千吉同意了。就算极光争不来代言，若是方召创作的乐曲被火烈鸟公司采用，也是不错的。于是段千吉批准了申请，还很大度地拨了一辆能跨洲的飞行器给方召。

“安排给你的助理今晚之前应该能到银翼。他有飞行器的驾驶证，让他跟着你出去取材，当驾驶员还能当保镖。”

一小时后，银翼大楼五十层，虚拟项目部。

祖文玩完一局游戏，出来活动筋骨，就见一个看起来与自己年纪差不多的年轻人走进来，正眯着眼睛好奇地张望。

“请问你找谁？”祖文问。

那年轻人笑眯眯地走过来：“你好，我是公司安排的方召的新助理。”

“就是你？”祖文听方召提过上面给他安排了个助理兼保镖，没想到这么快就到了。但面前这人也看不出有什么特别的，身高跟自己差不多，瞧着也不健壮，与电影里的那些大块头相比差远了。

不过，毕竟是上面安排过来的，祖文压下心中的诧异，脸上扬起笑容：“你好，我叫祖文，虚拟项目部头号技术员。”

“你好，我叫左俞。请问方召在吗？”左俞问道。

“在，老大在办公室，那边那个。”祖文给左俞指了方位。

“好的，谢谢。”

左俞来到方召的办公室时，方召正在整理最后一份手稿，今晚得给薛景那边送过去。

“你好，我是段董安排过来的，从今天起担任你的助理。有什么需要我做的吗？”左俞扬着一贯的笑容，问道。

方召抬头看了他一眼，认真想了想：“有，麻烦喂下狗。自动喂食机坏了，刚送去检修，还没送回来。”

左俞：“……好的。”

虽然与自己想象中的工作不同，但左俞还是认真做了。只是那只狗，对他好像挺嫌弃的，他一靠近就跑。

方召整理完手稿之后，左俞开车送他过去薛景那边。路上左俞以为方召会问他一些特战队的事情，他都想好了怎么吹嘘一番。可惜，方召除了报地址之外，没多余的话。

到薛景家之后，方召让左俞先回去。他今天会留在薛景这边，完成手稿最后的校对工作。

“给你一天时间收拾东西，准备飞行器，后天早上七点出发。”方召说道。

“目的地是？”左俞问。

“到时候再告诉你。”说完方召便进屋了。

方召的身影消失后，左俞摇了摇头，撇嘴：“啧，搞艺术的。”

周一，杜昂上楼找方召。

杜昂最近很是得意，他是方召新人时期的经纪人，因为方召人气上升，他在公司也被不少人恭维。电梯里遇到几个认识的经纪人，都跟杜昂搭话。

“老杜啊，你当初在新人作曲那边做经纪人，使了什么手段挖到方召这样的宝？作曲、编曲、混音，全能人才啊！”

杜昂笑得特别得意：“我也不知道，挖着挖着，就突然挖到宝了。”

今天是因为运营部的主管朱利安想庆祝一番，请大家出去嗨，他就亲自跑一趟五十楼，问问方召要不要一起去。

但是，杜昂喜气洋洋地跑到五十楼之后，没见到方召的身影。

“你们老大呢？”杜昂问祖文。

“外出取材去了。”祖文回道。

“外出取材？那不就是变相的公费旅游？”杜昂表示十分羡慕，“什么时候回？”

“这我们就不知道了，少说也得十天半个月吧。”

全球十二洲，分为常八洲与特四洲。常八洲就是正常居住洲，其他七州与延洲都没有多大区别；而特四洲则是比较另类的洲。

左俞以为方召会先选择离延洲近的拉洲、雷洲等，但没想到周一出发的时候，方召告诉他目的地是特四洲之一的牧洲。

牧洲是一个农业大洲，在十二洲里面，扮演着类似于粮仓的角色。全球百分之八十的天然粮食都是牧州生产的，在合成食物泛滥的今天，天然粮食本就偏贵，牧洲出产的天然粮食价格还会更高，尤其是牧洲苏家农场出产的，更是与奢侈品差不多。虽然价高，但买的人却不少，很多有条件的家庭买天然粮食都直接挑选牧洲出产的，小富之家每个月都会买点苏家农场出产的农产品。

除此之外，牧洲还有许多旅游胜地。其他洲的人在满是高楼大厦的钢铁森林里生活久了，就爱出来看看广阔的大地和蓝天白云，放松一下心情。

牧洲地广人稀，据说当年大将苏牧带人收复牧洲之后，就说过自己的想法，想在自己收复的地方多建一些农场。后来新世纪建立，苏牧的确这么干了，但有很多人却离开了牧洲，去其他洲发展。

比起迅速建立起高楼城市的其他洲，牧洲简直就是遍地贫农，他们觉得看不到希望，好不容易赢来新世纪，他们不是为了留在这地方受苦当贫农的。跟随苏牧留在牧洲的人还不到原来的十分之一，之后又陆陆续续走了几批，留下的人就更少了。直到今天，牧洲的人口也是全球十二个洲里最少的。

左俞以前曾去过牧洲一趟，那时候随队参与一个交流活动，没多少时间观光，但对牧洲那一望无际的牧场和农田印象非常深刻。

这艘飞行器的飞行高度有限，跨洋可以，但想要飞出大气层，飞向太空，那就不适合了。进入牧洲之后，左俞控制着飞行器飞得有些低，方召能透过窗户看到下方的大片草地和河流。

左俞是个话多的人，刚当上助理就能免费外出旅游，心情也不错，偏偏方召又不说话，左俞就找话题："叫你老板行不？段董说我的工资由你开，这样一来我们也算是上下级，叫你老板没错吧？"左俞问。

"可以。"方召对称呼没什么要求。

"老板，你怎么想先到牧洲？难道早就想到这边来旅游了？还别说，牧洲这边是真不错啊，这边的人特别悠闲自在。听说过一句话没？'牧洲地主多如狗'！"

这是其他洲的人对牧洲的调侃，当然，这里面也带着点羡慕嫉妒的意思。

牧洲地主多，而创世纪大将苏牧的后人苏家人，则是牧洲最大的地主，是地主中的土豪。

"我要是个牧洲人就好了，从自己爹妈手里接过一个大农场或者大牧场，当个悠闲自在的大地主，从外洲雇一批廉价员工帮自己种地放牧，人也不用雇太多，会用机器就行。然后驾着自己的飞行器满世界游玩，说不定还可以像苏家人一样，拥有自己的太空飞船，每个月去外星球来个长途旅游，那日子，啧啧啧！"

比起其他洲，牧洲的生活太悠闲了，左俞刚才说的，并非他自己一个人的想法，不少来牧洲旅游的人都会产生这样的想法。

"不过这也就只是想想。没办法，牧洲有限制啊！有钱也未必能在牧洲买一块地。在牧洲，只有创世纪时最终跟着大将苏牧留下来的人，才能拥有大牧场，这是当时大将苏牧定下的规矩，之后从其他洲迁移过来的人，就算能买到一块地当牧场，也只是小规模的而已。除非出现一些特殊情况，有的人能让苏家人特殊对待，他们才能以移民身份在牧洲拥有大牧场。"

左俞面带羡慕地说着："总之，我就特别佩服苏牧这人，多有远见，跟着他拿下牧洲的人，后代现在一个个都是大地主，只要守着一块地，成天玩得飞起，都是土豪啊！听说，苏牧在灭世时期之前是个放牛的……"

"放羊的。"方召打断道。

“什么？”

“苏牧在灭世时期之前是放羊的，不是放牛的。”方召说道。

“……哦。其实意思也差不多。我历史不好，老是记错。”

左俞记起来，段千吉给他看过的方召的信息里面，确实提到方召历史很好，尤其是对灭世纪历史的了解，跟很多知名历史学家相比也不逊色。

看了看外面的天色，又看看天气预报，左俞问：“要下雨了，这场雨可能有些大。继续赶路去青城还是先找地方停留一下？”

左俞说的青城并不是一座城，而是一个市，它是牧洲首邑，洲政府所在地，也是整个牧洲的金融中心。牧洲烈士陵园也在那里。

方召也查看了附近地区的天气信息，想了想，说：“先停。”

“明白了！”左俞搜索附近能停飞行器的地方，“前面有个能停飞行器的农场，我发了请求。”

牧洲很多中大型农场都会有专门用来停飞车、飞行器等交通工具的地方，因为来牧洲旅游的人多，自驾游或者跟团旅游的都不少，有时候遇到一些特殊情况需要临时停留，就会在最近的农场降落。

不过停也不是免费停，通常都是需要付费的，但收多少就看农场主的意思了，农场主想多收就多收，心情好的话说不定也会免费让你停。

“农场主同意了，一小时只收十块钱。”左俞看到这个出价就笑了，“今天这个农场主的心情应该不错，这价格很便宜了。我认识的一个朋友来牧洲旅游，停个车一小时收几百呢！”

方召先支付了一个小时的钱，因为不知道农场那边什么情况。如果情况不好，他们就立刻离开，如果没什么问题，再补费用多停一停也无所谓。

农场那边的交通灯已经亮起，左俞控制飞行器降落。

两名穿着农场工作服的人跑过来，应该是农场主雇佣的员工。

方召刚从飞行器里出来，就见一个年轻雇工快步过来道：“需要住宿吃饭吗？我们这边有提供给游客的客房，很便宜的，今天农场主心情不错，价钱都很便宜。能量块需要换吗？主流的几种能量块我们这边都有，依照市价买卖，不乱收费的。”

方召还没说话，就听到“汪汪汪”的叫声，听声音应该是只大型犬。

声音由远及近，方召很快就看到了那个身影，是一只背高一米多的黑狗，大概是看到陌生的飞行器，嗅到陌生的气味，戒备起来了，却也不靠近这边，隔着二十多米，朝方召和左俞吼叫，全身的毛都像是要爹起来一样。

这是留在牧洲的功勋犬的后代。

每个洲都有不少功勋犬，末世结束之后，功勋犬就不需要再跟着上战场了，除了军队留下的那些之外，很多都被当作宠物犬一代代繁殖下来。比起曾经的功勋犬，现在生活在城市里的功勋犬后代，大部分都只具其形，不具其性，白长了个大块头。不过新世纪的人们也不需要它们去做什么，性子温顺更好。

而牧洲是个特例。牧洲在创世纪之初，将留下来的功勋犬分为两部分：一部分继续当作战斗犬种训练，主要留在军队；而另一部分则培养成牧羊犬，成为农场主们的帮手。

在牧洲，是不能随意杀狗的，很多农场主将自家的牧羊犬看得比游客的生命都重要。

左俞望着那只龇牙朝他们吼叫的黑狗，心想：这才是狗嘛，银翼五十楼方召养的那只卷毛，哪能算狗，只能算玩具！

那黑狗虽然体型已经很大，但还是能看出些稚气，是只还没成年的幼犬，在农场的主要工作应该也不是放牧，而是警戒。

黑狗很快被员工带离停留场，方召看了看停留场周围，除了他们的飞行器之外，还有一艘大型飞行器和五辆飞车。

“有个旅游团在这里。”左俞对方召说道，“规模二十人左右。”

旅游团一看天气不对，就会先找好地方降落。牧洲有些地方的天气变化很急，天气预报每小时会进行更精准的播报，除了方召他们，其他人也是听到播报之后找到这里来的，毕竟这附近也就这个农场规模大些，能停飞行器。

安排好了住的地方，农场雇工又对方召他们道：“今天是比赛日，农场主和附近几个小农场主都在这里看比赛，还有一个冀州来的旅游团也过去观赛大厅了。今天的比赛有我们农场主的亲戚参加，主人家心情不错，邀请大家都去观赛，看时间，比赛也快开始了。你们要去吗？观赛大厅的茶酒等都免费提供。”

第2章 CHAPTER 2

# 牧羊赛

牧洲除了发达的农业和旅游业之外，还有一个有名的，就是牧羊文化。

牧洲的牧羊比赛从建洲之初就有，是大将苏牧为了给开垦的人们添点乐子调节心情而举办的，张弛有度才是生活。不过那时候都是小规模的比赛，而牧羊比赛发展到今天，已经有五百年的历史，比赛也有了成熟的体系和规则。

牧洲的人民对牧羊比赛的感情，也是其他洲的人无法理解的，那是陪着牧洲一代代人走过来的娱乐活动。

你要是跟一个牧洲人说明星，就算说的是一些国际明星，他们也未必能准确对上号，顶多就记得个名，记得张脸，对某部作品有点印象罢了；但若是说牧洲有名的那些牧羊犬，他们不仅能将那只牧羊犬的毛色、背高、年龄、所属农场、参赛年份、获得的奖项等说清楚，甚至将那只牧羊犬的家族往上数三代，也能给你说个把小时，而那些牧羊犬所属的农场，更是大家茶余饭后的话题。

因此，牧洲不是没有娱乐业，只是他们的娱乐业与其他洲不同罢了。在牧洲，牧羊犬的地位比游客高，不是没有理由的。

方召最近在延洲很火，但在其他洲未必能被提到多少，牧洲就更别说了，到现在为止，左俞也只是在一个医学电子杂志上看到提了那么几句而已，其他的杂志新闻，根本就没提到半点。不过这也省了不少事情，左俞工作更轻松，只当一个助理兼司机就行了。

方召在网上查牧洲的信息时看到过牧洲牧羊文化的介绍，以及一些比赛视频，但还没有观看直播赛事的经历。

在客房里简单收拾一下之后，方召和左俞跟着农场雇工来到观赛厅。现在离比赛开始还有四十来分钟，方召他们到的时候，观赛厅里坐了不少人，很是热闹。

四百多平方米的观赛厅，就像一个小型的电影院观影厅一样。最佳观影位置那里，是本农场的农场主，以及周围的小农场主们，被邀请过来的游客就安排在靠边上的位置了，具体坐哪里随意。

方召他们过去的时候，就只剩最边上和角落里的几张桌子了。

从椅子数量来看，每张桌子应该能坐四到六个人，但旅游团里的人也不都是相熟的，所以有些是两三个人占一张桌。

方召对坐哪儿要求不高，能看到光幕就行。

“就这儿。”被雇工带着从侧门进来之后，方召就近选了个边上的桌子坐下。

左俞进来之后瞥了眼守在观赛厅大门和侧门那里的人，嘴角翘了翘，又很快收敛。进来都是要安检的，也不准带枪，不过方召和左俞进来的时候，守在那里的人并没有听到仪器报警声。

方召看向观赛厅中间的地方，这里的主人家是谁很明显，位置最好最大，一个座位霸占十平方米，旁边还守着两只狗的那里就是。

飞行器降落时，就能看到这个农场的基本信息，以及农场主的部分信息。这个农场叫杉木农场，农场主是八十多岁的伍益。

八十多岁，在新世纪只能算是中年，并不老，而伍益本人也看着很健壮，肤色偏黑，膀大腰圆，说话瓮声瓮气。方召和左俞进来时他往这边瞥了眼就没在意了，继续跟周围几个小农场主猜测着今天这场比赛的排名。

牧洲如今的牧羊比赛，不是人参加的，而是农场的牧羊犬队伍参加。每支队伍最少六只牧羊犬，最多十只；每场比赛会在赛场放一百只羊，比赛从牧羊犬放出的那一刻开始计时，到一百只羊全部进栏为止。哪支队伍用的时间最少，就是当天比赛的第一名，同天的七支队伍，依照所用时间由少到多的顺序排列。

每个比赛日，赛前都会有竞猜活动，活动有奖品和奖金，每个比赛日的比赛队伍数量不定，竞猜奖品也可能不一样。方召看了看今天的竞猜奖金：

**猜对第一名，每注获得下注金额的2倍奖金。**

**猜对第一、第二名，每注获得下注金额的5倍奖金。**

**猜对第一、第二、第三名，每注获得下注金额的12倍奖金。**

**猜对前四名，每注获得下注金额的35倍奖金。**

**猜对前五名，每注获得下注金额的100倍奖金。**

**全部猜中，每注获得下注金额的200倍奖金。**

按照牧洲牧羊比赛的规则，一注五块钱，也就是说，花五块钱下注，猜中当天的全部排名，就能获得一千块！

五块钱，对于能来牧洲旅游的人来说，根本不值一提。很多人都会抱着试一试的心态去玩，当然，能猜中的寥寥无几。

旅游团那边有好几个第一次来牧洲的人，他们对牧洲的农场也不了解，对于今天参加比赛的队伍更是一脸茫然，看网络专家解读？越看越迷糊。于是，有不少人都支着耳朵听观赛厅中间农场主们的交流，反正那些农场主的声音大，他们光明正大地听，也不会有人说什么，待会儿跟着下注就行了。

光幕上显示着赛场现在的情况，是几个参赛农场的赛前采访。

方召他们停留的这里靠近东部边境，而赛场在牧洲东部地区的另一边，靠近牧洲中部，那边的天气还不错，阳光普照，不像这边阴云密布。

“今天赛场那边的天气很好，说不定卡瑞拉大姐的农场能轻易拿下今天的头名。”一个小农场主对伍益说道。

今天参赛的三号队伍就是伍益的表姐的农场，伍益表姐的农场叫卡瑞拉农场，农场标牌是个胡萝卜，所以，熟悉它的人们更喜欢称之为胡萝卜农场。

“我也看好他们。”伍益脸上带着喜气，看上去非常高兴，然后下注，买自己表姐的农场今天第一。

“嚯！一百万?！信心不小嘛!”另一个小农场主瞄到伍益的下注金额，夸张地惊叫了一声。

“那我也买点，支持支持卡瑞拉大姐，买个五十万吧，支持一下。”

“我也买。不过我就一小农场，没你们阔气，买个十万支持一下。”

伍益周围的农场主们乐呵呵地聊着，坐在边上的旅游团的人脸色复杂，他们在来之前就听说过牧洲人都是土豪，一个不起眼的小农场拥有的财富也超出他们的想象，今天算是深刻体会到了。这帮人不用上班，不用累死累活地工作，只守着自己那一亩三分地，就能逍遥地玩乐。

羡慕吗？羡慕！都快嫉妒死了！

“哎，你们外来的，有没有兴趣玩一把？来牧洲怎么能不参加一场牧羊竞猜？说不定能赢不少钱呢。”一个农场主对旅游团的人说道。

旅游团带队的人只是笑着道：“我也就买一注，小玩，小玩而已。”

不过，旅游团里确实有不少人来了兴趣，还主动跟几位农场主聊天，那几个农场主也说了一点经验，还给旅游团的人解释比赛规则以及看点，比如怎么看队伍的头犬，它们会怎么找领头羊，牧羊犬怎么跑位、配合等等。

“老板，我们跟不跟？”左俞问方召。他手头可没什么钱玩这个，玩也是小玩一把，不可能跟这群本地土豪一样一掷千金。但方召不同，方召那四个乐章能捞多少钱他心里清楚得很。

“嗯。”方召应了一声，没有多说什么，而是翻阅着网上的资料和视频，都是今天参赛的几个农场的牧羊犬队伍。

伍益在跟人聊天的时候往周围扫了一眼，发现旅游团的人这时候已经凑到一起讨论了，只有边上最后来他农场的两个人，还在那里认真观看参赛队伍以前的比赛视频，还在纸质的本子上写着什么。

“嘁，装得跟很懂似的。”伍益小声道。他见过很多外洲人来牧洲参加竞猜，赛前各种分析计算，最后根本没用。

牧洲的牧羊犬比赛，可不是外洲人能轻易看懂的。有些自以为很懂的外洲放牧者来这里下注，最后也只是沉默离开，甚至一些有名的犬类行为学家来这里，十场竞猜，能赢五场都不错了。

所以，伍益对于来观赛的外洲人，一向都是劝他们少看网上的分析，凭感觉下注就行了，说不定还能多赢几次，网上的那些分析多是障眼法，用来将你清醒的头脑绕晕。除非有一个牧洲本土真正专业的人传授经验，否则没人能在牧洲的赛场上大捞特捞！

比赛开始前十分钟停止下注，方召在停止前两分钟下注。

旁边的左俞伸头看了眼，然后跟着下注。他不懂这些，那就跟着艺术家一起下吧，本来只打算买一注玩玩，想了想，又加了两个零，买了一百注，一注五块，总共五百块钱。反正他现在工作了，方召开的工资也不低，五百块钱，砸里面也没关系，就当为牧洲的土地做点贡献了。大将苏牧，可是他最佩服的人之一。

虽然现在已经开发出了好几代“机械犬”来放牧，让农场主们更好地掌控放牧情况，但牧羊犬放牧这种旧方式却保留了下来。当天气恶劣，或者其他不可抗力因素影响到电力、网络系统时，还是这些在草地上如风一般奔跑的身影管用。

牧洲的人们也愿意保留这样一种文化，虽然这种牧羊文化被其他洲的人声讨过许多次，说已经违背了大将苏牧举办比赛的初衷，变得资本化、利益化，但是直到现在，牧羊赛仍在继续举办，因为最受益的，一直都是牧洲人。

牧羊赛每赛季持续一年，从年初到年末。

赛季一开始只是简单的牧羊赛，之后积分最高的一批队伍进行下一轮比赛，每一轮都会增加难度。而方召他们现在看的，只是初始的比赛，难度也不算大。

方召没放过牧，但他在末世时期听老友苏牧讲过很多，私底下几个老友聚在一起的时候，苏牧这人最喜欢说的就是自己的放牧经验，就算在末世后期，他已经不记得正常的世界是什么样子的时候，放牧的经验却一直记得很清楚，他管理队伍的方法就是从放牧的经验转变而来的。

方召对牧羊犬的了解，也是从苏牧那里得来的。苏牧的队伍是作战犬最多的，有几支协同作战的犬队。

经历浩劫之后，羊已经变异，不再是末世前的样子。但经农科院筛选繁育，为发展畜牧业而饲养的羊，形态上已经朝着末世前的羊还原了不少，只是体型更大，性子也不那么绵软。

光幕上，比赛开始。

“一号队伍已经出牧！”赛场的解说开始激动起来。

出牧是指牧羊犬们围绕羊群绕圈、聚集羊群，牧洲的老手们只看出牧就能判断这支牧羊犬队伍的水平。

牧羊犬队伍的指导员基本就是那些农场的农场主。牧洲早期的牧羊比赛，是有指导员在里面指挥牧羊犬队伍牧羊的，但后来大家发现这样没什么难度，就开始将人隔离，让这些牧羊犬自己行动。指导员只能站在场外看着，但有三次指导机会，牧羊不利的时候，农场主们可以申请投影，让仪器在指定位置投影，他们则用手势和指挥棒来指导犬队继续牧羊。

第一支队伍中途就遇到了麻烦。

“第一队的C号犬跑位出错！侧边！注意侧边！还是没有改过来！”解说员大声说着，“喔，一号队伍农场主申请临场指导。也没办法了，如果不及时纠正，等丢羊就危险了。”

因为单侧出牧容易导致羊只丢失，而比赛必须将一百只羊全部赶进栅栏才算成功，所以，改不了单侧出牧习惯的狗是不适合上赛场的。

而有些狗，就算改得过来也还是会出错，现在一号队伍的C号犬就是，农场主倒也没因为这事生气，只是苦笑着申请投影，打手势、挥动指挥棒，指导那只跑位出错的牧羊犬往正确的位置跑动。

虽然在主人的临场指导下，跑错边的那只牧羊犬最后回到了正确的位置，但时间还是耽误了，八分零五秒，并不是个太好的成绩。一般这种比赛，成绩在七分钟之内才能算差不多。

第一队完成之后，第二队开始，因为有一只牧羊犬在牧羊时驱赶方式不当，轻咬没控制住力度，将羊咬出血，所以依照规则处罚，统计时长加了十五秒，最终成绩八分零一秒，比第一队稍微好一点。

第三队是这里的农场主们刚才热议的队伍，旅游团里也有不少人下注买它第一。

“噢，三号队伍采用的是圆形出牧方式……跑位！跑位！封锁前沿！漂亮！”赛场解说员大声吼着。

而方召前方的农场主们也开始激动了。

“宝贝儿们！跑位！注意跑位！这种时候千万别出错！”伍益站在躺椅上大声喊着，但就算他声音再大，比赛场地那边也听不到半点。

“快跟上！偏了偏了！又回来了！好！”

小农场主站起来恨不得冲到现场去将那只刚才差点跑偏的牧羊犬拨一拨。

“头羊，找头羊！好！很好！对的，就是那只！控制住！”

方召看着光幕上那些奔跑在绿草地上的身影，狂吠着将零散的羊群赶到一起。而观看的农场主，不管是在赛场现场观看的，还是隔着大老远看直播的人，都跟打了鸡血似的激动。就连伍益旁边的狗，都盯光幕盯得起劲。

而旁边坐着的旅游团众人，被农场主们激动得张牙舞爪的行为吓住了，他们大概也没想到这些人看个狗牧羊能看成这样。不过几个年轻些的大概也花了不少钱买第三队赢，虽然听不懂什么跑位、封锁之类的，但他们也仔细观察着光幕上大致的情势，以及光幕右上方不断跳动的计时器。

聚集羊群、驱赶羊群进入目的地，当解说员高喊“完成”的时候，观赛厅的农场主们都发出一声吼叫。

“五分三十二秒！三号的胡萝卜农场目前暂列第一，将第二、第三名甩了两分多钟的时间！看来今天第一名提前产生了……”赛场解说员说道。

这个比赛成绩也算优秀了。结束之后，光幕上播放着专家对每一只牧羊犬在比赛中的牧羊表现的解析，借助影像捕捉技术，分析在牧羊过程中，它们的四肢及各关节触地时缓冲调整的规律与特征，大大夸赞了那几只牧羊犬的身体素质。

“卡瑞拉大姐的农场又要火一把了。”一个小农场主羡慕道。

“哈哈，到时候我得让我大姐带我一把！”伍益对于表姐的农场得到这个成绩也很高兴，“知道刚才那支牧羊犬队伍的头犬是谁吗？金刚！就是我们家黑胖的爹！咦？黑胖呢？黑胖！”

伍益大声喊着，没过一会儿，之前在停留场吼过方召他们的那只黑狗就冲进来了，在伍益面前使劲摇尾巴哼哼唧唧地撒娇。还别说，这只狗与牧羊赛场上的那些狗相比，确实胖了些。

将狗捞到旁边，伍益继续对周围的人道：“金刚的名字可能很多人也不熟悉，但它祖奶奶的名字你们肯定知道，旋风！”

“哦！就是十几年前，曾经获得赛季最佳奖的那只?！据说当时身价数千万啊！”

“对对对！就那只！说起来，我们家黑胖还是名门之后呢！”

几个农场主开始聊起了曾经的“赛季最佳”，说起“名门之后”，旁边的旅游团一脸发蒙：好神奇！一只放羊的狗竟然比他们这群人加起来还要值钱！

吹完自家狗的血统，伍益端着一杯酒慢慢品着，瞟了眼光幕上第四队的出牧行动，转头看向旅游团那边，道：“很惊讶我们牧洲牧羊犬的身价？我知道，你们外洲的很多人活得还不如我们牧洲的狗。”

虽然听着刺耳，但牧洲人说这话的时候还真没有多少故意贬低的意思，只是客观陈述而已。牧洲人将牧羊犬看得很重，一些知名的狗，身价比外洲的人还高，所以牧洲很多牧羊犬比人还嚣张，将“狗仗人势”表现得淋漓尽致。

“很多外洲人都想来牧洲生活，只可惜，牧洲的土地一般不对外洲人开放。”伍益跷着腿，说道。

有些话是从他们的祖辈在这片土地上开垦时开始，一代一代传下来的，有些故事也是从小就听着的。他们最清楚的就是，当年开辟土地的时候，一些人主动放弃了这片土地。人各有志，无可厚非，但在看到这片土地好起来的时候又反悔想回来？对不起，您还是留在外洲吧！

从人情上讲，他们将那些离去又反悔的人视为叛徒；从利益上讲，谁也不希望自己分到的大片土地，以及将来可能被分给自己后代的待开垦的土地，被新来的人瓜分。因此，当然要联合排外，离开了，就别再回来！

所以，牧洲人抱团抱得紧，从牧洲建洲到现在，还没哪个外洲人能在牧洲拿下一大块地的。

不过，也不是没有其他方式能在牧洲弄到地，牧洲牧羊赛决赛的竞猜奖品就有“土地”这一项。从牧洲的牧羊赛场上赢得一块地，是很多外洲人的梦想，只是，还从没有哪个外洲人实现过这个梦想。

看着光幕上第四、第五队的成绩都没有第三队好，似乎就如解说员之前说的那样，第三队已经提前获得第一。伍益笑了，却没有旅游团的人想的那种狂喜。旅游团的人还在想：不愧是牧洲土豪，赚的那些钱大概也没看在眼里吧。

倒是有几个花了不少钱买第三队第一的人，现在非常兴奋。

左俞看着自己的下注单，咂咂嘴。好吧，果然不能对旁边这位艺术家抱太大希望。

而当比赛进行到最后，第七队开始出牧时，农场主们却格外认真。

第三队出来的时候，农场主们很高兴，大声地议论，张牙舞爪地为第三队加油；而第七队出来的时候，他们虽然看上去没有那么激动，但眼神中却有更强烈的期待和隐忍的火光。

有经验的旅游团带队人在心中叹息，以他对牧洲这些人的了解，恐怕，这第七支队伍才是他们真正的目标。

谁规定了一个人只能买一支队伍？那些农场主恐怕是看在人情上买了自己认识的人的队伍，暗地里却另有打算。

第七队从一开始就非常犀利，解说员的语调再次高昂起来。

“第七队八只牧羊犬，采用的是梨形出牧方式！好，很好！封锁前沿！它们聚集羊群的速度很快！解除封锁……漂亮！完美的配合！驱赶！开始往前驱赶！注意眼神，注意头犬的眼神！

“头犬，看头犬！第七队的A号犬！这是一只自带杀气的狗，它从羊群中找出了头羊！注意！它们有一个短暂的对视……压制！厉害！这是它第一场正式的牧羊比赛，但是从它身上，我看到了今天的最佳！不，我觉得这只新秀要崛起了！”解说员激情澎湃地拍桌，光听声音就知道手疼。

优秀的牧羊犬，以目光就能控制住羊群的头羊，压制住头羊躁动的反抗情绪，这种眼神和气势的压制，比狂吠和扑咬更有效率。

“进栏了！全部进栏！四分……四分零六秒！四分零六秒！第七队，四分零六秒，以绝对的优势，获得今天比赛的第一名！”

旅游团里刚才买了第三队第一，还在兴奋地想着这场比赛能赢多少钱的人，现在却傻眼了。

第七队第一？第三队被挤到第二了？怎么可能？

同样愣住的还有左俞，他看了看光幕上今天牧羊赛的七支队伍的排名，又看看自己的下注单，轻咳一声，端起茶杯灌了一杯水，让自己冷静冷静。

左俞是照着方召的下注单买的。不同于那些只赌第一，或者猜全部排名的人，方召买了前五名的排名，还一次性买了两万注！而前五的排名，全、部、猜、对、了！

排名出来，有人欢喜有人忧，旅游团里刚才还兴致昂扬的几人，现在就跟被霜打过一般，正在唉声叹气。不过他们也只是抱着玩玩的心思，买得不多，砸进去也不心疼，他们更好奇的是那几个买第三队的农场主。

坐在那里的几个农场主并没有太沮丧，脸上还带着笑，谈论着第七队今天冲进东部四强，进入洲总决赛的可能性，毕竟那只头犬今天的表现太犀利了。

“寿北农场今年野心很大啊，前两年也只是在中游混，今年早就听说他们出了张王牌，一直当宝藏着。”

“寿北今年都不用再花钱买广告了，那只狗就是最好的广告，说不定还能拉到不少大投资商，真羡慕啊！”

光幕上，赛场的解说员显然对第七队的头犬相当喜欢：“第七个出场的寿北农场获得今日第一，A号头犬获得当日最佳，我们来看看它的信息：今年刚满一周岁，第一次上赛场的金色牧羊犬，金驹！现在很多人都涌过去了，大概是想要与金驹合影，现场有很多外洲来的游客……”

左俞看了眼光幕，小声问方召：“老板，你怎么看出那只狗能赢的？”

“感觉。”方召道。

那只狗确实看上去比较凶狠，眼神很犀利。或许很多人会觉得这狗锋芒太盛，出牧时可能会很冲动，但事实上，它并不是那种攻击性很强的犀利，它很克制，也很聪明，就像一个训练有素的士兵，知道什么时候该执行怎样的任务。它的表现也确实如此，它带着队里的其他犬，将指导员平日训练中安排的战术执行得非常好。

方召在查各队信息，看到那只金驹的时候，就感觉到了一些熟悉的东西，想到了那些末世中的作战犬。虽然金驹与曾经的作战犬还是有一定差距，但作为新世纪的牧羊犬，已经做得很好了。再结合以前老朋友苏牧传授给他的一些经验，他押了第七队赢得头名。

而另外四支队伍的排名，方召通过分析能够押中，也有一定的运气成分；至于第六、第七名，变数太大，所以他只买了前五的顺序。

“唉，看来牧洲的农场主们玩这个习惯了，那么多钱砸进去也不心疼。”有人小声道。

伍益闻言心中暗笑。不心疼？怎么可能？真当他们的钱都是天上掉下来的？只不过这次他表姐的农场参赛，总得给个面子，到时候说起这个他还得将下注单给人看的，这是他支持的证明。说不定他表姐一高兴，再送他一只狗崽。

为什么没沮丧？因为在他下注的同时，他老婆那边买了一百万押第七队的寿北农场第一。

虽然伍益也很想自己表姐的农场赢，表姐的农场也确实有一定实力，但相比之下，同组的寿北农场今年似乎另有准备，所以他让他老婆又另外下注。他们两口子同时下注，总的算下来没赢钱，还缴了些税，但税钱都是小钱，不大亏就行了，他还是很满意的。

其他小农场主暗地里肯定也买了第七队，只是都不会说出来，尤其不会跟外洲人说，他们巴不得外洲的那些人跟着自己下注买第三队，都输了还能给本洲做贡献。

牧洲政府每年都耗费大量资金和人力在改良畜牧业上，用于技术开发和建设；而每年牧羊比赛都能从来牧洲旅游的游客手中吸不少钱，对此农场主们是非常乐意的。坑别人他们高兴得很。

伍益很高兴看到那些外洲来的游客砸钱，瞥见那些人垂头丧气的样子，伍益就暗乐，然而视线扫到方召那桌的时候，顿住了。

“哎，那边的两个小子，刚才也下注了吧？怎么样啊？”伍益高声问道，“看你们的样子，应该中了吧？”

这些农场主又不真是混吃等死的人，真没半点脑子能稳稳操持一个中型农场？察言观色的能力还是有那么点的，那边两个人脸上都带着点笑意，没大赚也肯定押中了。

“咦，有人押中了第一？”旅游团的人好奇地看向方召那桌。

方召倒不是因为押中排名而笑，他只是想起了曾经苏牧讲怎么训练牧羊犬出牧的事情，听到伍益问话，回道：“运气不错。”

“真押中第七队了？”一个小农场主诧异道。他知道在比赛前，就连牧洲的人也有很多看好第三队的，只是他们这边收到了些小道消息才另有打算。他们本地人尚且如此，外洲人是怎么押中第七队的？而且，在以前的比赛里，第七队的战绩也不怎么样，今天是因为换了头犬，才会突然神猛起来。外洲人押寿北农场的，的确很少。

“看着那狗觉得不错。”方召朝光幕抬了抬下巴，光幕上正回放着刚才第七队出牧的情况，重点分析头犬金驹。

“不止。”伍益突然道，“你既然能看出第七队有机会获胜，那肯定也不止买了第一，还买了其他几名吧？二、三名也买了吧？朋友，让咱长长见识，买的前几？”

说着伍益起身走过去，隔着桌子坐在方召对面，脸上露出热情的笑容。

“前五。”方召道。

“什么？”伍益觉得自己没听清，又问。

“我买了前五。”

“……都……对了？”

“运气不错。”

# 第3章 CHAPTER 3
# 苏侯

伍益愣了片刻，随即脸上扬起大大的笑：“哈哈，厉害厉害，交个朋友吧，你们是第一次来牧洲？有什么需要咨询的可以问我啊，好几年没见到猜中前五名的人了，还是在我的农场，哈哈，好事，加菜加菜！”

伍益示意雇工们取好东西出来，他得跟人好好聊一聊了。

“前五名？他的意思是他押中了前五名的准确排序？”旁边支着耳朵听的旅游团的人诧异道。毕竟，错一个就算失败，只有将前五名的排序全都猜中才算成功。

“等等，我看看押中前五名排序的奖金是多少倍……一百倍?！那小子押了几注？”

“不知道，要不去问问？”

“嗐，买了多少注这种事人家是不会说的，问了也是白问！”一个年纪稍大的人以过来人的口气说道。刚说完，就听到那边伍益问了同样的问题。

“买了多少注？”伍益问。

“两万。”方召道。

伍益：“……”

凑过来的小农场主们：“……”

旅游团的人：“……”

旅游团里一个跟着爸妈出来旅行的八九岁的小朋友算了算，小声问他爸：“那个哥哥说他买了两万注，一注是五块钱，也就是说那个哥哥押了十万块钱，猜中前五名排序是一百倍奖金，那是不是一千万？”

孩子他爹扯出个笑：“对！”他背着老婆买了一万押第三队赢，还想着赢了之后跟老婆孩子炫耀一番，多买点东西，但现在……还是闭嘴吧。

“恕我眼拙，没看出来，听说是延洲来的朋友？”几个小农场主脸上的笑意也热情了不少。

有些地方的人是以文会友，有些地方以酒会友，而在牧洲，可能就是以牧羊会友了。

谈别的，谈种地谈经营，他们虽然也会说几句，但都有所保留，说再多谁知道你是不是吹牛呢？他们又不可能跟着游客去检验真假，没亲眼见到，可信度打个折。但牧羊赛不一样，一起观赛就有了一个初步的交流，而若是押中比赛排序，农场主们是非常愿意跟你交流人生的，他们会认为你很有能力，是个不错的人物。

所以，得知方召不仅押中比赛头名，还押中前五名的排序之后，他们看方召的眼神和态度立马就改变了，将方召视为同道中人。

原本只有方召和左俞的一张桌子，立即变得拥挤起来，还有几个小农场主找不到椅子，从邻桌拉过来挤缝坐下。观赛厅的聚焦点，从中间区域，转移到边角这桌。

“猜中前五，这当真不容易。第三、第四名实力应该是相当的，你说运气好我信，但说全靠运气，那就是说笑了。朋友，养牧羊犬了吧？”伍益问。

“没养过。”方召道。

农场主们表示不信，真不了解牧羊犬，怎么可能如此精准地判断排名？运气？就算有运气的成分，但所占比例绝对不大。

“你肯定养了牧羊犬，而且不止一只！”旁边的一个小农场主也说道。

“这个真没有。我是有养狗，但只有一只，捡的，也不是牧羊犬，不大。”方召认真回道。

想象一下那只卷毛小狗冲进牧场，然后朝着羊群吠叫，但羊群依旧淡定吃草的情形，左俞就想笑。

之后伍益又邀请方召到他们家吃晚饭。在牧洲，农场主邀请客人同家人一起吃晚饭是对其表示看重和认可。

旅游团的其他人，伍益就不管了，他和那些人没有共同语言，让他们哪儿凉快哪儿待着去。

方召问了伍益牧洲的历史，毕竟从网络上了解到的信息，与从牧洲本地人口中了解到的，还是有一定的差别。

伍益说了很多，网上有的没有的都提了提，又听方召问起苏家人，伍益就觉得方召可能想与苏家人搭上线。

“如今牧洲还是苏家人的牧洲，牧羊赛也是他们举办的。你如果是要找苏家人谈生意，恐怕难找到人，如果是想赌牧羊赛……听我一声劝，别太招摇，赚得差不多就行了。你眼光这么准，分几次赚钱也行，但如果次数太多，恐怕会招人惦记。倒不是说苏家人会动手做什么，只是会有麻烦。”伍益也就是看方召一次押那么多钱进去，还押得那么准，人也还好，不虚，才会多说些话。

“在牧洲，猜中前五名和猜中全部排名的人中，苏家人占七成。要不是你说你与苏家人没关系，我还以为你是苏家的某个私生子呢，豪门总有旧怨，谁扯得清。所以，如果想跟苏家人搭上，最好多想想，挑的人不合适会比较麻烦。”伍益在方召面前也只敢说这些，多的就不说了。

伍益想多了。苏家那些小崽子的事情，方召还真没兴趣去了解，他认识的是牧洲苏家的“祖师爷”。

次日，天气还不错，方召没有在杉木农场久留，出发去青城。

伍益还挺舍不得，昨天他跟方召交流相牧羊犬的经验，越聊越觉得方召懂得非常多，而且都是真正能够套用在他们牧洲的牧羊犬身上的经验，这点让伍益对方召的态度越发热情。多次挽留未果之后，在方召出发前还亲自送行。

“有空带你那只小卷毛来玩一玩啊，来场友谊赛。我的农场虽然比不上那些能举办正式比赛的大农场，但用来玩一玩的草地还是有的。你别不信，狗的学习能力很强的，就算不会放牧，跟着我家的这些跑一跑就会了。你们以后再来，停留费什么的就不收了，提前打个招呼就行，要什么农产品也可以跟我说，我提前给你留点儿。”伍益一边说，一边指挥人扛着一袋一袋包装好的各种农产品送上飞行器。

伍益觉得方召昨天跟他聊天的时候教了他很多，过意不去，他觉得以他这个年纪，占小辈的便宜太不像话了，所以就让人准备了不少东西送给方召。虽然他是不喜欢外洲人，但方召这样的他还是非常待见的。他为人就这样，顺眼的聊得来的就对他们特别好，聊不来也看不顺眼的，一个眼神都嫌多余。

从杉木农场到青城的途中，天气也还不错，没有再出现干扰飞行的情况。

别看牧洲大片都是农田，但每个市都有中央城区，那里与其他洲一样，也能看到很多高楼，只是楼与楼之间隔得比较远，并不会出现“黑街”那样的情况。每个市必备的设施就是牧羊赛场，那是每个城市的狂欢之所和文化传承之地。

而作为牧洲首邑的青城，拥有大农场和全球最大的牧羊赛场的同时，中央商务区也相当豪华，造型别致的高楼林立其中。

从青城城郊到中央商务区，就像是经历了两个极端，一个是天然的原始的农牧场所，一个是新世纪高科技集中之地。

青城有专门停放飞行器的地方，像方召他们这种外洲来的飞行器，在青城是受限制的，不被允许进入烈士陵园区域。所以，方召他们想要去陵园，就得另外选择交通工具。

停好飞行器之后，方召叫了辆出租车前往烈士陵园。

同延洲的烈士陵园一样，牧洲的烈士陵园组成也差不多，广场、宏伟的纪念碑、散葬墓区、公共拜祭区、纪念馆等等。众所周知的是，牧洲的烈士陵园有个特别的地方——功勋犬墓区。

其他地方的陵园可能也葬着一些拥有功绩的功勋犬，但不如牧洲多，也不会像牧洲这样专门建立一个墓区用来葬狗。

方召也知道，那时候，苏牧带的队伍是所有队伍中狗最多的。而战争时期，作战犬确实死了很多，它们存在的目的，是与人类协同作战，必要的时候代替人赴死。创世纪之后，苏牧主持建立这样一个地方，也确实在方召的意料之中。

之所以牧洲牧羊犬的地位比较高，陵园有功勋犬墓区也是原因之一。

功勋犬墓区门口有一座雕像，是大将苏牧与一只狗，那只狗方召认识，在苏牧养的狗中，他对这只狗的感情最深，方召上辈子离世之前，这只狗还与苏牧在牧洲这边征战。

重生到这里之后，方召从历史书上了解到，那只狗救了苏牧一命，要不然创世纪大将里面也没有苏牧这个人了。只是那只狗没能挺到创世纪的那天。

来到核心墓区，身份审核用了些时间，因为方召是外洲人，审核会更仔细。左俞的审核时间更久。

“就是这样，在延洲之外的地方，很多特殊的场所都会有烦琐的审核程序，烦得很。”左俞对方召说道，“就算审核通过，进入核心墓区，也会被守墓人再查一遍。”

“守墓人？”

“嗯，就是被调到这里守陵园的人，直觉很强的一批人，一般都是警察，鼻子比狗还灵。每年都会有守墓的工作，他们轮流来。我们教官说过，他以前的战友就有守墓资格，纪念日的时候还被调过去核心墓区守着。”

左俞的话刚说完，就有人过来了。他们才进入核心墓区，就有守墓人过来检查。

“他一定是察觉到我的特殊身份了。”左俞低声跟方召说道。他是从特战队出来的，这些人这么快就盯上他，也能理解。

在对方靠近的时候，左俞主动出示证明。

那人看了看左俞的证明之后，就转向方召：“对不起，请出示身份证明。”

检查方召的身份信息时，对方还抬眼看了方召好几眼，尤其是看到方召的身份信息上显示的职业是“作曲人”时，诧异的视线来回扫了好几遍，像是不相信一般。

等那个警察离开，左俞还奇怪地问方召：“为什么他们检查你的时间比我还要久？”这点左俞不明白。

“大概觉得我比你危险。”方召道。

“……呵呵。”左俞不信。

方召也没管左俞怎么想的，他走向高耸的墓碑，看向上面的浮雕。

浮雕表现的是曾经的牧洲战区战斗的情形，其中还有一些协同作战的功勋犬的身影。除此之外，还有一处浮雕描绘的是几个站在一起说笑的身影，没战斗时那么严肃，带着些随意。

都是曾经的老朋友，还有一个，就是上辈子的方召。

方召看着浮雕笑了笑，深吸一口气，叹息一般缓缓吐出。

绕过大墓碑，走向后面的一排排小墓碑。然而，方召走过去就发现，第一排第一个墓碑那里，坐着个人，看样子应该十三四岁的年纪，略有些胖，头抵着膝盖，看不到脸，但看看地上的湿迹，再看看不断往下滴的哈喇子，就知道，这小胖子在睡觉。

跑墓地睡觉？还是在整个牧洲最大的烈士陵园的核心墓区，第一排第一个的墓碑前睡觉？还流了一地口水也没人管?!

以陵园严格的管理，以及那些守墓人的警觉，不可能允许这种情况发生。除非这人身份特别，比如，苏家人。

也只有苏家人坐在这里睡觉，陵园的管理员才不会驱赶。

“哎，小子!”方召轻轻推了推坐在墓碑前的人。

“啊？什么?”那人抬起头，一脸没睡醒的茫然，抬手将嘴边的口水抹了抹，然后反手就往旁边擦去，快碰到墓碑时突然一个激灵，触电般收回手往衣服上擦，扭头看看墓碑，见上面没被擦上口水，顿时松了一口气。

看到这孩子的脸时，方召就知道这是谁了。

苏侯，苏家的人。最近关于他家的报道比较多，方召在查找新闻的时候看到的。

苏侯还有同父同母的一个兄长、两个妹妹，按照出生顺序，分别取名为王、侯、将、相。不过苏侯他爹情人多，生的孩子也多，这一代竞争不小，偏偏苏侯他哥苏王沉迷农业科学不可自拔，两个妹妹还年幼，而苏侯……他只会吃。

苏家人很多，苏侯他爹也算是其中比较有能力的一个了。最近正好苏侯家闹新闻，媒体传出消息，苏侯他爹在一场酒会中透露，会将手中一个农场送给子女，至于送给谁，没说。

牧洲很多人都在关注着苏侯他爹的选择，还开了赌局。

牧洲的人民也是爱听八卦的，尤其是牧洲豪门苏家的八卦，碰到苏家有新闻，就都盯着这边了。

想来刚才进核心墓区的时候审核那么严，苏侯在这里应该也是一个原因。虽然纪念日过去有段时间了，陵园也开始变冷清，但核心墓区的人不至于这么少。

回过神想起自己在墓碑这里，小胖子又擦了擦口水，警惕地看向方召和左俞:“你们是谁?”

问完扭头望了望四周，看到不远处那几个穿着警服的守墓人之后，小胖子明显松了一口气。

“我们来拜祭的。”方召看了看这小胖子额头上的伤，“这伤磕的吧？不去医院瞧瞧?”

以现在的医疗水平，小胖子额头的这点伤也不算什么，两天就能好。

“不去!”小胖子一听到额头的伤就很生气，“不治!”

方召也不追问，观察了一下小胖子额头的伤，问道:“你磕头磕的？这可不止磕了十下八下。”

“哪止！我磕了四十九下呢!”苏侯摸了摸额头的伤，想起来就气。

“给苏牧大将磕的?”方召笑问道。苏侯这伤看起来可不是今天弄的，应该有一天时间了，只是拒绝治疗，看着比较恐怖而已。这个年纪的孩子的思维似乎总是令人捉摸不透。

“不是！苏牧大将这里拜祭磕三下就行了，我是被派去延洲磕头了！”苏侯愤愤道。

“延洲？你们延洲哪个亲戚需要你磕这么多次头？”方召问。

“不是亲戚，是……是一个长辈的朋友，每年都要派人去拜祭的。我哥哥姐姐们还骗我说磕头磕得多他就会保佑我，结果，我磕头回来之后，他们又说拜祭不必拘泥于形式，笑我傻！”

左俞心想：大概你哥哥姐姐们都没想到你会傻到将这事当真。这智商……真是苏家人吗？

“我们就是从延洲来的，你给谁磕的头，我看认不认识。”左俞问道。

“你们从延洲来的？那方召这个人你们认识吗？”

左俞：“……认识。”

左俞知道这小胖子说的不是自己老板，就自己老板的年纪、身份，能让苏家的小子们每年过去拜祭？

这小胖子还遮遮掩掩，就凭他刚才说的那些话，有点脑子的都能猜到他的底细。而能让苏家每年派人去拜祭的“方召”，最有可能的就是葬在延洲烈士陵园的那位了。

“你说的是烈士陵园的那位？”左俞问苏侯的时候还看了一眼旁边的方召，他其实很想知道，这些跟烈士同名同姓的人，跟别人讨论起烈士的时候，是怎样的心情？

方召脸上带着些笑意，也没说话，就听着左俞跟苏侯交谈。

“对，就是那位！你们知道他是个怎样的人吗？”苏侯好奇地问道。

苏侯还是在被派到延洲的时候，才上网查了查“方召”这个人，同名同姓的太多，但身份是延洲烈士且地位重要的，只有一个。可惜网上能查到的信息太少，他了解得也不全面，只是从自己哥哥姐姐们那里得知那个人与他们苏家的祖先苏牧是好友，墓碑位置只在延洲的建洲大将乌延之后。

“他啊，我知道，以前我们上学时候历史课还讲过的。”

左俞扫了眼四周，并没有发现什么危险，不远处那几个守墓的警察防备地看着他们，这反而让左俞讲故事更放心了。那几个守墓人都盯着这边，若是有什么危险发生，守墓人肯定会提前察觉，只要他们一动，左俞就能及时做出反应，护着方召撤离。

其实关于延洲烈士方召的事情，左俞也多是从中学课本上了解的，之后从别人口中也听说过一些，了解得不多，但在苏侯面前装一装还是可以的。

人们知道的所有故事，似乎都是好的，歌颂烈士的丰功伟绩。左俞绘声绘色地讲述着延洲历史书上的故事，坐在墓碑前的苏侯也听得一惊一乍。

方召站在旁边静静听着，那些故事有点陌生，艺术化太严重。不过，这种事情方召也不是第一次经历了，他在纪念日之前去延洲烈士陵园的时候，纪念馆里也有人在讲故事，也提到过他，那里讲的艺术痕迹更重。

无声笑着摇了摇头，方召抬眼看向苏牧的墓碑。

苏牧的墓碑与乌延的墓碑差不多，两句话的生平简介，之后就是苏牧对牧洲的贡献。

相比起比自己小一辈的乌延，方召更熟悉苏牧这些同样经历过和平年代，然后奋斗在末世的人。

五百年之后，给曾经的老朋友扫墓，这种心情很复杂，方召自己都不知道该如何描述。重生时看到老朋友们开创的新世纪，方召是羡慕的，若是那些老朋友知晓他重生在五百年后，可能也会羡慕吧？

旁边左俞嘴皮子不停地讲了半个小时，不远处那些守墓的警察脸上的肌肉都在抽搐，大概也没想到这人如此能扯。

当左俞终于停下来的时候，苏侯还没听尽兴。

“还有呢？能说说灭世时期方召和苏牧大将、卢奚大将、乌延大将，还有其他人怎么认识的吗？”苏侯期待地问道。

“太多了说不完。”左俞回道。其实他自己也不知道，肚子里的货已经快掏空了。瞎编？那太不尊重先烈，还是不说了。

“反正你就只要记得，每个洲的烈士陵园里埋葬的人，有名的没留名的，都值得尊重敬佩，尤其是墓碑靠前的那些，那都是伟人。”左俞下结论。

听不到更多的故事，苏侯有些失望。摸了摸额头的伤，咧出个笑：“那就好。”

他听过不少关于他们苏家祖先苏牧收复牧洲的故事，也看过不少关于那个时代的影视作品。每个中二少年心中都有一个超级英雄梦，所以他崇拜苏牧，被派去延洲拜祭的时候，他也是乐意的。

苏侯从小生长在牧洲，听说的都是与牧洲相关的故事，对牧洲之外的那些灭世时期领袖都不太了解。如果方召真如左俞说的那样，他磕那么多个头也值得，没白磕。原本因为被哥哥姐姐们坑了一次而产生的怨气，在听了左俞的话之后，也散去了不少。

气一消，苏侯就觉得额头疼得厉害，他也知道自己一直留在这里不好，要是被那些正到处寻找新闻的媒体碰到，又会有麻烦。

起身准备离开，苏侯对左俞道：“你故事讲得不错，加个好友吧，有空我去延洲找你们玩。”

苏侯觉得新认识的这两个人不错，他虽然不聪明，但也能感觉到人的善意和恶意，而且这两人也没打听他家里的事情，至少没有很强烈的利益目的。加个好友，以后无聊想听更多的故事，找人也方便。

“这是我通信号，我叫……苏侯。”苏侯报出名字之后，看了看左俞和方召两人的反应。

“知道，你照片在娱乐杂志上能找到。别到处乱跑，最好带着保镖，我见过不少你们这类豪门子女乱跑被绑的事情。”左俞一边加好友，一边说道。

“你叫什么？也加个好友吧！”苏侯看向左俞旁边的另一人。

“我叫方召。”

苏侯：“……”

苏侯一脸呆傻地往出口方向走了几步，又退回来看向方召：“方召?!”

左俞解释道：“这是我老板，方召，与你磕头拜过的那个烈士方召同名同姓。”

“哦。”苏侯抓了抓脑袋上的短毛，有些尴尬，他知道与烈士同名同姓的人很多，只是，在这种情况下碰到一个，总觉得有点别扭。

“你刚才提到，其他洲的人，每年也会派人过去拜祭？”方召问。

刚才左俞在讲故事的时候，苏侯提到过这么一句，只是没多说，左俞也没注意到这里面有什么特别的。每年其他洲的人到延洲烈士陵园游玩，也会顺便拜祭一下先烈，这很平常。

“提到过吗？”苏侯抓了抓脑袋，回想了一下，“哦，是，我其实也不清楚，只是听说，就像我们苏家每年都会派人过去拜祭一样，其他洲也有人这样，时间未必相同，但大多都在纪念日前后一个月的时间。都有些谁就不清楚了，我昨天过去的时候还碰到了奚洲的人。”

方召笑了笑，也没再问，对苏侯道：“快回去吧，那边应该是过来找你的人，额头的伤赶紧治疗，再气也别跟自己过不去，头伤不及时治疗会变傻的。”

旁边的左俞：老板，你这是骗小孩知道吗？

然而，苏侯信了。他觉得自己已经不聪明了，要是变得更傻……

“救命!!”苏侯撒开两条粗腿朝着刚进核心墓区的一队人跑去，弄得那队人还以为方召和左俞要绑架苏侯，还有人掏枪。

然而，很快的，带队的人整张脸都有些扭曲，大概是听完苏侯的讲述，发现跟自己脑补的完全不同，示意队里的人收好枪，朝着方召他们露出一个礼貌的笑，颔首，随后一队人将苏侯围在中间，离开。

核心墓区外面隐隐传来一些呵斥的声音，不是呵斥苏侯的，应该是核心墓区外来了一些找新闻的媒体，或者围过来一些看热闹的人，被陵园的工作人员斥责。

“豪门小少爷。”左俞叹气，随即又有些开心，“这次运气不错，碰到一个豪门小少爷。说起豪门，那些创世纪大将的家族，都是全球公认的豪门。老板，你说你要是创世纪伟人的后代该多好。”

方召也只是笑了笑，没说话。

在苏牧的墓碑前静静站了一会儿，然后往下一个墓碑走去，如在延洲的烈士陵园那里时一样。

这里不是方召的主战场，但有些名字方召还是熟悉的，就算不熟悉，也会有点印象。

这里没有“方召”的墓，但是，还有人记得他。

五百年了，还能派人过去拜祭，就算只是走个形式完成任务，方召也不会说他们不好。

即便是有血缘关系的人，时间久了感情也会淡，更别说没有任何血缘关系还隔了不知道多少辈的。像苏侯这样真磕头，一磕就磕几十个的，的确罕见。

在核心墓区走了一趟出来，直接来到大墓碑前的广场。站在广场中，能够看到核心墓区宏伟纪念碑的正面。

因为纪念日已经过去一段时间，这里也没什么人。纪念日假期结束了，上班的上班，上学的上学，因苏侯而寻过来的媒体也随着苏侯的离开而转移注意力，不再留在这里。

三三两两的人大概是拜祭过谁，安静地走在广场上。没有纪念日的喧闹，广场显得十分空旷，偶尔传来其他声音。一阵风吹动着树上掉落的叶子和草屑，在广场的石地板上刮出沙沙的响声。

这才是陵园最常见的状态。

方召的脚步越来越慢，微微侧头，像是在分辨什么。

“怎么了?”左俞以为方召发现了什么异常的事情，警惕起来，但看了一圈没发现可疑点。

“听。”方召道。

“什么?”左俞还是不明白。

“听声音。”

左俞仔细听了听，依旧没发现有什么值得注意的:“老板，你听到了什么声音?”

“墓碑的声音。”

左俞:“……”

抓了抓胳膊上的鸡皮疙瘩，左俞问:“墓碑有声音吗?”

“有。每一座墓碑，大的，小的，近处的，远处的，都有它们的声音，还有树木、人，包括这里的广场，铺在广场上的石板等。整个陵园，所有东西都有它自己的声音。”方召停住步子，闭上眼，认真去听，垂在身侧的手，手指一下下动着。

左俞:“……”我老板是个神经病!

一阵风吹过，明明今天这边天气转暖，风也带着些许柔和的暖意，但左俞却一个哆嗦，后背都要渗出冷汗，总有种毛骨悚然的感觉。

“老板，我们要尊重科学!”

方召倒不是要吓唬左俞，也不是瞎说，他是真的在认真听，只是不同于左俞所想，方召听到的声音，在他的脑海中转换成了另一种语言——音符。

情、景、声等都是灵感的来源，虽然在延洲的时候，陵园之行已经让方召将曲谱的草稿写得差不多了，但方召一直觉得还有所欠缺，现在，他在一点点地找。

牧洲的陵园给方召的感觉不一样，情、景、声不一样，脑子里响起的曲调自然也不一样，方召听的时候，会在脑子里对第一遍设想的曲调进行修改，让它更接近自己感受到的那样。

方召是沉浸于创作的灵感之中，左俞就不同了，他也会不自觉地打量一下周围有什么异常，回头看看墓碑的方向有没有什么变化。他第一次对接下“助理”这个任务感到怀疑，或许自己根本就不适合这个职业，也可能，跟在方召身边久了，自己也变成神经病?

方召每走到一处，都会停下来听一听，有时候听的时间长一些，有时候停留的时间短一些。

等到终于离开牧洲时，左俞心中松了一口气，心想终于离开陵园那种地方了，但一想到还要去其他洲的陵园，左俞的心情就变得沉重。

如左俞所料，接下来去其他洲，都是直接前往那个洲的烈士陵园，有时候时间太晚，或者天气突变，才会中途停下来休息。因为目的很明确，所以就算中途耽搁了几次，用的时间也不多。

奚洲、桐洲、冀洲、拉洲、阿洲、戎洲、马洲、锦洲、雷洲、皇洲，每一个洲都是同样的情况。同样的经历，左俞重复了十遍，以至于后来看到方召“感悟”陵园声音奥妙的时候，他都能淡定地看风景。

第4章 CHAPTER 4

# 我选游戏机

二月二十五日，方召和左俞回到延洲。

方召走进五十楼虚拟项目部的时候，祖文他们都在，还都小心观察着方召的脸色，他们担心方召会因为网上的代言投票结果而生气。

延洲这边，关于《世纪之战》代言的网络投票中，极光仍旧排第三，与第一的米虞只差了三百票。在数千万票的总票数中，这可以说是非常小的可以忽略不计的差距，但若是要去计较的话，差一票也是输，输了就是输了，这没法否认，现在投票结果还挂在网上。

他们能拉到雷洲那边的支援，另外两方也不会干坐着，同样跨洲拉过票。所以，祖文他们担心方召会因为投票输了而有什么情绪。顶头上司有情绪，他们这些手下的人也会跟着倒霉的。

方召当然知道投票结果，但对这个结果并没有什么表示。第一，这只是网上的一个媒体发起的投票，而不是火烈鸟官方，只能算是一个调查统计，还不能确定代言人到底是谁；第二，运营和宣传方面有银翼相关人员负责，方召只负责完成他需要做的事情即可，其他的，自然有银翼的人去着急。

“如果没有其他重要事情，不要打扰我。”方召说完便走进办公室。

看着关上的门，曾晃道：“大召这是又要闭关了？这趟看来收获不小。”

“收获是有不少，”左俞指了指已经堆到一旁放着的牧洲特产，“这些都是，免费的。”

左俞将这一趟的经历简单说了说，着重提到在陵园的时候方召的诡异表现。

祖文同情地拍了拍他的肩：“习惯就好，你只要知道艺术家的脑子不是常人能理解的就行，反正我到现在都没能弄明白。”

方召不知道门外的人如何议论他，他没时间也没兴趣理会。他在整理这一趟的收获，打开火烈鸟音效组副组长游传留下的影像，对着改了许多次的乐谱稿，再次做出修改。

方召一整晚没睡觉，终于将乐谱完成。次日联系段千吉：“可以安排录制了。”

给出去拍照的储存卡已经被送了回来，现在方召需要做的，就是将乐曲录制完成，然后连同乐谱稿一起存到卡中。

二月二十八日，皇洲，火烈鸟公司本部。

音效组组长华励握拳敲着额头，数次深呼吸之后，摘掉耳机，问旁边的游传："感觉怎么样？"

他们刚才听的，是他们收到的第十一份样曲，并不完整，只是一部分，乐谱初稿也给出了。以华励和游传的能力，自然能通过这份样曲和乐谱初稿，大致判断乐曲成品的质量。

游传也摘下耳机，摇摇头："如果最终稿没有太大改动的话，也就这样了。单单拿出这支曲子，听着也还好；但是配上影像，跟之前那些一样，总觉得还是差点儿。"

华励长长叹息一声，想了想，问："其他八位受到邀请的，还没有消息？"

"七位大师已经给出了回复，两位大师会在今晚之前让人将存着样曲和乐谱初稿的卡送过来，另外五位大师表示他们无能为力，说会将空卡和投影仪送还回来。"

"还有一个呢？"华励问。他让游传发出了十九份邀请，现在收到确切回复的只有十八个，还有一个人在哪儿？

"还有一个是方召，到现在还没有消息。"游传说道。

"方召？就是那个才二十多岁，毕业不到一年的小子？"华励对方召有印象，因为在一堆大师中，出现这样一个年轻人，太让人印象深刻，还有《百年灭世》的四个乐章，华励现在每天都会听。

"上次去邀请的时候他的确亲口答应下来了，只是到现在还没个动静。"游传道。

"再等等吧。"华励刚说完，就听到游传那边有新消息提示音。

"咦？"游传惊讶道，"方召回复说，完整的乐曲已经录制好存进卡中，乐谱终稿也存进去了，他已经联系了咱们在延洲分部那边的人，应该很快会送到皇洲来。"

"完整曲?!"这是华励注意到的重点，思索片刻，说道，"问问延洲那边是谁负责运送储存卡，让他们用加密通道，将卡里面存着的内容传送过来。"

游传也很好奇，找了延洲分部的人，让他们现在就将卡中的内容传送过来。

"听听！"华励再次戴上耳机。

游传也将耳机戴上，点击播放接收到的音乐文件。

一开始两人都没什么表情，但当曲子播放到二十秒的时候，两人脸上动了动，神情也变得相当认真。

播放到一分钟的时候，两人同时深吸一口气。

播放到一分半钟时，华励直接按了暂停，摘下耳机："去音效室！"

游传也正有此意。两人匆忙冲进音效室，将开场动画打开，同时播放接收到的音乐文件。

音效室外，音效组的其他人看着组长和副组长脚步匆匆地奔进去，猜测到底发生了什么事情。联想到最近一直在讨论游戏的开场动画配乐，多半就是某位大师送来了新的作品，还挺让这两位满意。

于是，音效组的人讨论的重点，从两位组长为何脚步匆忙，转到刚才送作品来的到底是哪位大师。

音效室内。

这里装载着整个火烈鸟公司最顶尖的音响影像设备。组长和副组长两人看着开场动画，听着乐曲，一遍又一遍。

当放完第五遍时，华励拍板："就它了！"

"就选它了？不再多考虑考虑另外几首？"游传问。虽然他跟华励的想法一样，但毕竟其他人的最终稿都没送过来，现在就提前敲定，是不是太早了？

"不用了，就它！"华励也知道其他人的最终稿都还没传过来，甚至其中还有两位连样曲和初稿都没送到，但他与那些人打交道很多年了，也知道那些人的风格，不会有太大惊喜。

"我不知道音乐界的人会怎么评价它，我只是从游戏音效的角度看，它'恰到好处'，它是最适合这段开场动画的，完美的搭配！"华励说道，"作曲、编曲、混音，以及……极光项目制作人。"

华励看着资料上写着的方召的个人信息，最早他也对这份资料感到震惊，一开始也不敢相信，但现在，他毫不怀疑，就如曾经听过的一句话："世上有一种人，叫无所不能的疯子。"

感慨之后，华励起身走出音效室："联系方召，可以谈一谈后续合作了。"

段千吉今天原本心情并不好，网络投票最后输了，之后有不少讥讽的话语传来。虽然她已经经历过无数次类似的事情，也早有心理准备，但这是银翼第一次正式且成功地推出一个虚拟偶像，或许是开端太好太顺了，期望太高，看到结果之后有些失望。

不过，话又说回来，虽然投票输了，但票数差距不大，火烈鸟最终会选谁还说不准。想到这里，段千吉又开始期待方召那边的进展。正想着，就接到了一个来电，是她的助理打来的。

"什么?！选中了？这么快?！"段千吉听着助理的汇报，觉得有些不可思议，昨天方召才将储存卡送过去，那边现在就确定了？

那可是开场动画的配乐！与方召一起被邀请的还有十八位创作大师！怎么会这么快就选定？

如果不是早就清楚方召的底细，段千吉甚至会怀疑方召与火烈鸟有什么牵扯，要不然他们怎么会这么快就敲定乐曲？

按照段千吉原本的想法，音效组的人总得仔细筛选，开个会，一起听听，然后投个票什么的，各种流程走下来，两三天总得要吧？但现在事实就是，那边似乎昨天就已经确定了，之所以今天才联系这边，是因为在商量报酬的事情。

火烈鸟从来都是先预约作曲家，然后根据每一位作曲家创作的乐曲成品的质量，进行再次估价并付酬，即使是没有被选上的乐曲也是如此。这一点业内了解这方面的人都知道，也从没有人提出过异议。

“那边的报价如何？”作为商人，段千吉最关心的自然是这个。

虽然方召之前已经与银翼签约，但在《百年灭世》四个乐章完成之后，他就与银翼重新签订了合同。他拥有一定的自由度，与银翼属于半合作关系，也就是说，他可以在完成银翼分配的任务的同时，自己接单创作，但必须要让银翼知道。而合同期限内，他不能离开银翼投奔其他公司。

这是段千吉给方召的优待，这在业界是非常特殊的待遇。

难得碰到一个能将虚拟项目支撑起来的人，而且一个人就能顶得上一个天马行空。段千吉在询问方召的意愿之后，就让人拟定了新的合同，只是从未公开，能在公司内部网络上查到的，只有一个A级的签约。

而这一次火烈鸟找过来，其实是火烈鸟与方召的合作，而不是火烈鸟与银翼的合作，甚至恰恰相反，是银翼蹭到了话题热度，所以火烈鸟支付的报酬，不管多少，都归方召。但现在银翼与方召是捆绑在一起的，方召越被看好，得到的报价越高，对银翼也越有利。

然而，段千吉听完助理的回话之后，表情变得很奇怪：“那边这么说的？行，我知道了。”

挂断通话后，段千吉对前面的司机道：“到公司后直接去五十楼。”

段千吉到的时候，虚拟项目部的人都站在那里等着。大老板莅临，肯定得恭候。

祖文有些紧张，他怕段千吉，虽然已经跟着方召上过顶楼好几次，不像最开始那样胆怯，但还是会紧张。

其他几人也不比祖文好多少，都回想着前些天的极光访谈，他们好像也没做错什么。技术和指导都是按照一早就安排好的来的，庞普颂的录音也没有什么问题，提问都是按照给的模板回答的，应该没什么问题啊。那大老板现在过来是什么目的？突击检查？

虽然段千吉脸上带着淡淡的微笑，但仍然给人一种严肃的感觉，整个五十楼都安静了许多，每个人的言行都变得小心翼翼。

唯一淡定的人，大概只有比老板还来得迟的方召了。

方召是接到段千吉的通知之后，才从家里过来的，比段千吉慢了一步。

“来啦？”段千吉脸上的笑意加深，“有件事要告诉你。你那首配乐被火烈鸟音效组的人选中了。”

这里只有极光项目组的核心员工，都靠谱，正好也需要一点好消息来提升一下士气，所以段千吉说的时候并没有避开他们，只是没有具体提到是游戏中哪一部分的配乐。这点不需要说明，方召自然明白。

知道自己创作的乐曲被看中，方召心中自然是高兴的，但也不至于激动狂喜，只是笑了笑，等候段千吉接下来的话。段千吉会直接到五十楼这里来，肯定不仅仅是为了告诉他这个消息。

观察了一下方召的表情变化，段千吉在心中叹息一声，觉得方召这人还真沉得住气。

“火烈鸟音效组的组长华励说了报酬的事情。你也知道，被选中的曲子，肯定会比其他那些报价都高，但是他们现在并没有直接报价，而是给了你一个选择的机会。”说到这里，段千吉顿了顿，才道，“他们问，你是选择钱，还是选择火烈鸟十年一出的限量版游戏机?”

对于大部分人来说，这简直就是一道送分题！

不选钱难道还选游戏机吗?

正常人在这种选择上都会毫不犹豫地选择前者吧？如果金额小，还有可能犹豫一下，但现在涉及的金额实在太大。雷洲那边买第三乐章一个月的独家使用权都用了一千万，火烈鸟这边肯定也不会吝啬，毕竟全球人都知道，火烈鸟是带着“金”光的。

然而，听到段千吉这个问题之后，祖文等几个支着耳朵听的技术宅一脸纠结，虽然这与他们没什么关系，但他们也会在心里想，若是换成自己，会怎么选择?

这道题真是太难了！

钱？他们这些小市民自然是喜欢的，虽然如今极光项目已经大获成功，虚拟项目部迅速崛起，让他们有了可观的收入，但谁都不会嫌钱多吧？但是，另一个选项可是火烈鸟出品的游戏机啊！十年一出，最新型、限量版的游戏机啊！也不知道全球总共会生产多少台，反正肯定不会太多。

他们这些技术宅的圈子里早有传闻，火烈鸟今年的限量版游戏机是和军方那边的技术部门合作开发的，与十年前相比，技术上肯定会有非常大的改进。一群人早就眼巴巴盼望着，祖文没想到这种事情竟然能发生在自己身边！

纠结，实在是太纠结了！

选什么?

而在祖文几人还在自我代入地纠结时，那边方召已经给出了答案。

“游戏机。”

听到这个回答，段千吉露出“果然如此”的无奈表情。她觉得自己真的跟不上时代，真是理解不了他们这些年轻人的想法！

制作《百年灭世》的时候，方召就申请过游戏设备，之后好几次段千吉找方召时，也都发现他在游戏室玩游戏，所以听到助理说出火烈鸟给的选择时，段千吉就有预感方召要“任性”了。

“你确定?”段千吉问。

“确定。”

“那你自己给游传回复，那边还等着你的消息。”

联系段千吉这边的是音效组的组长华励，为什么不直接联系方召？因为方召之前在家里睡觉，通信器设置的是只有重点关注的人来电才有提示音，而游传并不在“重点关注”之列，来电被静音了，没能接到。

又跟方召聊了几句，段千吉才离开。

“老大，火烈鸟的游戏机啊！”祖文眼中冒着强烈的羡慕之光，大呼，“游戏机什么时候到？我能不能多摸几下？到时候能不能合影？我要跟人炫耀!”

“限量版的都是技术最顶尖的一批，难以用价格衡量。我觉得，老大你做这个选择绝对赚了！就算物质上有损失，但精神上是享受的!”罗德尼也满是羡慕。

方召给游传回了个信息，游传那边也立马就回复:“游戏机将会在八月底至九月初期间送到，具体时间待定。机器正在测试中，到时候送来之前会先跟你联系。选择它是值得的，如果你想转卖出去，也不会亏。”

其实，方召心里并不像别人想的那么纠结。钱对于他这个经历过末世的人来说，只要够用就行，能管生活即可，当然，谁也不会嫌多，但相比之下，新世纪的游戏机让方召的好奇心更强烈，他喜欢去接触新世纪的那些他从没有接触过的新东西。同时，《世纪之战》他也是期待万分的，而硬件设施是必备品，有个好装备玩游戏才会更爽快。

当天下午，银翼放出了方召创作的配乐被火烈鸟选中的消息，同样没有透露到底会出现在游戏中的哪里，但仅凭这个消息，原本的一些质疑声就再次被压了下去。

“真被选中了?!”

“谁知道呢，反正选没选中也只有银翼在说，没人证明。”

“确定不是银翼自编自演的戏?”

“我觉得骗人不至于，但游戏中的配乐那么多，说不定只是一段没什么存在感的音效而已。”

“管那么多干什么，一个作曲的而已，又不是什么大牌明星!”

众多讨论声中，银翼又放出了一段视频，是火烈鸟制作团队的几位重要负责人今早接受采访的录像，银翼放出来的是音效组组长华励对配乐方面提问的回答。

华励表示游戏音效已经基本完成，并重点感谢了一系列创作大师，其中就有方召的名字。

“方召是一位很令人惊喜的作曲家，期待下一次合作。”

从“作曲家”三个字就能看出华励对方召的态度，这是对方召的认可。

对火烈鸟几位核心员工的采访是全球直播的，每一个关注的人都能看到，所以方召这个名字也被更多人知晓，但并不是每个人都会去在意去查，只有业内的人才会注意到。

“方召，不错啊！”明苍看到采访之后第一个联系方召。

很多人说明苍完全成了方召的脑残粉。现在明苍在社交平台的个人主页上发出的动态，绝大多数都是关于他儿子明叶的，而且每一次都会同时提到方召，所以与明苍熟悉的人，不管圈内还是圈外的，对方召这个名字都不会陌生。

“其实今年火烈鸟那边发出的邀请，我认识的几个人也收到了，但没想到最终会采用你的。”

明苍在第四乐章发布之后，去银翼亲自感谢过方召，正好那时候他有个音乐圈的朋友从外洲过来，说是有急事找他，他才不得不提前离开银翼赶回家。而找他的那位朋友，就是今年收到火烈鸟邀请的人之一。

因为签过保密协议，所以对方只跟明苍说了能说的部分，并说了一些自己遇到的困难，跟明苍探讨一下。虽然不知道具体是什么样的动画，有些什么场景，但配乐制作上的难度明苍是知道的。他还邀请了几个专门给游戏影视制作配乐的朋友一起探讨，结果，几个在圈内极有影响力的人物，还比不上人家一个小年轻。

今年发出去的邀请都只是为了给游戏中的某个片段制作配乐，既然选择了一个，那么其他的就不可能用上了。

知道这个消息的时候，明苍也感慨万分，同时又带着一种自豪感：看，这是我们延洲的，还是个年轻人。就如正在编写教材的薛景说的那样，延洲音乐界的新浪潮，很可能就是由方召他们这些年轻人带动起来的。

“对了方召，知道‘齐安系’吗？拉你进一个群。”

很多时候，创作者们会抱团联合，来合力争取更多的资源和机会，这些团体有些是私人自发组织的，有些是以院校为核心组织起来的。而全球范围内比较有名的团体，“齐安系”是其中之一。

明苍拉方召进去的群，是齐安系的核心力量。群里只有九十九人，方召进来之后正好满一百。

都是音乐圈内的，其中有三分之一是明苍那个级别的人，在延洲的音乐界比较有名气，方召虽然不特别关注圈内新闻，但看到那些名字也觉得眼熟。剩下的三分之二，一半是资历比较老但地位不如明苍他们的，另一半则是已经开始闯出名气的年轻人。

当然，这些年轻人也只是在音乐圈内小有名气，放到整个娱乐圈或者整个延洲来说，就没太大名气了。

“嚯！方召！早就该拉进来了！”一个还在齐安音乐学院教书的教授兴奋道。

“后生可畏啊！”

“据我了解，火烈鸟今年发出了十几份邀请吧？延洲这次就邀请了方召，偏偏最后还就选中了他的，真好奇到底是怎样的作品。”另一位虽然已经不在学校教书，但已经成立了自己的乐团进行全球演出的老教授说道。

……

都是一些圈内级别比较高的大佬在说话，偶尔有中间层次的人插两句，至于群内最底层的年轻人们，还没谁敢贸然插嘴。

方召大概是其中唯一的特例。

“各位前辈好。”论资排辈，现在的方召确实还在“小辈”里面，但从影响力来看，方召确实有资格跟这些“前辈”探讨探讨。

不服？不服你也去弄一张火烈鸟的邀请卡来证明一下，或者，走流行音乐路子的，放出销量来打脸啊！

拿不出？拿不出就闭嘴！

有实力才能说话，这是很多行业都有的规矩。即便你资历老，没实力照样往后站，就像群里一直徘徊在“中层”级别的那些人。

“不知道火烈鸟这次给的报价是多少，方召，方便透露一下吗？”一个人说道。

“我也好奇。唉，我已经接触过好几个游戏商，还推荐了几个学生，但到现在，还真没哪个游戏商能像火烈鸟那样……豪爽的。”

如果有什么好的创作任务，导师们会把机会分给自己的得意门生。打个比方，如果影视或游戏制作公司的人找到那些大师，请他们给影视或者游戏制作音乐，可偏偏大师们因各种原因无法亲自创作，或者无法独立创作，他们便会向制作公司推荐自己的学生，渐渐将这些学生推上台面，这是很多新世纪的院校毕业生都会经历的。

但是，方召的情况显然不是这样的。

导师？他根本不需要导师去帮忙推荐，因为他自己已经闯出名头了，四个“史诗”乐章再加上火烈鸟音效组组长的亲口认可，还需要别人引荐？大概早就有人开始打算找上门了吧，所以大家最好奇的还是火烈鸟给方召的报价。

“不需要具体数字，能说个大概就行，这里还算安全。”明苍说道。他也是在告诉方召，能在这群里待着的人，口风还是比较严的。这种事情可以说一说，因为这也是对实力的一种证明，并不是每个搞艺术的人都以艺术成就来衡量级别高低。

“当然，不方便也不必勉强，大家能理解。”明苍说道。

“是啊，大家就是好奇一下，不是逼迫你，能说就说，不能说大家都能理解，谁都经历过这样的事情。”一位齐安音乐学院的教授说道。

“对对对，我以前就跟火烈鸟那边合作过，十年前出的那款游戏，我的一个作品就是他们一段半分钟过场片段的背景音乐，当时给我的报价是一千多万呢，听说其他人还有更高的，比如更长的用在开场动画或者一些比较关键的过场片段的乐曲，被选中的报价都相当高。你的情况应该和我差不多，我只是想知道十年后的今天，报价与十年前有没有差别。”一位已经成立自己的工作室的音乐人说道。

“哎，你们怎么知道人家方召不是接了个长片段的创作？就算现在不能达到那种水平，以后说不定就被选中了呢？”有人打趣道。他们当然也不认为方召被选中的是游戏中那些长片段的背景音乐，不过，在群内开玩笑说一说还是可以的。

“没关系，想说就说，不说也没谁能责怪你。”齐安音乐学院现任校长说道。虽然嘴上是这么说，但他心里却在想方召的事情也算是他的一项政绩了，这事他跟人吹牛能吹一年。

若是知道火烈鸟给的具体报价，他以后去外洲参加交流会的时候也能拿出来继续吹：看，我们学校的毕业生，才毕业不到一年就混到这程度，火烈鸟报价几千万呢！厉害吧？震惊吧？吓到了吧？

一想到那情形都觉得激动，齐安音乐学院现任校长心中暗暗兴奋，期待着方召报数。

“游戏机。”方召道。

“什么？”明苍等人一脸茫然。

“火烈鸟那边的人给了我两个选择，钱和游戏机，我选了游戏机。”方召说道。

然后，群里突然就冷了下来。包括一直在帮着活跃气氛的明苍，也像是失声了一样。

方召没有去打破群里突然到来的寂静，因为他接了个跨洲来电。

“苏侯？”方召惊讶道。

“那个，我看到火烈鸟的采访了。”苏侯语气有些不自然，比较僵硬，“真厉害。”

“所以？”方召可不相信这小胖子这时候找他就为这事。

“那什么……你……有没有兴趣……投资农场？”苏侯吞吞吐吐地将这话说出来。

“你遇到麻烦了？”方召问。

“咳，有点。”

苏侯遇到的可不是一点麻烦，而是相当大的麻烦。

为了跟同父异母的几个兄弟姐妹竞争，苏侯决定奋发图强，他给自己定了一个远大的目标——争夺牧羊赛的冠军！

即便五百年过去了，灭世战争的影响还是存在着，每个洲都有很多土地不适合种植。其他洲会在这些不适合种植的土地上建造建筑，牧洲则是交由洲土地资源部统一管理，改良成能种植的土地后，每年放出一些。而每年牧羊赛的冠军奖励，就是一块新放出来的地！

苏侯的这个目标的确定得“远”，这是每一个知道苏侯想法的人给出的评价。

牧羊赛已经开始一段时间了，现在想参与进去已经太迟，但偏偏苏侯听到消息，说是有个参赛的农场要卖，于是他就火急火燎地借了钱去将农场买了。

他被坑了。

也不知道是谁设的套，苏侯一头栽了进去。买下的农场里什么都没有，连农场的狗都被调了包！

苏侯又拉不下脸继续向大哥和母亲求助，最重要的是，他现在不想让苏家的其他人知道，不用想都知道这件事公开之后会有多少人笑话他蠢。

正好这时候，苏侯看网络直播看到火烈鸟的采访，听到了方召的名字，一查，发现就是当时在陵园见到的人。激动之下，他就直接翻出通信号联系方召。

听苏侯简单说完遭遇，方召不语。

方召的沉默让苏侯忐忑，担心方召不愿意帮这个忙，但很快他就听到方召回道："可以。这个忙我帮了。"

看在你磕头的份上，就算亏钱也帮了。方召心道。

"真，真的?！实在是太谢谢了！你有没有认识的人养牧羊犬？咦？我听到了狗叫声，你养狗了?"

方召那边正好是左俞在逗卷毛，惹得一连串的叫声，被苏侯听到。

"养了一只，不是牧羊犬。"

"没关系，到时候你来牧洲一起带过来吧，试试看能不能训练它牧羊。"

苏侯并没有瞒着方召关于他买下的那个农场的事情，之所以说麻烦，是因为那个农场虽然面积还算大，但土壤已经不适合种植了。

牧洲的农场主们也不是真的什么都不用关心，他们要关注天气，关注一些农业方面的东西，土壤改良和复种都是需要掌握的知识。但并非每个人都会亲自去关心，总有那么些懒散的农场主，自己不懂还瞎闹，以至于好好的土地，种着种着就越来越不对劲。

苏侯买的那块土地就是，他亲眼所见的，与之前看的影像资料截然不同，地已经被种废了，还被动了手脚，想要重新种植，就得找专人改良土壤。

而下套的人就是摸准了苏侯急着找农场的心思，几乎苏侯的每一个动作都能摸准，套一下一个准。

很显然，坑苏侯的人对苏侯很了解，稍稍动一动脑子都能猜到可能是谁。不过，方召对于苏家的那些破事没兴趣，将手头的事务处理完之后，方召就又申请外出了。

"这次又要出去取材?"段千吉觉得头疼。

"不，这次是出去拓展业务。"方召道。

段千吉听着好笑。还拓展业务，你是能拉赞助，还是能拿广告？牧洲那边的广告可是出了名的难拿。

极光在洲内的发展已经安排好，做了两手准备，代言选上是一条路，没选上则走另一条路。不管有没有选上，极光都是银翼创建至今最有潜力的一个虚拟偶像，段千吉不会让它毁了。

方召给了极光一个华丽的出场，这手好牌若是还被毁，银翼也不能被称为延洲三大娱乐公司之一了。

《世纪之战》的代言人在五月公布，这期间银翼会出一部战争片，极光在里面有个角色，所以现在虚拟项目部的人仍旧在忙，只除了方召这个制作人。

他的本职工作是创作，但并不是银翼的每部影片都需要他为之创作，不然银翼签那么多作曲人只是养着好玩？天马行空难道都是一群废物？

所以，现在方召在完成手头的工作之后，又闲下来了，既然苏侯那边有事情，他就再过去一趟。

与上一次不同，这次除了方召和左俞之外，飞行器里还多了一只狗。

第5章 CHAPTER 5

# 苏侯牧羊

或许是第一次乘坐飞行器，卷毛有些不适应，焦躁地走来走去，最后还是在方召脚边趴好。

左俞看了看方召脚边的狗，说道："老板，你这狗带过去不合适吧？牧洲那边的狗普遍体型偏大，就像那天咱们在杉木农场见到的那只黑狗，那只大吧？其实还没成年呢。咱这狗吧，跟那些农场的专业牧羊犬一比，真就像是个玩具，带过去不会被欺负吗？你想想牧洲牧场上的那些羊的体型，再看看这狗，去了别说牧羊，说不定还怕羊呢。"

方召看着手里的一本历史书，说道："卷毛的智商很高，学东西也快，到时候让它跟那些专业的牧羊犬学学，就算不能牧羊，多学点东西总是可以的。"

按照苏侯给的坐标，左俞驾驶着飞行器来到一个位于牧洲东部地区的农场，不同于途中所见的其他农场生机勃勃的景象，这个农场显得很荒凉，地里没种东西，大片的牧场连草都没长多少。几只没什么精神的狗正趴在旁边打哈欠，见到飞行器过来都懒得给个反应。

苏侯已经等在那里了，脸上带着尴尬的笑。

"召哥，你来了！"苏侯快步上前。

"叫召爷。"方召道。

"是，召爷！"苏侯这时候也不管方召要他喊什么，难得找到一个能帮忙的人，现在方召才是财主，听说旧时称呼财主也称"爷"，牧洲也有一些人这么叫。再说了，苏侯在查过方召的资料之后也挺佩服方召的，所以，苏侯并不觉得这么称呼方召有什么不对。

"先说说现在的情况，照实说，别隐瞒，你只有一次机会。"方召看向苏侯，说道。怎么被骗的方召也就不抓着这事说了，小孩子爱面子，老抓着一件事说反而会让这小子生出反抗情绪。吃一堑长一智，只要不是个傻子，总得长点记性。

对上方召看不出情绪的目光，苏侯突然就感觉全身的皮一紧，像是被他爷爷盯上，下一刻就要挨批一样。

缩了缩脖子，苏侯也没了平时那副犯倔的嚣张样子，但同时也松了一口气，他原以为方召会嘲笑他被骗的事情，没想到方召过来之后根本就没提那个，被问到眼下面临的困境，便老老实实将事情说了。

“哦，是这样的……”平时照顾苏侯的人中有懂得农场管理的人，苏侯也是将别人告诉他的事情说给方召听。

农场买了，找不到人退货，告也告不了。既然买了，与其花更多时间去找坑他的人，不如先将眼下的事情解决，想想怎么让这个“死”农场“活”过来。

让农场由“死”转“活”，技术上不算太难，难的是资金。请人改良土壤要钱吧？买种子、买牲畜要钱吧？建造大棚要钱吧？请工人请专家要钱吧？土壤不行先水培？水培那也得花不少钱啊！

苏侯说话的声音越来越小，他自己都不好意思开口。对农场的管理也不熟悉，农业知识还没学全，需要找的人手不少，最最重要的是，他还没组织起来一支牧羊犬队伍。

他买农场就是为了买下牧羊犬队伍和到现在为止的参赛积分，去参加东部地区的牧羊比赛，现在重心若是转移到农场上，那不是本末倒置了吗？

“所以，你现在最着急的是先找狗和训练员？”方召问。

“是，是的！下一场比赛在一周后，若是错过了，积分会排得更后。”苏侯说道。

“你怎么打算？”

“我想着，要不要先去买几只能牧羊的狗，借几只也行，很多农场的参赛犬也是借的，只要能合作好就行。哦，还有训练的草场，这边……这边恐怕暂时是不能用了。”

苏侯一想到这个连根羊毛都没有的农场，就觉得心疼。那么多钱，换了个死气沉沉的农场，一没羊，二没狗，三没草地，还牧什么羊！

苏侯本想去找自己认识的那些人求助，但想来想去，又怕被坑。

“召哥……召爷，你有没有认识的农场主，有狗，有羊，还有草地的？”苏侯小心问道。

有狗，有羊，还有草地？

方召还真想到一个人。

“你先等会儿，我问问人。”方召道。

“好！”听到有转机，苏侯顿时起劲了。

方召想到的也不是别人，正是他们第一次来牧洲时遇到的杉木农场的农场主伍益。

方召联系伍益，问他有没有兴趣参加牧羊赛，大家合作一把。

苏侯的事情方召选择性地提了几句，其实方召不说，以伍益他们灵通的消息，也能知道一些，如何选择就看伍益自己了。

这还真让伍益提起了兴致。苏侯他们这些苏家小辈的竞争威胁不到他这里，如何选择，自然是看利益。

伍益的农场在东部地区不算大型，但他也不是一个没有野心的人，只是以前资金有限，牧羊犬队伍也没组织起来，只能支持一下亲戚中那些有实力的人，希望他们能带他一把。不过，现在得到的利益并不能令他满足。

方召的提议让伍益很心动，就算捞不到多少好处，让自己农场的几只牧羊犬白得一次锻炼的机会，也是不错的，况且其他手续及费用都有人解决，这是再好不过的事情。

伍益给了肯定的答复。他想着，若是自己农场的几只牧羊犬在牧羊赛上表现得不错，明年他也报名参赛。混不到名次露个脸也好，如果能够让自己农场的名字在东部地区传播开来，那就更好了。

伍益的选择在方召意料之中。牧洲的农场主，尤其是那些大中型农场的所有者，没几个真傻的，他们是农场主，也是商人，绝对不像外界大众想的那样安于现状混吃等死。

好在伍益这人虽有不少心思，但还算正派。就现在的情势而言，与伍益合作一把是最快捷的双赢的选择。

约好时间，方召带着苏侯来到杉木农场。不看其他，只论面积，苏侯买的农场比杉木农场还大一些，但完全没有杉木农场的“活”气。

“哈哈哈，又见面了！”伍益早就在停留场等着，看着从另一艘飞行器上下来的苏侯，也上前打了声招呼，自我介绍了一下，表示自己的热情。他不看好苏侯，但他看好方召。

“之前就听说西山农场有人买了，没想到是你们。”伍益说道。

西山农场，位于牧洲东部地区更偏僻的西侧，那边也没什么有名的农场，各种设施也不完善，平时的存在感不高，今年是因为出了一支牧羊犬队伍才引起大家注意的。但在网络上能查到的信息，与实际情况并不一样，也只有亲自去过那边的人才知道实情。伍益也是听几个喜欢到处考察的朋友私下提起，才知道一点。

不过，网上的信息与实际情况不符，这并不罕见，所以当时就算知道，也没人会直接说出来，他们只关注牧羊赛而已。没想到，竟然是苏侯买下了那个农场。

以伍益这几十年的经验，他就算不问也能猜到这可能是个圈套，而苏侯一脚踩进去了。至于方召为何要掺和进来，伍益就不清楚了。不管如何，只要自己能得到好处，伍益愿意装傻。

“这草场的草长得真好！哪像我买的农场，那里还没返青呢。”苏侯对这方面一窍不通，但想想自己买的农场，再看眼前的草场，如此明显的对比，还看不出来就是眼瞎了。

“我们这边的草场返青早！”伍益也不问苏侯的农场草地为什么还没返青，只是笑哈哈领着方召和苏侯一行人去他草场上羊群所在的地方。

“咦，方召，这就是你养的那个小家伙？”伍益看着紧跟在方召脚边的卷毛狗，问道。

“对。”

“看着挺聪明的一只狗，待会儿让我家宾果做些示范，看看它能学会多少。”伍益说的时候带着些得意之色，他口中的“宾果”是现在他农场的牧羊犬里面最有头犬气质的一只。

坐着伍益的车，一行人很快来到羊群所在的地方。伍益的农场有三百多只羊，牧羊犬有七只，但并不是每只牧羊犬都能准确地执行指令，照看羊群的还有负责放牧的雇工，以及几只“机械狗”。

农场主们用的机械狗，并不是真长得跟狗一样，它们形态各异，只是因为被发明出来是为了协助放牧，所以才会被人们称为“机械狗”。伍益他们这些农场主在家里就能控制机械狗的动向，观察草场放牧的情况。

车停在一处高地，站在那里能看到羊群那边放牧的情形。

“现在这个时节，得勤换草场，所以并不会只固定在哪一块放牧，有时候今天在这儿，明天就在另一边。”伍益跟方召和苏侯说着一些放牧的事情，在他看来，一个是外洲的外行人，一个是什么都不懂的苏家小少爷，他这个懂行的就得多显摆一下专业知识了。

“现在这个季节，不能让羊群走太快，得控制它们的速度，挡强羊等弱羊。有时候这样的工作我会训练牧羊犬去完成。”说着伍益朝那边大喊一声，“宾果！”

前方几只狗正在牧羊，其中一只带着棕色斑块的大狗飞奔过来，体格结实，毛色光亮，非常机警，看到方召一行人时并没有吼叫，也没有表露出攻击的意图，它只是看向伍益，在伍益打了个手势之后，才加快步子朝伍益靠近。

“方召，你这狗平日里都会些什么？简单的口令能听懂吗？”伍益问。

“简单的口令没问题。”

方召没有刻意去训练卷毛，但可能是平日里跟部门的人相处时间久了，它也能听懂很多简单的话。

“衔取、随行这些应该也会了，向左、向右等方向指令会吗？算了，不如先看看它能不能驱赶羊。”

伍益带着方召他们朝羊群靠近，苏侯也好奇地看着那些在羊群周围走动的狗，有几只在他们靠近的时候发出警示的低吼声，还有一只做出了准备攻击的姿态，在伍益打了个手势之后就收敛了，甩着尾巴朝伍益靠过去。

挨个奖励一番，指挥它们继续“坚守岗位”，伍益指着离羊群稍远的几只羊：“那些离羊群太远的羊得驱赶回去。宾果！”

下一刻，宾果就冲出去了，原本已经跑远的羊，被驱赶着朝羊群跑回来。而宾果则在靠近羊群的时候停住脚步，折返回来。

“看，就是这样。不过看起来简单，训练还是要时间的，而且一般我们训练牧羊犬，都是从幼犬时期就开始，成年犬已经定性，就不好训练了。方召你这狗不适合牧羊，但是训练训练还是可以多学一些东西的。喏，前面还有一只羊，让你这小卷毛去试试。”伍益道。

“卷毛，去试试。”

“……狗不是这么驯的。”伍益见方召站在原地没动，有些无奈，心想外行人果然是外行人，驯狗要是真这么容易，说什么它就照着做什么的话，他早就让自己农场的狗去参赛了。

方召当然知道正常驯狗并不是这样驯，但他很早就发现卷毛的学习能力很强，而且渐渐的已经能听懂很多人话，所以只是试一试，说了这么一句。

而在方召的话说完后，站在方召脚边的卷毛就一路小跑地朝不远处那只羊过去了。

卷毛的个头还没人家宾果的背高，跟草场上的羊一比就更小了，好像羊一蹄子就能把它踩死似的。

如左俞所想，卷毛走到那只羊跟前，也没见那只羊动一动，依旧慢悠悠地嚼着草，只是在卷毛靠近的时候，懒懒地抬起眼皮用余光瞟了眼，就没理会了。

卷毛有些茫然地回头，不知道该怎么办。

“还是不行。你这狗没杀气啊。”伍益叹道，“一般当牧羊犬赶不动羊的时候，会叫，会威胁性地咬，你这狗太小了，大概也不敢。不过没训练过的狗这样也不奇怪，要不，我让人牵一只小羊过来，让它锻炼一下勇气？狩猎是这些食肉动物的天性，就算被驯养成宠物，骨子里应该还带着那种天性，多训练总能学会。”

“不急，先等等。”方召看着那边，他发现卷毛正看向其他几只牧羊犬，大概是想模仿它们。

一分钟过去，两分钟过去……

伍益无聊地扯起一根草秆，放在嘴边咬着，这是他无聊时候的习惯。

“我觉得咱们是不是应该……”伍益话还没说完，就见那边卷毛的头已经下压，对着前方的羊，摆出攻击的姿势，而原本在吃草的羊不知什么时候已经停下，像是僵住一般，然后噌的一下，后腿像是安了弹簧一般使劲弹起，整只羊飞也似的跑起来。在它身后，卷毛也紧追了上去。

苏侯嘴巴张得能吞两个鸡蛋：“原来羊能跑这么快?!”

伍益嘴边的草秆都掉了：“我也是第一次见到。”

羊逃命似的直接冲进羊群，原本平静吃草的羊群骚乱起来，而卷毛则在靠近羊群时就停住。

羊群的骚乱过了好一会儿才平息下来。

伍益扭头问方召：“你这狗，你这狗……它，它，它，它属狼的吧?”不然那只羊刚才怎么像逃命似的飞跑?

左俞也问：“老板，你怎么看?”

“我觉得，它挺适合牧羊的。”

方召对左俞道：“去飞行器上将我的工具箱拿过来。”

方召这次在离开延洲前，准备了一个工具箱，左俞见过，听说那是一套取材工具。

参赛的牧羊犬最少得有六只，依照伍益的想法，先挑六只出来，加上卷毛，七只狗一起训练。他这个经验老到的农场主亲自负责指导，虽然只有不到一周的时间，但加紧练一练，应该也能凑合。

方召让卷毛跟着一起过去，扭头就见苏侯还站在旁边。

“站着干什么？过去跟着学！”方召对一副看热闹样子的苏侯说道。

“啊？”苏侯很茫然，“我也要学牧羊？”

“你希望到时候站在指导员站台位置的是你，还是伍益？”方召问。

苏侯不语。

牧羊赛场指导员站台的位置上，一般都是各自农场的代表人物，半数以上是农场主或者农场的继承者站在那里。那是一个标志，是会被直播的摄像机拍到的位置，方召这句话就是在问苏侯，到时候是希望将自己宣传出去，还是将这个机会送给伍益？

苏侯纠结了一会儿，看着羊群那边，结结巴巴地说道：“但是这里……已经没有多余的车了。”

“没车你还有腿。”

用跑的？

苏侯很想反对，但在方召的眼神压力下，还是挪着步子朝那边过去了。其实苏侯也很想享受一把站在牧羊赛场指导员站台上的感觉，但要站在那个位置，需要付出的太多，杉木农场的狗他一只都不熟悉，那些狗能听他指挥吗？

若是这些牧羊犬能完全自主地牧羊，指导员站在那里也只是当摆设，那苏侯还是很愿意的，但现在这支新组建的牧羊犬队伍不可能做到那种程度。

唉，试试看吧。

苏侯朝羊群那边跑过去，观察伍益训练狗的那些手势和指令。

伍益也明白苏侯的意思，在驯狗的时候也会跟苏侯解释一番，让苏侯与那些狗多接触交流。

苏侯过来还带了三个人，负责照顾苏侯的饮食起居，兼任保镖。但是方召没让这三个人去帮忙，只让他们注意苏侯的安全即可，其他的不用操心。这也是得到苏侯同意的，所以三位保姆兼保镖站在不远的地方，看着苏小胖子跟着羊群和狗队跑来跑去。

方召注意到，卷毛一开始并不能很好地融入狗队，对很多指令并不熟悉，但是一个小时之后，犯的错就少了，能正确执行伍益给出的指令，虽然还是没有完全融入，但也能勉强配合出牧。

方召觉得，牧羊训练给卷毛打开了一扇新的大门。这只狗身上有太多奇怪的地方，学习能力也非常强，但至少到现在为止，它并没有表现出威胁性，没有对周围的人表露过攻击意图，虽然会有自己的小心思，但并不会掩藏起来，尾巴一翘就知道拉什么屎。

末世之后出现了太多新的东西，这只狗是不是其中之一？方召想着。

“老板，工具箱拿来了。”左俞将从飞行器上拿过来的箱子放在方召旁边，往草场那边看了看，“哟，小卷毛表现得不错嘛。不过，好像并不能很好地融入狗队。”

左俞对牧羊没有经验，但有没有很好地融入队伍打好配合，他还是能看得出来的。杉木农场的几只狗都在排斥卷毛，好几次伍益指示的跑位，卷毛的位置都被抢了。

“快了。”方召道。

左俞不明白方召这话是什么意思，但很快他就发现，牧羊的狗起了冲突。

卷毛的位置再次被抢，它跑动的时候，被宾果挡在外侧。这次卷毛怒了，低吼的声音就像是在宣战，宾果也不再往前跑，一个转身跟卷毛对上，两只狗对着吠了几声，相隔一米浑身绷紧地对峙，鼻子上都皱出几个明显的褶痕，嘴唇外翻，露出尖牙，还不断发出低吼声。

苏侯想要过去，被伍益拦住：“一个草场，只有一只头犬，这是规矩。”

在伍益看来，他的草场，以前就是宾果的地盘，现在这只小卷毛加入，若是保持着臣服的姿态还好，但偏偏这小家伙也挺高傲，一点都没有退让的意思，在草场上这就是对原来的头犬的挑衅。

伍益并没有去阻止，真斗起来的两只狗是会误伤人的，所以他控制着周围待命的“机械狗”飞过来，以防待会儿发生血腥事件。

然而，让伍益惊掉眼珠子的是，那边对峙着的两只狗，宾果的低吼声渐渐小了，再看到宾果斜向后用力拉直的耳朵往下一耷，伍益就知道，这货㞞了！

㞞了?!

对着一只脑袋还不到自己背高的小卷毛狗，竟然㞞了?!

别说体型优势，就算狗仗人势，在自己的地盘上也不能这么快就㞞啊！

伍益朝方召那边看了看，见方召打了个“继续”的手势，暂时也不去琢磨到底为什么会发生这样的事情，只能继续按照刚才的模式训练。但这一次，宾果不再去抢位，这点让伍益很郁闷。

原本打算让宾果当头犬的美好计划，看来是得改一下了。

“控制好范围！好，很好！保持跟进！跑位，注意跑位……宾果！快一点，你怕什么！加速，再往前跑一段！”伍益在那儿指挥了一下，便让苏侯先试一试，不用手势，先喊口令。

让放牧的雇工们注意跟进，伍益便往方召这边过来，灌了半杯水，还是一脸的郁闷：“方召，你这狗，真是在城里的街上随手捡的？不是从哪个什么实验室啊什么外星球之类的地方捡的?”

“你电视看多了。”方召回道。

因为牧羊犬很出名，也很聪明，所以牧洲有很多关于狗的影片，牧洲最受欢迎的虚拟偶像不是人，而是狗。

但除了影视中的那些桥段，伍益真想不出原因了。按照常理，方召这只卷毛狗并不是纯种的功勋犬后代，且全球的人都知道，牧洲的狗平均智商是十二洲中最高的，能牧羊的狗更是都不蠢。但现在，宾果被一只不知来历、不明血统的小卷毛狗给比下去了！

比智商，比气势，都输了！

伍益很不理解，坐在草地上，咬着一根草秆，觉得心累。他的人生观又被刷新了。

真要是这么下去，头犬……是不是就让这只小卷毛狗当？参赛时会被所有观众嘲笑的吧？

咦？不对！伍益精明的大脑开始快速转动起来。不看好意味着买的人少，也就是说赔率会很高……

牧羊赛进行到后期，奖励的规则是不同的。

伍益看着不远处正同其他六只牧羊犬一起牧羊的卷毛，眼神闪烁。

中途休息的时候，苏侯过来跟方召商量，他想要让这些狗在比赛时都听他的指令，就得先让它们都认同他。卷毛还好说，伍益的六只狗，已经认了伍益这个主人，除非伍益主动抛弃它们，否则它们是不会再认第二个主人的。

“伍益说要想在最短时间内让它们认同我，除了指导出牧之外，我还得与它们同吃同睡，增加相处时间。我的理解是，我得将我自己当成一只狗。”苏侯说道。

“你自己怎么选择？”方召问。

苏侯抓了抓脑袋：“我觉得，只要能赢比赛，这也没什么。”

方召笑了笑，并没有继续这个话题，而是说道：“听说东部地区八进四比赛时，每支队伍都会有一段五分钟的专属广告时间。”

“对对对！”

方召一提起这个，苏侯就想起来了，平时的牧羊赛上，虽然也会有对各个农场的介绍，但并不会给太多时间，只是简短几句话介绍农场，然后介绍各牧羊犬的战绩。但在东部地区决赛，也就是八进四，决定总决赛资格的时候，会有一个长时间的展示机会，那是整个牧洲的人都会关注的。

“如果我们也有那个机会的话，我一定给自己拍个帅点儿的！”苏侯的中二思维使他已经开始构建一幅自己如何在总决赛赛场酷炫狂拽的画面了。

这么一想，苏侯就突然精神振奋了：“召爷，宣传片背景音乐你会亲自操刀吧？”

“当然。”

“哈哈哈哈！”苏侯兴奋地大笑着往羊群那边跑去，他觉得自己下一刻就能骑着狗去上战场了。

“那小子怎么了？”伍益走过来，疑惑地问。那小少爷刚才还蔫蔫的样子，现在突然就跟打了鸡血似的。

“你这又是在干什么？”看到方召的动作，伍益也不去在意刚才的问题了，他见方召将一个指甲盖大的东西装在卷毛头上。

“录音话筒，取材用的。”方召装好之后拍了拍卷毛，“去吧。”

“草秆很好吃?”方召见伍益又叼着一根草秆，问道。

伍益一脸的深沉：“你不懂，草秆里含着四季。”

走到方召旁边，伍益拿起方召放在旁边的耳机，听了听里面的声音，都是呼呼的风声，这应该就是卷毛头上的录音话筒传来的声音。方召要这个干什么？这些不都是挺平常的声音吗？这种也算取材?

想不明白，伍益便好奇地问道：“你们作曲的，对这些平常的声音也有兴趣?”

方召笑着摇了摇头：“你不懂，声音里含着世界。”

伍益：“……”第一次碰到个比我还能装的。

牧羊犬的牧羊工作并不容易，它们每天都要跑三十公里以上，若是要勤换草场，跑的路程更多，有些任务艰巨的，一天甚至会跑一百公里以上。但是苏侯不可能跟专业的牧羊犬比，在没有车的情况下，凭两条腿，以他的体质，想跑也跑不了那么多。好在他的角色只是指导员，不需要真像狗一样频繁地跑动，但仅仅只是跟进，不断地喊指令，也让苏侯累得快趴下了。

从草场回去的时候，苏侯是乘车回去的，他实在跑不动了。

晚饭苏侯是跟狗一起吃的，倒不是说真让苏侯吃狗粮，而是在吃饭的点，苏侯给几只狗喂食之后，自己也在旁边吃东西；睡觉的时候倒是真睡狗窝，不过农场给牧羊犬住的地方条件并不差，虽比不上苏侯自己家里，但比一些普通雇工的住处要好。

牧洲人说他们的牧羊犬比外洲那些打工的人过得好，并不是没有理由的，这也是很多人羡慕嫉妒恨的原因，活得还真不如狗。

苏侯都住狗窝，他的三个保镖自然也不能离得太远，他们得时刻注意着苏小少爷那边的动静。

白天累成狗，苏侯晚上就算是直接躺在狗窝都能睡着，但是，狗窝那边却时不时传来一阵诡异的笑声。

“呵呵……嘿嘿嘿……哈哈哈哈……”

三个保镖小心地过去看了看，发现是他们小少爷在做梦，大概是梦到了什么好事，不断地发出笑声。狗棚内的狗都露出嫌弃的眼神，宾果发出一声不满的“呜”声，换个姿势继续睡。它们这些牧羊犬白天太累，晚上守卫农场的工作是由黑胖等几只专门负责警戒的狗完成的。

那边的苏侯被近处的一只狗推了一狗爪，咂巴一下嘴，翻了个身继续睡，没过一会儿，又开始断断续续地发出笑声。

三位保镖相视一眼，露出无奈之色。本来还挺心疼这小少爷，但见到这情形，他们也不知道该作何感想，这小少爷睡狗窝睡得挺舒服啊。

与早早就睡下的苏侯他们不同，方召晚上还出去跑步了。作为保镖的左俞自然是要跟着的，虽然他也不明白这位艺术家老板在黑漆漆的农场里跑什么步。方召脚边，卷毛也一直跟着跑。

农场很大，方召从农田那边跑到草场绕了两圈，再跑回来。

“真安静。”方召说道。

左俞心想：这不是废话吗？

“牧洲就是这样，人口很少，农场大，到处都是农田和草场。”左俞说道。

方召笑了笑，没解释。

末世的时候，夜晚可不是这样的。

一路跑回伍益给他们安排的住处，方召发现，虽然农场各处都很安静，但安静的背后有许多双“眼睛”。整个农场都处在监控之下，每天晚上会有人守在监控室，随时准备着发现异常之后前去查探。牧场的狗也发挥着它们作为“原始报警器”的作用，就算是闭着眼睛的时候，耳朵也听着周围细小的动静。

这个农场经营得很好，方召知道，就算没有这次合作，伍益一样能够将这个农场扩大，只是需要的时间久一点罢了。

回屋之后，方召就没出门了，左俞也回到自己的房间，方召不出去，他也能轻松点。一个哈欠打到中途突然停住，左俞突然想到一件事，难怪一直觉得哪里不对劲：方召跑了一路，但回来之后，竟然没有如他想的那样喘粗气，这怎么可能？

按照档案上的信息，方召应该是那种肩不能挑手不能提只用脑子赚钱的艺术工作者，但为什么跑了这么长一段路竟然还是很轻松的样子？难道真如虚拟项目部的祖文他们所说，方召每天都会花大量时间锻炼？但就算每天进行寻常的锻炼，也不可能做到这种程度，除非方召一直在增加强度。一个艺术工作者要高强度的锻炼有什么用？

左俞发现他越来越看不懂方召了。摇摇头，走了两步又顿住，他想起来，一直跟在方召脚边的那只卷毛狗好像也没喘气！白天跟着农场的牧羊犬们练习放牧，晚上还跟着方召跑了个夜跑，竟然连气都没怎么喘，换成其他狗大概回来之后就趴地上伸着舌头急喘了。

左俞更郁闷了，他连只狗都看不懂！

次日，苏侯精神抖擞地从狗窝那边过来，一路小跑着来找方召。虽然昨天跟着跑了一天，但是晚上喷过药，今天并没有出现肌肉酸痛的情况，反而因为昨晚做的美梦，醒的时候嘴都是咧开的。

“听说苏小少爷昨天做了美梦？梦到什么了？”伍益见到苏侯，问道。

“就是梦到……梦到……唉，记不清了，反正是好事。嘿嘿，召爷！”苏侯见到方召之后大声喊道，“农场的名字申请更改成功了，下一次比赛时就能用上新名字！”

苏侯买下西山农场之后就想要改个新名字，毕竟换了个新主人，他就不想再用以前的名字了。就算这个农场现在什么都没有，但好歹是自己的所有物，换个名字心里舒服。只是想了很多名字，苏侯决定不了到底用哪个。后来方召说："不喜欢西山，那就改成东山，取东山再起之意。"

于是，苏侯就去申请改名，今天早上已经通过了，从今天开始，他们的农场不再是"西山农场"，而是"东山农场"。

虽然已经记不清昨晚梦里的内容，但苏侯记得应该是关于牧羊赛的。如方召所说，他很期待能冲进东部地区的决赛，到时候就能让牧洲所有观看牧羊赛的人知道苏侯这个名字！再加上农场改名成功，苏侯的心情就更美妙了，学牧羊也越发卖力。

之后的几天，苏侯每天都会跟着羊群，指导七只牧羊犬组成的队伍牧羊。

用来训练牧羊犬的羊，是伍益从他饲养的羊中挑出来的一百只，品种和品质都符合牧羊赛的要求。在决赛之前，比赛用的都是牧洲最常见的羊。

苏侯的三位保镖每天都在感慨，他们见证了小少爷牧羊从一开始的手足无措，到后来的有模有样；从一开始一个指令想半天，到后来看到羊群变化就能快速打出手势。才一周而已，小少爷都瘦了。

伍益每天都会传授给苏侯一些牧羊的技巧，他没有藏私，既然已经选择合作，选择在东山农场押宝，他就全力一搏。若是这种时候还藏着掖着什么都不愿拿出来，于人于己都没有好处。

而让苏侯的三位保镖一周过去了都还没看明白的是，那个从延洲来的作曲家方召，每天到底在做些什么？

白天方召就坐在那里戴着耳机摆弄一些音乐设备，晚上带着狗出去跑步。苏侯牧羊的时候，方召还在羊群和狗身上都放过录音话筒，在苏侯身上也放过。

放在苏侯身上的东西，三位保镖都得仔细检查。而检查的结果就是，这确实只是一个录音话筒，且是与人耳构造最接近的一种录音话筒，它录下来的声音，就像是人的耳朵在那种情况下会听到的声音，这就让他们更看不明白了。

偷听？根本没必要，有什么值得这么偷听的？还得费这么大的劲。

取材？这能取什么材？

话筒录下的声音他们都听过，各种声音混在一起，根本就听不出什么，有时候能听到一些风声，但那些风声也没任何特别之处。

至于方召在笔记本上写出的那些符号，据说是一种曲谱，但没人能看懂。

果然，艺术家的世界就是与常人不同。

# 第6章 CHAPTER 6

# 牧羊犬卷毛

一转眼，时间到了比赛日。这次除了方召他们的东山农场之外，还有东部地区的另外七个农场，一共八支队伍参赛。

“老板，这次怎么买？还猜前五名？”左俞问。

“不。”

伍益说过，牧洲能一下子精准猜出前五名甚至更多名次的人，大部分都是苏家人。方召猜对一次还能看作纯粹是运气，但若是十次里面有三次以上猜对的话，就会引起注意了，猜对的次数越多，越容易引人注意，方召现在还不想引来一些不必要的麻烦。反正他现在也不缺钱，没必要冒那个险。

再说了，猜少一点的，未必不能大赚。

方召看了看竞猜奖励，或许是这一次同等水平的队伍比较多，赔率也比以前高。猜中第一名，能获得下注金额的三倍奖金，后面的几项也一样，都偏高一些。

“这次没有比较强的队伍，也没有特别弱的，猜前五不好猜。”方召说道。

左俞看了方召一眼，他不知道方召是真猜不准，还是不想猜，顿了顿，问道：“那老板你准备怎么买？”

“不用多想，只要是我们参加的比赛，押我们赢就好。”方召说道。

左俞点点头，表示理解。就像当初伍益支持自己表姐一样，不管看不看好，都会买一些，虽然在背地里还会有其他操作。

左俞想知道方召在背地里有没有其他操作，但又不能明着问，便凑过去小声问道：“老板，你这次押了多少在咱们自己人身上？”

“上次来牧洲赢的全押上了。”方召道。

“你玩真的?!”左俞吓一跳。

“我什么时候玩假的?”

观赛厅里，杉木农场的人在给狗做按摩。

方召和伍益等人都在给参赛方安排的观赛厅里。因为赛场太大，他们根本没法看到赛场的全貌，有些人会借助望远镜等工具，有些比较懒的人则坐在舒服的椅子上，看室内的光幕显示画面。

“我们今天是第三个出场，还算可以。苏少，镇定，不用太担心，有什么我们会在耳机里通知你的。”伍益说道，“苏少，你现在可以和牧羊犬们一起做做热身，随便走动跳一下也好，能缓解紧张感，待会儿也不至于太僵硬。按照平时训练的那样，跑进七分钟之内应该可以的。”

左俞闻言无声看了伍益一眼，又看看方召，收回视线，垂头不语。就算跑进七分钟，进不了五分钟就没有绝对的把握获得第一，不能获得第一，方召买的那一千万就全没了。

来自八个农场的八支参赛队伍，在比赛当天的早上临时抽取号码决定出场顺序，竞猜奖励会在那之后公布。方召在下注之后，看着网上的人对今天东部地区这场比赛的下注情况。

网上也有人讨论第三个出场的东山农场。

“东山农场？以前怎么没听过？积分还有三十多呢。”

“东山农场就是以前的西山农场，换主了，连名字都换了。”

“我看看农场主是谁……哟，苏家人？还是个苏家的小孩？这谁啊？”

“这不是前段时间被娱乐媒体拍到过的苏侯吗？他现在竟然买农场玩？”

“我不管农场换名还是换主人，我只关心参赛的狗。我看了看，东山农场的阵容不行啊，除了A号犬，其他的都不算太好，竟然还有一只小狗？呵，这是嫌队伍实力不够，拉了一只宠物狗过来凑数？”

很多人都注意到东山农场的参赛名单那一栏，最末位那只明显与众不同的小卷毛狗，以他们丰富的鉴狗经验，一眼就能看出，那不是专业的牧羊犬，再看看详细信息的体型一栏，嚯，这么小?!

“还真有人拿一只宠物狗来凑数？”

在牧洲人眼中，宠物狗与工作犬是不同的，他们觉得宠物狗就像是温室里的观赏植物，娇气，弱得很，没什么实用价值，所以在看到参赛名单上出现一只小卷毛狗的时候，一些人就对东山农场没了期待。

“说实话，东山农场的A号犬还挺不错的，只可惜……唉！”

大部分时候，A号犬就是头犬，所以很多人最先关注的就是队伍中的A号犬，根据A号犬的能力来分析整支牧羊犬队伍的实力，比如出牧能力等。但东山农场这一看就不专业的阵容，让很多看好A号犬的人也失望了。

除了官方平台，还有一些私人公司也会举办竞猜，但奖金金额有限制，最高不得超过一百万。伍益在官方下注之后，又跑去另一家私人公司的竞猜平台下注。

不同于官方平台的是，这个私人平台上的竞猜项目只有一项——押头名。

八支队伍，不同的赔率。大概是都不看好东山农场，它的赔率最高。

“五点四？也就是说，如果我们赢了第一，会获得下注金额五点四倍的奖金？”左俞本来打算在官方平台跟着方召买的，但看到伍益在这个私人平台下注，也转过来了，反正都是押自己人这边，当然选择赔率更高的平台。

左俞在这个私人平台买了一万注，五万块钱。

“老板，你不再买点儿？”左俞也就随口一问，谁料，方召还真在那边又买了一百万。

所有竞猜平台停止下注时，赛场那边已经在做准备了，有专人在检查草场。直播会将这一幕也播出去，让观众知道，他们检查草场是很认真的，不会出现草场上使诈的情形。

第一支队伍出场的时候，苏侯就开始在原地不停地转圈。热身运动不仅没让他的紧张感减少，反而越发忐忑了，只要一停下来，他就会焦躁，不断看向计时处的数字。

“六分五十一秒！第一支队伍的最终成绩是六分五十一秒！这是个还算可以的成绩……”解说员正解说着今天开场第一支队伍的牧羊情况。

第一支队伍的表现虽然不能算是迅速，但好在也没有出现太严重的失误。总的来说，能跑进七分钟以内的都算是不错的了，至少不会成为今天的车尾。

第二支队伍上场时，苏侯就得带队出去了，伍益也跟着出去，没一会儿就回来了，不断擦着额头的汗。刚才他一直保持着镇定的样子，但这也算是他第一次以主要参赛方的身份正式参加这类比赛，即将出场的队伍虽然是以东山农场之名参赛，但队伍中六只牧羊犬都是他自己农场的狗，能镇定下来才怪。

伍益回来的时候，第二队已经跑完，看了看显示屏上的成绩：六分四十三秒。

连续两支队伍跑进七分钟，确实给了第三支队伍很大的压力，六分多钟虽然不能算是很好的成绩，但也都不差，伍益现在越发紧张了。他不要求自己的狗跑得多好，只要能顺利将羊全都赶进栏就行了，毕竟都是第一次参赛，说不准就会出什么状况。

伍益有些烦躁地掏了掏兜，什么都没有，他今天从农场过来时太紧张，忘了往兜里装草秆，现在想叼根草秆解压都不行。扭头往旁边看了眼：“方召，你都不担心吗？”

“担心。”

“看不出来，我瞧你挺镇定的。写什么？战术吗？”伍益往前走两步伸脖子看了眼，然后，不说话了。

方召手边放着的纸上画的全是伍益看不懂的符号，方氏曲谱符号。

伍益本想再说什么，就听左俞出声道：“要开始了。”

光幕上，直播画面在指导员站台停留片刻，苏侯紧张得浑身僵硬，嘴巴还不停地念着什么。

“苏小先生大概在背诵指导手势，呵呵。”解说员意味深长地笑了笑，“相信很多人都知道，苏小先生买下了曾经的西山农场，改名为如今的东山农场。参赛的牧羊犬也不是大家熟悉的西山农场的那些，全都是陌生的面孔，噢，还有一只小宠物犬。苏小先生看起来也不怎么自信，不过也能理解，第一次参赛，都会这样……好了，大家继续看比赛吧，倒计时已经开始！让我们看看苏侯苏小先生带领的新牧羊犬队伍会给出怎样的成绩！”

嗒——嗒——嗒——

倒计时的声音在空旷的草场上传开。

“出栏了！”

一百只羊冲进草场，七只牧羊犬也从两侧的通道冲出来。

“出牧！我们看到，第三个出场的东山农场的牧羊犬采用的是圆形出牧方式，注意聚集羊群，跑位……这跑位……不对啊，A号犬的跑位不对劲啊……”原本激情昂扬的解说员疑惑了，“难道东山农场使用了新战术？”

赛场旁边封闭的观赛厅里，伍益几乎是以祈求的姿势在观看，心中不断默念：别出错！跑位别出错！

然而，下一秒伍益就听到了解说员恶魔般的声音：“B号犬！B号犬跑位出错！跑错边了！看起来它也有些紧张，大概也意识到了自己的错误，速度慢了下来。我们来看看苏小先生会怎么做……”

伍益一巴掌拍向自己的脸，他都有些不敢看了。B号犬？小吉利？小吉利平时不是表现得很好吗？

第一次参加正式的牧羊赛，对陌生场地不适应，肯定会有不安的情绪，如果连小吉利都出错，那其他几只不是更差？

别看伍益平日里很能说，但真到了这时候，却突然迷惘了，大脑乱得很，想说什么又开不了口。扭头看向方召那边，见方召已经拿起通信器。

赛场的解说员还在说着：“苏侯申请临场指导！不过现在有些晚了，刚才没能聚集起来的羊群开始分散了！有一队羊从羊群中走散！这就是牧羊犬跑错边的后果！”

难得看到比赛场上出现一队羊走散的情况，解说员格外兴奋，恨不得高高蹦起来：“要丢羊了！我们看看苏小先生会给B号犬打出怎样的手势，B号犬又能否成功回到正确位置……咦？”但说到一半时，就见赛场上，苏侯的投影并没有出现在B号犬的位置附近，而是出现在G号犬的前方！

G号犬？那只小卷毛狗？

苏侯打了个手势，由于太紧张，一开始手势还打错了，好在立刻反应过来，按照方召的指示，给卷毛打了个聚集羊群的手势。

打完之后苏侯自己心里都发虚，没底气。

“苏小先生的手势是聚集！难以理解！他竟然给一只小宠物犬打了个聚集的手势！我觉得他应该是打错……”解说员正准备再分析一番，就见草场上的那只小卷毛狗如风一般加速冲过去。

“好快的速度！跑太远了！它离羊群太远了，根本做不到……噢！聚集！走散的羊在朝羊群聚集!”解说员自己都擦了擦汗，他觉得这第三场开始之后，他就没能说出过一句完整的话，每次说到一半就得突然转向。

草场上，原本像是从树的主干上伸出岔枝般的那一小群羊，跑了个弧形，朝羊群聚集回去。

“封锁前沿！聚集！令人惊叹，第三支队伍，完成封锁前沿的竟然是一只小狗!”

解说员现在不提“宠物”二字了。

聚集羊群得将一直往前冲的那些羊先挡住，限制它们前冲的速度，再将两侧以及后面跑得慢的羊往羊群中心赶过去。而这一系列聚集的动作，都是在出牧的过程中完成的，也就是说，不管是羊还是狗，全程都在跑动。

“聚集羊群完毕，解除封锁！它们开始驱赶羊群了！跑位！头犬！头犬在哪里!”解说员开始在七只狗中寻找。

A号犬？好像不是，A号犬一开始的跑位就看不出头犬的领导气势。

刚才关键时刻力挽狂澜的G号犬？也不对，G号犬现在的位置靠后。

注意到草场上的几只狗，解说员才发现，之前跑错位的B号犬也不知道什么时候回到了正确的一边。

一般来说，聚集完毕，驱赶羊群的时候，头犬会找出里面的头羊，然后压制住头羊，迫使头羊朝着目的地加速跑过去，并带动羊群一起跑。

这一场有些特别，并没有出现头犬去寻找头羊的情况，但是……

“今天的羊，跑得有点快啊。”解说员的声音中带着明显的疑惑。

草场上，羊群在加速，终于找到状态的几只牧羊犬也在加速。只要聚集完成，跑位正确，后面驱赶的时候不发生意外事件，就能顺利将羊群驱赶进栏。

“羊群还在加速!”解说员用眼神给同事示意，询问到底为什么，得到同事同样疑惑的视线。

他们没有捕捉到哪只狗使出“眼神压制”这招杀技；吠叫？吠叫的狗确实有几只，但那都是跑动起来时兴奋的叫声，不像是针对头羊的；下口咬羊吓唬？也没见哪只狗真朝羊下口了啊。但是，为什么那群羊看起来像是有什么恐怖的东西在后面追一样呢?

同样不解的还有正在观看直播的人，不过，他们更关注的是时间。

伍益这时候双眼直直地盯着光幕右上角的数字。

四分十秒……

四分三十秒……

四分五十秒……

五分……

“快到了！坚持住宝贝儿们!”伍益大叫道，他觉得自己的肾上腺素在飙升。

五分十秒……十二秒……十三秒……

"进栏了！全部进栏！五分十六秒！第三个出场的队伍，东山农场的牧羊犬队伍，五分十六秒！太让人意外了！"

解说员在那里感慨，而观赛厅里的伍益已经激动得大吼起来，他自己都没想到，第一次参赛的成绩，竟然会比他表姐那场都厉害，这已经够他炫耀一年的了。

伍益想要跟方召分享这件喜事，却发现方召的视线已经从光幕上收回，然后继续在他的笔记本上写写画画。

真扫兴！伍益心道。脚步一转，伍益点了点边上站着的几个雇工："快快快，随我过去将我的小宝贝儿们接回来！"

光幕上，苏侯已经从指导员的站台跑到进栏口。指导员站台就在目的地处，方便各指导员第一时间控制住参赛的狗。太过兴奋的苏侯，已经大笑着冲过去跟七只狗滚成一团了，身上沾了很多草屑。

"看来苏小少爷对自己初战的成绩也很满意啊，呵呵。"解说员不再是赛前的那种意味深长的笑，而是一种有些感慨的善意的笑。

苏侯带着狗回到观赛厅的时候，脸上的笑意收都收不住。他原本给自己定的目标只是在必要的时候打出手势，让牧羊犬完成出牧，并将所有的羊都驱赶进栏而已。至于用多少时间，他还没想过，更没想过能将时长压进六分钟内，而且竟然只有五分多一点！

七天时间，太短了，他只是强行背下了指令手势，跟七只狗相处得差不多而已，站在指导员站台的时候他还是蒙的。没想到，竟然能有这样的成绩。

"高兴完了就继续看比赛，五分钟很短吗？想想寿北农场的四分零六秒。想要进东部地区决赛，得将时间缩短到四分半以内。回去还得多练练。"方召出声道。

这话是对苏侯说的，也是对伍益说的。如果苏侯能在场上出现状况的第一时间快速做出反应，时间还能缩短几秒甚至十几秒。这次是因为有方召直接指导，否则苏侯还真不知道那时候该朝B号位的小吉利打手势，还是朝其他狗打手势。

而伍益在这之后也要加强对几只狗的训练。如果只是平日里自己在草场上放牧，无所谓，随便怎么来，只要能完成任务就好，但平时的标准用来比赛就不行了，别下一次又跑错。

"对对对，回去还得练练。小吉利，过来！"伍益本来打算朝比赛中出错的名叫吉利的牧羊犬身上拍一巴掌的，但落手的时候变成了重重地摸头。心情太好，又见小吉利似乎也知道自己错了，伍益没能下得了重手。

自己的队伍比赛完了，一群人的兴奋劲也渐渐冷了下来，开始观看后面几支队伍的比赛。

后面几支队伍，成绩大多都在六分钟到七分钟，其中一支算是超常发挥，也跑进了六分以内，只是比东山农场的成绩要多二十几秒。

八支队伍都跑完后，看着今日排名的时候，很多人是呆傻的。

他们谁都没想到，东山农场竟然能取得这样的成绩。比赛的时候，东山农场的战术太难理解，他们到现在还没分析出来。

赛后还真有人投诉了，说东山农场的狗有问题，尤其是那只小卷毛狗，肯定用了违禁药物。对此，伍益很愤怒:“那些人押错了队伍赔钱关我们什么事！这些狗赛前都是经过检查的，我要告他们诽谤!”

但是由于投诉的人太多，比赛主办方还是派了一支专业的检验队伍过来，结果仍旧是什么都没检查出。

这次，不管还有多少人在发泄嚷嚷，主办方表示，你可以质疑其他，但不能质疑赛场的公平公正，凡事要讲证据，否则，法庭上见。

比赛赢了今天的第一，伍益兴奋得大手一摆:“回去庆祝!”

今天他高兴，一个是因为自己农场的几只狗第一次参赛就赢了个第一回来，另一个就是他今天赢钱了！他在私人竞猜平台投了一百万买东山农场，原本也没想着真能赢回来，只是为自己打气而已，赔了也就赔了，就当作初次比赛的下注纪念，没想到，竟然赢了!

五点四倍，本金一百万，所得五百四十万。左俞一边兴奋地数钱，一边用余光往方召那边扫。方召这次也赚了不少，但是，到现在为止，方召的注意力却并不在这个上面，而是在笔记本上。

“老板，你就不发表一下有什么感想?”左俞问。

“感想?”方召抬头,“明天去青城。”

“去青城干什么?”伍益和苏侯好奇。

“青城的奇音公司你们知道吗?”方召问。

“奇音公司？不知道。”伍益连连摇头。

“好像听过，但不记得到底是做什么的了。”从小在青城长大的苏侯只觉得这家公司的名字有些熟悉，但具体是做什么的，就不清楚了。

“奇音公司是一家提供音乐录制场所的公司，除了几家大型娱乐公司和音乐院校，就是他们公司的录音室评价最好。我刚才已经预约了，明天过去看看。”方召说道。

“音乐录制？人很多吗?”苏侯不解道。

“需要排队，看来牧洲的音乐氛围也不错。”方召到牧洲以后，听了不少牧洲本土风格的歌曲，在杉木农场的时候还听过伍益吹笛子。

不只是牧洲本土风格的音乐，方召预约交响乐录音室的时候，发现这类录音室的人气也不低，还得排队，明天他过去也不知道能不能开始录制。

“那卷毛怎么办?”苏侯现在觉得卷毛才是七只狗中最靠谱的那只，方召要去青城，将卷毛也带着一起走?

“卷毛跟你们一起训练，别老想着依靠它。听说决赛的时候难度会增加，只靠一只狗可不行。”方召说道。

“嘿嘿，知道知道。”苏侯觉得自己每天做的那些在决赛场上指点江山的梦，真有可能实现。

一行人带着狗回到他们现在住的杉木农场。方召通过远程视频查看了东山农场那边的情况，知道请过去的人已经将农场整修完毕，新的草种也已经种好，农田里开始播种应季的作物，过不了多久就能看到发芽了。

事情安排好之后，第二天，方召就再次前往青城，左俞照旧跟着。

奇音公司的大楼就像是一根竖起的笛子，呈长筒形，很多窗户也被做成了圆形。方召预约的是这里的交响乐录音室，到的时候，他前面还有个私人工作室在录制，对方预计结束的时间已经快到了，所以方召在大楼内的等候厅等着。

同样在那里等着的还有其他人，方召看到有几个年轻人手里捧着本书在讨论。书的封面方召很熟悉，那是他跟薛景一起编著的《交响新编》。

《交响新编》的电子版和纸质版都出来了，全球上架销售。方召听薛景说过，电子版的销量很不错，纸质版也一直在加印中，好评度很高。

方召后面不远处那桌，一个学生抬头看了看周围的人，小声对同伴道：“现在玩交响乐风的人也多了，以前交响乐录音室这边经常没人，有时候还会被空出来录制别的音乐，没想到，现在竟然提前一天预约也得排队。”

“好像就是《交响新编》出来之后才开始的。我一个在乐团的同学说，他们现在每天从早忙到晚，以前闲得想转行，觉得没前途，现在忙成狗，但是做梦都在笑。你不知道，现在他们乐团也端起架子了，录制的价钱翻了一倍，竟然还能忙成那样。”

薛景曾经跟方召说过，交响构架的乐风在新世纪的音乐界有点曲高和寡的意味，与流行的通俗的乐风不同，大众的接受度也不高，所以学的人也不多，大多数人都去玩电子乐了。

方召让交响乐与当代电子乐实现完美融合，即便还不能做到真正流行，但至少接受交响乐风的人更多了。

从全球范围来看，能做到将交响乐与当代电子乐完美融合这一点的，并不止方召一个，但打出名气，且愿意毫无保留地将经验分享出来的，只有方召一人，这也是为什么《交响新编》还没正式上架售卖就已经在圈内火爆。这种情况实在是太少见了，只需要花费很少的钱，就能学到想要的知识，这机会没谁会放过。

以前，就算是有人想学，也因为“门槛太高”“难以理解”等原因而退缩。但现在，有兴趣的人可以自己先按照书里的讲解和那些分享的经验去摸索。兴趣才是一切的基础。

虽然音乐软件能合成很多声音，但更多的人还是愿意用传统的方法，请乐团在专业的录音室录制。他们能一边听，一边感受其中的细节，并发现一些需要改动的地方，及时做出修改，似乎在这样的氛围之下更容易触发灵感。这大概就是“人气”，因为乐团的人在照着编写好的曲谱演奏的时候，融入了自己的情感，这是很能触动创作者神经的东西。

牧洲可以说是交响构架使用最少的洲了，就如刚才那个学生说的，以前录制交响乐的录音室经常空着，甚至还会被临时用来录制别的音乐。但现在，这边就算提前一天预约，当天过来还得排队。

牧洲都是如此，其他洲又会是什么样？

方召思索的时候，又有几个人从外面进来。

其中一人看了眼大厅，抱怨道：“人太多了，奇音公司的总经理好像打算增加交响乐录音室，就是不知道什么时候才能安排好。”

旁边一人将头上的耳机摘掉，眼中带着期待：“我觉得我这次的曲子一定会很成功，我自己在家用音乐软件制作了个样曲，听着挺好。说不定我就要火了！或许能像方召一样，被火烈鸟看中呢？”

谁都想成为第二个方召，年轻的音乐人们关注方召，一个是因为方召的才华和成就，另一个也是最直接的因素——收益。

艺术工作者也是人，除了某些“疯子”之外，大多数都是俗人，也有物欲。看到方召因为那几个交响构架的乐章获得了大量收益，甚至受到了火烈鸟的邀请，名利双收，有几个能不动心？都是这个年纪，都是玩音乐的，都是名校出身，既然方召能做到，为什么他们就不行？所以，更多的人去尝试，去挑战，结果就是现在青城比较好的录音公司、交响乐录音室几乎天天爆满，好的乐团每天都得加班，名气再大一些的乐团还得提前几天预约。

方召看了眼那几个新进来的年轻人，收回视线，瞧瞧时间。排在他前面的那个“麦碟工作室”给出的预计完成时间是下午一点，但现在已经一点十分了，超时却没有给出任何解释。

楼上，麦碟工作室的人也十分不爽，他们录制得并不顺利，倒不是乐团演奏的问题，而是录制出来的音乐效果，与他们想的不一样。

麦碟工作室由牧洲音乐学院的三名大四学生组建而成，刚成立不久，除了他们三个之外，工作室的其他人都是临时来帮忙的师弟师妹。

“不对劲哪！”一个穿着很时尚的年轻人看着亲手写出的曲谱，脸上满是苦恼，“丁小桃，你觉得这里该怎么改？”

旁边一个短发的女孩靠着椅背，将双腿搭在控制台上，仰面看着天花板，听到同伴的话，深呼吸，叹道：“回去再好好改改吧。”

“不行！我感觉就差那么一点点，但就是找不到问题所在。再让乐团演奏一遍，说不定我就能知道答案了。”那年轻人不死心。

以前他们觉得玩电子乐的人很酷，所以玩的是电子乐，而不是牧洲传统的那种乐风；后来看的大片多了，觉得那种震撼的背景音乐也挺酷，就转过来玩玩，却一直没玩出什么成果。原本打算重新回去玩纯电子乐，但《交响新编》的出世，让他们再次看到希望，三人闭关了一段时间后，来这里将闭关创作的成果录制出来，可现实很打脸，满腔的热血被一盆冰水冷却。

"明明感觉这里应该能配合得很和谐才对，怎么听着这么不对劲呢?"另一个年轻人也很纠结，看了看自己的花臂，烦躁地研究手臂上新的文身图案。

"史铎,你去看看排咱们后面的是谁,不是什么重要的人就去说一声,让他们继续等等，或者去排其他录音室，咱们这边再延长两个小时。我觉得我又找到了一点灵感，待会儿再来一遍，你先去找人，我再改改曲谱。"

"姜航，你这话今天都说三遍了。"花臂男不情愿地起身出去，他叔叔是奇音公司的高管，一些小事情是能够直接走"捷径"的。

"哟，小多来了?"奇音技术部门那边的负责人不用抬头，瞥到那个满是文身的手臂，就知道是谁来了。

史铎的小名叫多多，长大后每次听人叫这名都觉得像在唤狗，就不让人叫了，现在也只有熟悉的人才会这么叫他。

"威利伯伯，在忙呢?"史铎笑嘻嘻地走进去。

"说吧，这次要查什么?你们工作室可超时了。"威利的语气并不带责怪，超时说起来其实也不是什么大事，跟后面的人道个歉赔点钱就行了。

"我想看看排我们后面的人是谁，去跟他交流一下，让他再等等，或者到别的录音室去排队。"史铎说道。

普通客户并不能看到其他客户的详细信息，只有预约者自己留的信息才会在网上公开，麦碟工作室的人也只能看到排在他们后面的人提交的是"个人申请"这个信息，再多的就看不到了。

威利明白，史铎想知道的是对方的身份和更详细的信息。

"我看看，排在你们后面的……是一个外洲人预约的。"威利说道,"外洲的那更好，不是本洲的人都不用在意，凡事本洲人优先嘛，就让他们去排别的录音室好了。不过这名字有点耳熟，好像在哪听过。"

"很有名吗?叫什么?"史铎问。

"叫方召。"

"方、方召?!"

史铎也顾不上违规不违规了，冲过去将威利拨开，挤到光屏前，仔细看上面预约人的信息以及照片。

"这人你认识?"威利问。

史铎深吸一口气，又凑近看了看，确定没看错，说道："我能看看大厅那边的监控吗？"

"这不行！"威利摇头。

公司规矩，除了监控室的技术人员之外，其他人不得随意查看监控，这属于侵犯隐私。公司的性质决定了他们在这方面会管得更严，要不是史铎背后关系着一位公司高管，威利也不会答应帮忙。

"哎，你还没说呢，方召是谁？"威利问。

史铎没顾得上回答，转身就冲出去了，一路跑到大厅那边，因为跑得太快，急停时鞋底与地板摩擦发出"吱——"的尖锐声音。

刺耳的声音让大厅里很多在等候的人都看了过去，包括方召。

史铎往大厅扫了一眼，视线在方召那里停顿了一下，然后转身就跑了，一路直奔上楼，冲进录音室。

"你们猜猜排在我们后面的是谁！猜猜我刚才见到了谁！！"史铎几乎是兴奋地吼出声。

姜航与丁小桃正讨论这编曲到底哪里出了错，被史铎这一吼，刚才的思路吓得一点不剩了，两人瞪着史铎的眼神像是要活剥了他一样。

冲进录音室的史铎却一点不在意，继续兴奋地吼道："方召啊！那个方召啊！"

"哪，哪个方召？"姜航和丁小桃两人结巴了。

史铎拿起旁边放着的《交响新编》，用力点了点封面上副主编那处的名字："这个！"

姜航和丁小桃相视一眼，同时撒腿跑出去。明灯就在前方，他们竟然还在这里抓瞎！

史铎也跟着出去了，还不忘在好友群里嘚瑟一番："今天碰到活的方召了！"

青城另一处，牧洲音乐学院，某学生宿舍。

"我靠！方召来牧洲了！"

"你说谁?!"

"方召真来牧洲了？"

"史铎在群里说的，他们在奇音那里录音时遇到的！"

"走，去奇音！"

"你们都去？我后两节还有选修课怎么办？"

"翘课！"

教学楼某教室。

教编曲课程的老师走进教室，发现教室内只坐着不到三分之一的学生，顿时纳闷了。这次申请远程上课的人也没那么多，他也没收到请假信息啊。

"人呢？还有那么多人，都去哪里了？"教编曲的老师问。

"老师，他们都翘课去看方召了。"一个学生答道。

“不像话！追星也不能……谁?！你说他们去看谁?！”老师愕然问道。

“说是去看方召，就是那个，这段时间很火的那本《交响新编》的副主编方召。”

“……方召来了？在哪儿?”

“奇音公司的录音大楼，说是咱学校有人在那边录制音乐时遇到的。”

那学生话音刚落，就听那老师留下一句:“这堂课自习。”说完就快步离开了。

《交响新编》的副主编方召来牧洲了，在青城奇音公司录制音乐，这件事在牧洲的音乐圈里快速传开。反应最快的就是音乐院校正对交响构架提起兴致的学生们，不少人都翘课赶去奇音公司。

于是，在这个看似平常的没有牧羊赛的下午，奇音公司的门口突然多出来许多车辆。

奇音公司的安保人员一开始并没有太当回事，最近预约录音室的人确实多了，今天再多一些也算正常。但很快，越来越多的人聚集过来，而且几乎所有人都问了同一句话：“方召在哪里?”

方召？谁是方召？

他们只是公司的安保人员，对音乐圈并不了解，那些流行歌手和明星还知道一些，其他类型的音乐人就没听说过了，还是一位公司的管理人员通知他们才知道，好像真有一个挺厉害的人过来了。

排队等候的大厅里，麦碟工作室的三人已经跑到方召面前。

早在史铎刚才过来往这边瞟的时候，左俞那根职业的警戒天线就竖起来了，本准备将过来的三人拦住，方召却摆了摆手，示意不用拦。

“方老师您好，我们是牧洲音乐学院大四的学生!”

过来的三人将自己的学生证明给方召看了看，丁小桃将姜航手中的书夺过去，翻开封面，笑得十分腼腆:“方……方老师，您能不能在这上面签个名?”想了好几秒，脑中过了十来个词，丁小桃才决定用“老师”这个称呼。编写教材传授知识，确实能被称一声“老师”。

方召对三人笑了笑，接过笔和书，在书上签下自己的名字。

“我们现在也在创作，尝试将交响构架与电子乐融合，只是遇到点困难，有几个问题，能不能请教一下?”三人中的姜航满是期待地问方召。

“你说。”方召道。

姜航将他们三人创作曲谱的过程和融合时的一些感想说了说。

“打谱了?”方召问。

“打了打了！就是听着感觉不对劲，融合得不好。”

“我能看看你们写的曲谱吗?”

“可以！可以!”姜航将手中已经改得乱得一团糟的曲谱递过去，丝毫不担心方召将他们的曲谱抄下来。开玩笑，这人可是方召，用得着抄他们这个还没完成的乱七八糟的曲谱吗？

不过，看着那张已经多次修改的曲谱，三人这时候倒有些不好意思了。

“要不我先整理一下，将修改过后的曲谱重新写一份？这份不好看。”姜航问。

“不用。”方召认真看着手中的曲谱，虽然看着很凌乱，纸上有很多修改的痕迹，但就是从这份修改过很多遍的草稿，方召能看出他们三人的思路。

“笔再借用一下。”方召道。

“好的，随便用！”丁小桃赶紧将兜里的笔掏出来递给方召。

方召用笔在纸上圈出几个地方，然后挨个跟他们分析，告诉他们自己的想法。

姜航三人听得很仔细，他们发现，方召不仅单凭这份曲谱就将他们的思路都推测出来了，还精准地点出了他们在打谱过程中察觉到不对劲的地方，并给出了几个解决思路。具体怎么做，就由他们自己去摸索了。

而就在方召给他们讲解的时候，等候大厅的人也都好奇地看着这边，听到姜航三人喊出“方老师”这个称呼，就有人猜测是不是自己知道的那个方召，再看看递过去签名的那本《交响新编》，更确定了心中的猜想。

“竟然真是方召?!”有人惊呼。

“方召是谁？很有名?”另一个区域的人却是一脸茫然。

“是哪个豪门公子吧，身边还跟着保镖呢。”

“未必，说不定是哪个明星。”

“咱们牧洲的明星里好像没这个人啊。”

“外洲的明星?”

“外洲的明星值得这样?”他们见那群年轻人一副恨不得抱大腿的样子，很是鄙视。

交响乐录音区这边的人看不过去了。

“你们玩流行音乐的吧？不知道他也正常，现在玩交响加电子新乐风的都知道方召这个名字。听说过《交响新编》吗？就是他参与编写的。好像昨天还看到一位很有名的音乐人在说，交响加电子可能会迎来一波热潮。你看那边坐着等的，都是预约交响乐录音室的。”

有个年纪稍大的人诧异地问道：“你说的是延洲银翼的方召？那个创作《百年灭世》，受到火烈鸟邀请，和薛景大师一起编写《交响新编》的那个方召?!”他们虽然对交响构架的乐风不感兴趣，但前段时间圈内传得很火的编书的事情还是知道的。

“我就说刚才怎么觉得那人看着很熟悉，还真是啊！不行，我也去要签名!”

“我也去!”

“等等我，我先在群里通知大家一声!”

于是，左俞就见到一群人呼啦啦往这边涌过来，除此之外，还有得到消息后陆续赶来的其他人，一时间，等候大厅变得拥挤起来。

“您好，我是青城大学艺术团的，最近正在研究交响构架乐风……”

“我也是牧洲音乐学院的学生……”

“我是××公司……”

左俞快速观察着每一个靠近的人，手臂有技巧地将靠近的人拦住，但涌过来的人实在太多，左俞就算有三头六臂，也不可能将所有人都拦住。

“老板，我觉得咱们是不是得……”左俞正想着赶紧撤算了，就见一个穿着商务服的中年人快步走过来。

他带人隔开一条道：“方老师！方老师，我是奇音副总斯崴。您请这边走，公司已经为您安排了一间休息室。”说着又朝周围涌过来的人道，“大家不要急，待会儿我们奇音公司会给大家提供一个交流的机会。”

最近公司的交响乐录音区那边天天爆满，公司高层自然会注意到，也了解过原因，当然知道“方召”这个名字意味着什么。

这是一个提高公司知名度的机会！

奇音公司的各部门立刻行动起来，增加了门口的安保人员数量，还花钱从专门的特卫公司临时雇了一批人来，作为副总的斯崴也亲自过来请人了。

方召也知道留在这里不是个好主意，签了身边递过来的几本书之后，将笔还给丁小桃三人。

“抱歉，先离开一下。”方召自己也没想到会发生这样的事情，但也不至于被眼前的情形吓住。跟着那位副总离开等候大厅，来到一间贵宾休息室，一进去就发现里面有人等着。

一共五个人，三个是奇音高层，另外两个是今天正好在这里录歌的牧洲音乐学院的校长以及他十岁左右的小孙女。

这位校长也没想到，带着小孙女来好友公司录歌，竟然会遇到这样的好机会，不过毕竟是见过不少业内大师的人，不至于像那些年轻人那般激动。

自我介绍之后，这位校长终于说出了自己等在这里的目的：“小方老师有没有兴趣来我们牧洲音乐学院讲课？”

第7章 CHAPTER 7

# 全球巡讲

半小时后，奇音公司专门开放了一间能容纳一千多人的小型会场，往日这里摆放着各种新型录音设备和仪器，是个用来做宣传推广的地方，现在被腾出来举办这个临时的见面会。

方召会在那里待一个小时，回答参与的人提出的问题，然后给带书过来的人签名。

去会场之前，方召给段千吉打了个电话，将这边的事情说了说。他会与牧洲音乐学院的校长合作，在对方安排的地方讲一次课，由于对这方面感兴趣的业内人士比较多，但安排的地方坐不下那么多人，所以课程会通过网络直播出去。牧洲这边自然是牧洲音乐学院独家直播，其他洲的直播渠道还在商谈，而延洲那边由银翼安排直播是方召决定的。

接到消息的段千吉当然很高兴，立刻安排了直播频道，并发出公告，将课程直播的通知挂上官网。

一连串命令发出去之后，段千吉坐在自己办公室里看着网上一群人的讨论，笑了："还真是出去拓展业务的。"

薛景如今因为《交响新编》而被邀请到各处讲课，方召则是因为签约公司，并不完全自由，手头也有事情，所以没有随薛景一起。这次方召在牧洲被逮到，已经收到消息的薛景也挺支持方召亲自讲一堂课的，立马联系方召。

"你讲课的时候肯定会有很多业内的老前辈过去，但你也不用紧张，就像跟我讨论的时候那样，想说什么就说什么。我已经跟牧洲那边的几位老朋友说过，他们不会提刁钻的问题，必要的时候会帮帮你……"薛景以一副老前辈照顾小辈的语气，叮嘱了很多。

等薛景终于说完，方召道："谢谢您了。我不紧张。"

"欸，到时候往那儿一站，上千双眼睛往你身上一盯，你还能镇定吗？安排的什么时候讲课？"

"明天上午。"

"这么快？不多准备准备？"

“没必要，讲完我还有事。”

“你小子……算了，第一次讲课，压力不要太大。”

“我没压力。”

次日，方召从校方给他安排的住处出来，已经有人等候在那里，将他直接带到讲课地点。

讲课地点是一个交流中心，平日里都是一些业内有声望的教授大师来这里作报告、讲课交流等等，难得今天主讲人是个与学校里的学生年纪差不多的年轻人。

牧洲音乐学院的校长拿着从学生们的各种提问中挑选出来的十个问题走过来，就见方召坐在后台看牧羊比赛。

这是在看视频缓解压力，还是天生缺心眼？校长在心中暗道。

等时间差不多了，方召走入会场，踏上前方的讲台，淡定地扫了一眼坐得满满的会场，简单说两句开场白之后，就直奔主题。

方召并没有采用那种平易近人的教学方式，却能用简单的话语将问题讲得更通透，更容易理解，还用了牧洲几首有名的歌曲来当例子，就算是没接触过交响构架的人，也能听懂不少。方召举的例子不止有牧洲的歌曲，各洲的音乐都有，让观看直播的人更易理解。

哦？原来还能这么用？回去试试！

哇，竟然能融入这种声音？说不定我创作的歌曲里面也能用上！

我怎么没有想到？

他怎么知道这么多?!

……

现场听课和观看直播的人，心中翻涌着各种情绪和感慨。

方召的言行举止无形之中带给人一些压力，坐在最前面几排的校领导们都不自在地挪了挪身子。那位教编曲的老师也直了直腰，总感觉有点紧张是怎么回事？讲课的不紧张，他们听课的反倒紧张起来了，奇怪！

能坐一千人的会场，前面十排坐的都是学校领导、教授，还有牧洲各界对这方面有兴趣的名人，后面坐的才是学生；还有许多学生没能抢到现场名额，只能看网络直播。

各学院的论坛上也在热议中。

“我终于知道为什么方召比我们大不了两岁却能混到这样的高度了，看看人家，往那一站，那气场……啧啧，让我想起了我们以前的班主任。”

“竟然真的什么都说，他就不怕别人学了那些东西之后将他踩下去吗？”

“知道业内某些人对方召什么评价吗？‘方大傻’！说的就是方召毫无保留传授各种经

验和技巧的事情。不过，我今天看方召讲课，觉得方召不像是不懂利益最大化的人，只是他不在乎也不怕而已。厉害!”

之前还怀疑方召的能力，质疑方召的人，观看直播的时候，脑子里只有一个词：大师之风!

被邀请到皇洲交流的薛景也在看直播，旁边几个与薛景交好的人带着惊诧:“嘶，老薛，这小子比你讲得好哇!”

薛景丝毫不觉得生气，反而带着欣慰的语气，笑眯眯地说道:“昨天他跟我说不紧张我还不信，现在信了。我觉得这小子天生是干这行的!”

杉木农场，在草场上训练的苏侯，中途休息的时候上网刷了一会儿新闻，就发现头条新闻里有提到方召:“他竟然比我先上热门!”

听到苏侯的声音走过来的伍益也惊讶不已:“方召竟然这么有名？看起来很厉害啊，还有很多牧洲有名的大师过去听课？这么说，方召也算是大师了?”

方召在牧洲音乐学院的这一堂课很成功，看直播的点击量就知道了。

学院的校长笑得脸上的褶都加深了，无比得意于自己的英明决定。现在全球音乐专业的学生中，对交响构架感兴趣的，就算没有一半，十分之一肯定是有的，而收看的人肯定也对“牧洲音乐学院”这个名字有了点印象，这就是最大的成功了。

不过，毕竟时间有限，一堂课能讲的东西也有限，很多人都感觉还没听过瘾，就发现时间已经到了。

学院校长又开始想着与方召再次合作。你不是要录制音乐吗？我们学校有录音室啊，不用去奇音公司那边排队，我给你开放设备最好的录音室!

不过，还有同样在打这个主意的人。奇音公司的老板都亲自过来邀请方召了。

对于学院校长的话，奇音老板只是随意一笑:“老朋友，就你们学校那些过时的设备，还是留着给学生们用吧，专业的音乐录制，还是得在我们奇音这边。可以这么说，全牧洲最好的录制设备，就在我们奇音。你不也是看到我们购买新设备，才带着自家孙女过来录音的吗？这个你就别跟我抢了。”

奇音公司的老板表示，只要方召愿意，他现在就能安排一间录音室，免费的！虽然公司对外公开的录音室满了，但还有两间录音室是留着给自己人用的，以备不时之需，设备也是最新最好的。

奇音公司的老板很热情，给出了许多优惠条件，邀请方召的时候也很礼貌，方召没理由拒绝。

“交响乐团小方老师找好了吗？没找好的话，我给你推荐几个?”奇音公司老板笑眯眯地说道。

过来听课的还有牧洲几个交响乐团的主要成员，他们早就在等着方召讲完课去套近乎了。而当奇音公司的老板说出这句话时，早就支着耳朵听的众人便抢着凑过来，推荐自家乐团。

正因为牧洲的音乐氛围不如延洲、雷洲等洲浓厚，交响乐团也不多，在全球范围内更是没一点名气，所以每一次与名家的合作机会都是各家花心思争抢来的。这次正好碰到方召来牧洲，几个大型的乐团又开始争夺起来了。

难得交响构架开始在年轻人中引起热度，而方召又正好是带动这一波热度的关键人物，他们怎么会放过这么好的一个机会？

奇音公司的老板站在旁边，也不出声多言，装作没看到凑过来的人给他使的眼色，站在那儿笑而不语，等着方召做出选择。有时候说太多就显得刻意，容易引起反感，他已经为自己争取到了利益，其他的都靠后。

方召扫了一眼凑过来自我推荐的人，有些是乐团的团长，有些是乐器组的首席。

“你们乐团叫什么名字？现在有多少人？是什么情况？”方召看向其中一人。

“我是声霄乐团的团长达勒，也是乐团第一提琴首席，我们乐团成立十年，现在有八十多人了……”达勒激动地将自己的乐团信息报出来。

他们乐团算是青城比较大型的乐团了，最近因为行情开始好起来，他想着多招一些人。这些年来他们都没有跟名家合作的好机会，倒不是实力原因，其实牧洲几个大型的乐团实力相当，只是他们运气一直不好而已，没想到这次竟然会被方召点到，当然要卖力地推荐自己。

八十多人的乐团，在交响乐氛围并不浓厚的牧洲，确实算是大型的了，但放在延洲等洲的话，还真不够看。

像银翼就有一百多人的交响乐团，还有很多优秀的候选人员没能挤进去，就算缺了谁，也能很快调人补进去，要扩编也随时能扩起来，这是用大量资金养着的部门。

但牧洲这边不同，牧洲虽然也有很多乐团，但都是一些小型乐团，全洲都拿不出五个大型乐团，尽管他们对外宣称是职业乐团，可按照全球的标准，他们还算不上。

演出季是乐团迈向职业化的第一步，所谓的演出季，就是乐团进行演出活动的固定周期，乐团的艺术规划围绕演出季展开，优秀的职业乐团都有演出季，但牧洲的乐团没有。

牧洲的乐团以前并不被看重，偶尔被请去在某位大农场主的庆功宴上演出，或者被比赛主办方请去赛场演奏个开场或者结尾，活跃下气氛，仅此而已。

方召不可能用延洲那边的标准来衡量这边乐团的好坏，之所以点了达勒，是因为刚才他在讲课的时候，达勒听得非常认真，还带着一股执着的劲，提到音乐时那种充满热情的视线，比起其他几位来说，更加纯粹。虽然这里面也带有些功利性，但真不食人间烟火的那种乐痴毕竟世间罕有，千万人中难出一个，在一群人中能找到一个这样相对纯粹的，已经很不错了。

为了证明自己乐团的能力，达勒将乐团的人都找过来，在奇音公司安排的录音室演奏了几曲，虽然比不上银翼高薪养着的乐团，但也挑不出太大的错处。

“这几首曲子都是你自己创作的?”方召在达勒的乐团演奏之后，问他。

“是，虽然跟你们比起来还差得远，但这次听课的收获很大，以后肯定会改进的!”中年的达勒对着比自己小好几十岁的方召，竟有些拘谨，语气中带着些小心和期待，像是一个学生在老师面前展示自己那般。

既然达勒自己都已经发现了其中需要改进的地方，方召也没再针对乐曲说什么，而是问道:“你打算以后将乐团往职业方向发展?”

“是……是有这个打算，不过在那之前，乐团还有很长的路要走。”达勒并不掩饰自己的野心，他在组建乐团的时候，就想着成为新世纪牧洲第一个真正的职业乐团。

方召拍了拍达勒的肩，鼓励道:“挺好。”

达勒顿时觉得腰都直了不少，脸上也忍不住露出笑意，不过在转身安排乐团事务的时候，又恢复了作为一团之长的威严。

声霄乐团很多人心中纳闷：团长跟咱们说话的时候那么有气势，怎么在方召那小子面前，反倒像个小学生似的?

方召很快就开始了乐曲的录制工作，很多时候，创作者也会担任指挥，方召也是。但因为他的高要求，一开始录制并不算特别顺利，后来才渐渐好起来。

对此左俞想不明白，有这几天时间，还不如直接回银翼去，让银翼养着的乐团演奏，那不是更省事？说不定早就录完回来了。飞行器来回消耗的费用？以方召在牧羊赛赢的那些钱，还在乎这点?

但方召没有，他就留在牧洲，用本土的乐团，用本土的录音室。

十天时间，前面七天勉强录完之后，后面三天又补录了一些，这还只是初期的录制，想要得到完成品，还需要后期的制作。不过这些方召就不用再留在牧洲完成了。

签过保密合同，声霄乐团的人和奇音公司的人，在乐曲公开之前都不会对外透露乐曲内容。

“录完了没?”薛景第三次联系方召。这几天因为方召忙着录音，所以联系得少，计算着时间觉得差不多了，薛景才联系的他。

“刚录完。”方召说道。

“录完就赶紧过来皇洲！就等你了!”

薛景打算来一场全球巡讲，带着方召一起。在看了方召直播的那堂课之后，薛景才下定决心，且已经同音乐协会的人商议好了，大致行程也已经确定下来，就等着方召。

方召在牧洲这边完成录制之后，便收拾东西带着左俞前往皇洲，卷毛继续留在杉木农场同苏侯一起训练、参赛。离开前方召给了伍益一千万，让他每次比赛替自己押东山农场赢。

开展全球巡讲，薛景是为了推广自己编写的书，也是给方召提供一个机会。业界有几个像方召这般年纪的人能进行全球巡讲？完成这次巡讲，方召的履历也会多镀一层金。

在很多人看来，方召就是薛景的关门弟子，不然薛景哪里会费心地给这位后辈提供如此多的帮助。

圈内与薛景相熟的人，私下里也曾问过薛景这个问题。

“关门弟子？你们说方召？”薛景听着好笑，“是太看得起我，还是太低估那小子？”

薛景的回答被传了出去，但没有人信，都觉得薛景在为方召造势。就算方召讲课讲得不错，也不意味着方召真达到了那样的高度。

全球十二洲，最主要的巡讲地区是常八洲，特四洲因为其特殊性，音乐氛围并不如常八洲浓厚。比如牧洲，方召虽然在牧洲音乐圈引起热议，但相比起牧洲本土的其他新闻，他受到的关注度整体上并不高。

而常八洲的人就不同了，关注薛景和方召全球巡讲的人更多，不少人早就计划好时间等着去听课。难得有一个愿意将所有东西传授出去的傻瓜，谁不愿意多听听？反正又不要多少钱，还省得自己去费脑子花时间钻研，多好的事情，为什么不去听？

方召到皇洲之后，根本没时间去闲逛，次日就跟着薛景开始各个洲跑动，音乐氛围浓厚的洲会多讲几场。巡讲的地方多是高等教育院校，一些在综合性院校的巡讲，虽然热度比不上音乐相关院校，但听的人也不少。

方召这个名字，在音乐圈里的分量，一天一天地增加。

不管达到怎样的高度，都会有质疑声，更何况方召这么年轻，作品这么少，即便一次全球巡讲能让他在音乐创作圈子里的地位有所提升，但对很多权威人士来说，还远远不够。

不是方召讲得不好，而是规矩如此，虽然方召确实创作出了几首不错的乐章，也被火烈鸟看中并发出邀请，但这不代表他就真能与全球知名大师们平起平坐。作品、资历，这两样都得看。

方召的作品还不够多，资历也远不如其他大师那么深，所以在每堂课一个小时的巡讲中，四分之三的时间是薛景在讲，剩下的四分之一才是方召的时间，就算薛景想多分出去一部分时间都不行。

方召有天赋，大家认同；也有优秀的作品，大家也承认。但方召还年轻，说不定天赋很快就消耗完了呢？

天赋这种东西，很难说清，它可能会伴随人一生，也可能下一刻就变质，圈内的老人们不知道见过多少这样的例子。所以，方召到底能爬到怎样的高度，能不能实现薛景的期待，他们持保留态度。

但方召愿意将自己的知识拿出来分享这点，他们还是很欣赏的，不管这种欣赏的背后有着怎样的心思，反正看在方召“无私分享”这点上，他们都愿意在公开场合多夸一夸他。

还有人觉得方召的乐曲风格太单一。他擅长那种大场面的厚重的乐风，或许确实很适合那些大制作的战争影片，但在音乐圈子里，在那些老资历眼中，只会这一种还远远不够。

不是说一定要全面，但其他方面总得稍微涉及一点，或者多拿点作品出来，否则底气不足，难以支撑起“大师”这个称呼。

很多看过方召履历的人都觉得他的根底不够扎实，只是沾了薛景的光，以及被音乐协会抓典型做宣传而被拔高，被过度吹嘘。

依旧是那句老话，仅有的几首乐曲，并不能证明他是大师。每一位大师都需要时间和作品的累积来证明。

“方召？他还不够格！”

这是在巡讲期间，一个媒体采访某位大师时得到的评价。

薛景本来就担心方召被圈里圈外的这些评价影响心态，在某次巡讲之后的采访中，甚至有媒体重提那位大师的评价，想看看方召的反应。

但方召对此的回应只有一个字：“哦。”

“哦”？没了？

负责采访的人很无奈，你小子倒是多给点反应啊！

圈内的评价褒贬不一，方召自己也没多在意。他忙得很，哪有时间去翻看圈里的每个人对他的评价，也没兴趣去看那些。

薛景发现，方召讲课之外的时间都在忙，明明讲的时间没他多，也没那么多会议需要参与，却比他还要忙。

“又在准备什么呢?”薛景问。

“牧洲那边的事情。”方召回道。

薛景知道方召跟牧洲一个小朋友合伙买了农场，但他对农场没什么兴趣，每年都有很多人送牧洲的农产品给他，他也不怎么稀罕，所以并没有问太多。

方召真没说谎，他是真的很忙，他在剪辑视频。东山农场和杉木农场传来的视频，他都得看一遍，然后剪辑一部分，将剪辑好的再看一遍，配合音乐听一听，再修改。

编辑视频，编辑音乐，银翼那边虚拟项目部的人都被方召拉着帮忙。每一个影音结合的作品，都需要经过多次修改，精益求精，以达到满意的艺术效果。除此之外，方召每天都会收到汇报，伍益也会给他发信息，简要说一说那边的情况。

这天，伍益跟方召通信。

“你那狗……”伍益欲言又止。

“怎么了？”方召问。

“我跟你说过，牧羊犬的学习能力非常强。”伍益道。

“嗯。”

“……我以前曾想，你那小卷毛虽然不会牧羊，但过来这边之后，也能跟着我农场的那几只多学一些技能。”

“嗯。”方召表示他在认真听。

“但是现在我发现，我错了，错得离谱！我农场的狗都被你那只卷毛带坏了！”

之前方召在牧洲的时候，每天晚上会带着卷毛出去跑步，方召开始全球巡讲之后，卷毛还是保留着这个习惯，晚上别的狗睡觉的时候，它就出去跑步。这事方召跟伍益说过，只要不跑出农场的范围，由着它去，这也是锻炼嘛。

一开始伍益还亲自盯着监控，后来习惯了，就只是叮嘱每天晚上守夜的雇工们注意一下。直到某日，宾果和几只农场的狗也好奇地跟着卷毛跑出去，之后每天晚上跑步的，从一只狗，变成一队狗。

起初的几天，伍益瞅着也没什么大问题，还想着这对自己农场的狗或许也是个帮助，多跑跑，增强体质，有助于最后洲总决赛的表现。后来守夜的雇工们告诉伍益，这些狗竟然去逮田鼠！还是宾果起的头！作为农场的前任老大，宾果对农场熟悉得很，对田鼠自然也很熟悉。

事情很快发展成，这队狗每天晚上跑出去逮田鼠。

伍益很苦恼。那是捕鼠器做的事情，这些牧羊的狗去凑什么热闹！

伍益专门请了一个兽医团队照看它们，防止寄生虫、细菌病毒等外因影响它们参赛。

而方召从苏侯那里收到的消息是这样的：

“召爷我们赢啦！今天很紧张，但没指导错，希望下次也保持今天的状态。”

……

“我们又赢啦！没出错！”

……

“又又又赢啦！”

……

“今天输了，只得了第四，积分只加了一分。宾果吃了一只田鼠，结果拉肚子了，比赛没发挥好。伍益说，今天给召爷你押的一千万没了，不过前几场赚得多，输一场也还是赚，后面赢回来就行。”

……

“只要再拿下一个第一就能挤进前十了！”

……

“前十了！下个目标前八！”

……

“再拿一局！竞争力不小啊，其他几支队伍也是场场拿高分。”

……

“前八！前八！前八拿下了！”

……

“决赛的门票到手！到手啦！哈哈哈哈！”

近两个月的时间，东山农场在东部赛区的积分排名快速上升，东山农场的名气也越来越大，谁都知道东山农场的头犬是一只小卷毛狗，还特别厉害。

实力和名气提升，赔率自然是越来越低，到后来伍益要不是抱着支持自己人的心思，都不想再下注，没意思。

与此同时，东部地区很多人都知道是苏侯买下了西山农场，改名为“东山农场”，与杉木农场合作参赛。当然也有人笑话苏侯买了个空壳农场，现在不得不求助其他农场，简直丢苏家的面子。

对于那些言语，苏侯没在意，他现在最想要的就是一场场胜利，每一场胜利就是一次信心的提振。

大概是一起跑过圈，一起牧过羊，一起抓过田鼠，一起挨过骂，七只狗之间的战友情也日渐加深，最直接的表现就是，现在就算在赛场上出错，也用不着苏侯申请临场指导，卷毛一声吼，其他狗就能很快做出反应。

常规赛积分前八的队伍，会在八进四的东部地区决赛争夺洲总决赛的参赛资格。不过这次牧洲东部赛区的第八、第九、第十名都是一样的积分，所以都会进入东部地区决赛。到时候这十支队伍中的前四名，会与牧洲西部地区的四支队伍继续比赛。

以东部赛区积分第七的成绩进入决赛，苏侯兴奋得恨不得在草场跑圈。

“召爷，东部地区决赛你能赶来吗？”苏侯跟方召远程通话的时候问道。

“能。”

“哎，召爷，其实我想问的就是……那什么，你以前不是说过，如果我们能挤进东部地区决赛，到时候宣传片用你作的曲子当背景音乐？嘿嘿，我这两天拍了一个不错的宣传广告，召爷你的曲子写好了没有？”苏侯知道方召之前在青城录过音，只是还没有制作完成，就开始了全球巡讲，也不知道现在完成了没有。

“把你自己拍的视频给我看看。”方召说道。

苏侯将自己这两天拍摄的，他觉得形象表现得最好的视频给方召传了过去。

打开视频，方召就感受到浓浓的中二风扑面而来。苏侯自以为很帅气的跑酷，让看的人有一种“这孩子像只抽风的羊”的想法。

“还是用我的。”方召道。

“咦？召爷你也制作了？什么时候拍的？”

“你不知道的时候。”

对于方召给出的回答，苏侯突然有种不祥的预感。

“…… 我能不能先看看？”帅不帅，酷不酷？到时候能不能引起尖叫？这是苏侯最想知道的。

“可以，但先不要传出去。”

方召将制作好的视频以加密的方式传给苏侯之后，半天没等来苏侯的回复，正好薛景那边已经叫他了，方召关了通信器出发去会场。

今天是全球巡讲的最后一场，讲完之后还得跟那些“老前辈”交流一番，大概后天才能出发去牧洲，不过也赶得上牧洲东部地区的决赛。

方召在东部地区决赛的前一天赶回了牧洲，还是杉木农场，伍益和苏侯早已等在那里，两人脸上都带着抑制不住的喜气。

“方召，你那狗到底什么品种，居然比宾果还强健！你不知道当时宾果吃田鼠拉肚子，吓得我也差点躺医院去了。”

伍益并没有想到他的一次决定，竟然会收到这么好的回报，于是他将农场的希望全部寄托在了这次比赛上面。那次发现宾果竟然拉肚子的时候，他魂都快被惊飞了，连夜花重金请了东部有名的几位兽医。好在没有什么大事，只是影响了第二天的比赛而已，只要能恢复过来，拿下后面的比赛就行。

之后伍益请兽医为每只狗都做了检查。大概因为宾果以前除了喂的狗粮之外什么都不吃，所以这次乱吃东西反应有些大。除了宾果之外，其他几只狗也有这样那样的小毛病，只是表现得不明显。唯独卷毛，田鼠也吃了，野草也啃了，屁事都没有，兽医检查了几遍，给出的结论都是：“健康得很！体内连寄生虫都没有！”

不过，这个问题方召也答不上来。当初在黑街的时候，药店老板艾丸就提过这事，还做过基因检测，却没得出个确切结论，方召就更不知道了。

伍益也只是一时好奇而已，并不是真要得到个答案。说着说着，伍益又呵呵笑了，跟方召说起前两天他表姐带着狗过来农场玩的事情。

伍益的表姐的农场，也就是曾经被炒得很火的那个“胡萝卜”农场，可惜她的队伍没能进决赛，反而伍益这个半道跟人联手的家伙进决赛了，所以伍益他表姐带着狗队过来这边交流下感情。

没想到，两支牧羊犬队伍打起来了，作为农场警戒犬的黑胖等狗也加入了战争，被咬了几口，卷毛帮着给咬回去，还从对方身上扯下来好大一口狗毛，为这事伍益他表姐都差点跟他翻脸了。

一想起当时的情形，伍益就咧着嘴笑，打赢了就是好事嘛！

而自那之后，伍益他表姐就明白了，小卷毛能在这支牧羊犬队伍中当头犬，是有原因的。那战斗力太强了！

不过苏侯比起之前，要沉默很多，方召与伍益说话的时候，苏侯一直没吭声。

“那小子不知道怎么回事，前两天还挺活泼的，突然有天自己窝在房间里一整天，出来后就变得沉默了，难道跟家里人吵架了？”伍益纳闷。他问过几次苏侯，但每次问的时候，苏侯都好像很不好意思回答一样，支支吾吾的就是不说，不过看着苏侯的训练状态还行，伍益也就不再去管了。大概这个年纪的小孩子就这样吧，性格还没定型，情绪不稳定也正常。

次日，一大早众人就乘着飞行器前往东部地区决赛会场。

比起之前拼积分的常规赛，决赛赛场要大很多，到时候现场观众里肯定会有很多名人，还有一些获得过不少荣誉的老农场主也会到场进行点评。除此之外，直播收看人数也会暴增。

常规赛时，一般都是东部的人关注东部地区比赛，西部的人关注西部地区比赛，但是到了地区决赛时，就是整个牧洲的人都会看了，西部的人也想知道到底哪四支队伍会与他们西部的明星队较量。

苏侯前几天就收到了他青城的同班同学发过来的消息。青城在牧洲中部区域，以前分在东部，后来又分到西部去了。所以在这之前，青城的人关注西部比赛比较多，很多人还是看到媒体的报道才知道，苏侯买下的农场竟然杀进决赛了！

“侯哥加油，我们都看着呢！”

“苏少，我押了你们的队伍赢！一定要给力！”

“苏少，我昨天偷听到班主任说，如果你能杀进洲总决赛，他就不计较你多次缺课的事情了，只要你考试不挂科就行。”

牧洲人对牧羊赛的关注表现为，在关键比赛日的时候，上班上学的人有很多都会观看网络直播，公司和学校的领导大多都会批准，而这种事情在其他洲是不可能发生的。

看到这些，苏侯好不容易在常规赛中锻炼出来的镇定心态消失了，他现在又开始紧张了。

观看比赛的不仅有他的同学、老师，还有苏家的其他人。苏家人可能不太关注常规赛，但这种重要的地区决赛，肯定会看。

有些兴奋，又有些忐忑，再想到方召给他做的宣传片，心情更复杂。视频他昨天已经提交给举办方了，他将那段视频看了好几遍，每一次看的时候心情都不一样。

不过，比起苏侯的复杂心情，比起伍益他们的紧张和期待，牧羊犬们还是老样子。对它们来说，东部地区决赛与常规赛的不同之处，不过是会场大一些，草地起伏大一些，驱赶难度增加了一点点罢了。什么叫紧张？它们现在已经不懂了，反正到时候跟着卷毛就行。

卷毛在方召脚边趴着，认真地舔着前爪，偶尔在有人提到它的时候抬头瞟一眼，然后继续趴着。

苏侯又收到几条消息，是他堂姐发来的，意思就是苏家的很多人都在看直播，她已经拿了钱押东山农场赢，至于押了多少，没说。

堂哥也给苏侯发了消息："加油苏小胖！"

苏侯要哭了，他年纪还小，承受不了太大的压力，想了想，找了个借口躲进单人休息室，又看了两遍方召给他的那段宣传片。

好多了。

伍益刚才就发现苏侯今天的状态太过紧绷，本想找他聊一聊，疏导疏导。虽然他也紧张，但作为长辈，他必须在小辈面前装得镇定。没想到苏侯再次出来时，显得斗志昂扬，情绪高涨得很，这让伍益准备好的话全咽回去了。

每一支参赛队伍，以及赛场的普通观众，都能看到各自观赛厅光幕上显示的影像，听到厅内音响设备传出来的声音。

牧洲人土豪，就算对硬件设备不了解，用的也都是很好的，因为他们在不知道如何分辨好坏的时候，就买更贵的那类。

赛前每个农场队伍会有一段介绍宣传片，这是一个很好的打广告机会，不用出广告费，且全洲很多人都在关注。

宣传片播放的顺序是按照出场顺序来的，苏侯抽的出场顺序是第八，比较靠后。

前面七支队伍的宣传片与往常的都差不多，都是有名的大农场，农场的品牌要打出去，所以占据宣传片内容最多的，一是农场主，二是队伍中的明星犬，还有就是农场的各种农产品。

"快到了！"伍益有些激动，他没看过宣传片，苏侯扭捏着没给他看，不过告诉他了，除了参赛的狗之外，宣传片里还会出现杉木农场的场牌，伍益也会出现。这就够了。

"下一个是今年东区牧羊赛场上突然崛起的一支队伍，相信大家已经很熟悉了。这个农场的农场主还非常年轻，他们的崛起有些出人意料，但现在，他们已经凭自己的实力获得决赛资格！"解说员的声音响起，随后播放东山农场提交的视频。

关注比赛的一些人也提起了精神，尤其是牧洲西部的人，他们对东区的队伍不了解，但是他们对苏侯好奇啊！苏小胖子会在宣传片里怎么卖弄？会不会向他那几个同父异母的兄弟姐妹宣战？哎呀，想想都兴奋！

第8章 CHAPTER 8

# 破纪录

宣传片一开头，就是苏侯自己的声音。

“我想参加牧羊比赛！我要参加总决赛！”这是苏侯曾经说过很多次的话。

光幕上出现的，是少年的稚气的脸和孩子式的天真倔强的言语，还有眼中的迷之自信，仿佛明天都掌握在手中一样。

就算不知道苏侯的名字和背景，只看画面影像，很多人也能看出来，这是一个富裕家庭娇生惯养的中二病小胖子。而直接放豪言说“要参加总决赛”，则是一种“不知天高地厚”“无知者无畏”的表现。

与画面配合着的号声，带着一种荒诞的沉重感，并不那么激昂；缓慢而显得单薄的琴弦声，则带着一种并不好的预示。

影像中又显示出一句话：

**我借钱买下了一个农场，但，它并不是我期待的样子。**

苏侯是在牧羊赛开始一个月之后才出现的，通过买下一个已经有参赛积分的农场来获得参赛资格，这种事情每年都有发生，并不罕见。

西山农场在被苏侯买下而出名之前，大家只能通过网络上的公开信息来了解它，其实也就一些相关图片，只有少部分消息灵通的人，从其他人口中得到有限的消息；但后来西山农场变成东山农场崛起，很多人想去看个究竟的时候，那里早已经不是曾经的样子了。

苏侯买下西山农场时是什么样子？

影像上那句话出现又隐没之后，画面一转。

衣着精致的富家小少爷，带着他的保镖，乘坐高档的个人飞行器，大老远来到位于牧洲东部以西，一个偏远的占地宽广的农场。

乐声中加入了笛声，是牧洲人熟悉的用陶土烧制的笛子，很古老的一种乐器，在其他洲极少有人使用，顶多当作纪念品买回去放着。

寂寥而苍凉的笛声中，影像中，破烂腐朽的木头栅栏歪歪倒倒围在一片连杂草都没多少的空旷土地上，三两间破败的庭院不知经历了多久的风吹日晒，门框在风中摇摇欲坠，几只精神萎靡的狗毫无戒备地躺在边上大睡。在泛青的暮色之下，高高竖起的已经褪色的“西山农场”的场牌被远处山峦衬托得渺小又可笑。

影像画面中还出现了两幅图，一幅是西山农场曾经在网上公开的信息，另一幅则是苏侯买下农场之后，第一次见到的西山农场的真实样子。同时出现的，还有一张巨额购买证明，以及原西山农场的拥有人的名字。只是谁都明白，这个人恐怕早就溜了。

并没有遮掩，这部分是苏侯主动提出要加进去的，就像将失败的伤疤展示给好奇的人们看。

有些轻描淡写，却让人一眼就知道到底发生了什么事情。

“这就是传说中苏小少爷被坑的事情?”

“苏侯还是太着急了。”

“小孩子是这样，容易冲动。”

看到这一幕的人议论着。那个时候，网上也有很多人抱着一种看傻子的心态去看待那件事情。

管乐的独奏，琴键与弦声进行安静的分解和弦伴奏，低沉的提琴声中，有些单薄的和声似在缓缓地叹息。

影像中，能看到苏侯满是期待的眼神变得灰暗，像是一条鱼跃起之后本以为会跃至龙门，却在落下时发现，已跌至更糟糕的泥潭中。

高低合奏的琴声，音律表现着强烈的情绪落差，仿佛自山巅刮来的冰凉的风，寒意逼人。

画面变暗，一个方形的窗口透出蒙蒙亮的天光，而窗前，逆光中能看到一个抱膝坐着的身影，头搁在膝盖上，从略胖的身形能看出，这人应该就是苏侯。

昏暗的背景，显得阴冷的房间内，独自坐在里面的苏侯，像一只陷入悲伤和困扰的动物幼崽，茫然无措。

但渐渐的，号声中，变得柔和的笛音将悲伤的气氛冲淡，乐声里的悲哀情绪逐渐减弱，鼓点带着步伐般的节奏，一步步朝耳朵靠近。

影像中，方形的窗户那里，光芒渐渐变得明亮起来，人形的轮廓周围，仿佛被渲染上了一层金色的光边。

又是一天，天亮了。

不止窗户，阳光还从破败的墙面、门框处的裂缝钻进来。昏暗的房间也变得亮了些，驱散了阴冷。

一直静静坐在那里的身影，抬起头，缓缓地移动，照进来的光，让圆形的瞳孔缩了缩，追着光源看向窗外，窗户玻璃上的蛛网形的裂缝，让阳光多了一些神秘的迷幻色彩。

破裂的窗户并不能挡住窗外全部的风景，适应了光源的瞳孔，似乎透过窗户，看到了什么东西。

起身，走到已经残破不堪的门前，拉开门。

阳光照在苏侯身上，画面变得温暖起来。有些凌乱的头发被吹起，脚边鲜嫩的小草都似乎要婆娑起舞。

管乐组吹奏带着明朗、乐观的基调，圆号深厚温暖的音色，仿佛茂盛草原上迎面扫来的一阵清新柔和的风，彻底驱散了之前的阴冷。低音铜管、木管和弦乐声部带着坚毅而有威力的音调，齐奏出强有力的主题。

乐声在此时出现拐角，管弦合奏之后，通过离调等手法，使乐声表达的情绪更为强烈，一声声坚毅的鼓点中，笛声带着一股向上的力量，琴弦拉动如生命勃发，万物俱兴。凛冬已去，百花将开，草场终究会返青。

画面中显示两行字：

**我什么都不懂。**

**但是，我会学。**

之前乐声中那种压抑的悲伤感愈来愈弱，琴键的声音将乐曲带入更为明亮广阔的音乐视野，似乎要将每个音符都揉进灵魂深处。

影像中，东山农场多了一些雇工，苏侯跟着跑动，请来的人手指碾着土壤，说着什么，还沾了点地里的土放进嘴里尝了尝，苏侯也跟着尝试了，一张胖脸都变得扭曲。老人笑呵呵地继续讲解，苏侯也蹲在旁边认真听。

一些农场的老人，不仅会看，还喜欢通过“尝”去了解他们的农场，正在观看直播的许多老人都会心一笑。

伍益曾说，草秆里含着四季，并不是瞎说的。他们能通过草秆的味道，去了解它的生长情况，去推测土壤可能的变化，去预测气候的变化是否会影响收成；同理，尝土壤的那些人也是。

在很多老农场主眼中，这么做的人，都是会认真对待这片土地、会带着责任心去管理农场的人，而不是外洲人印象中的“大地主商人”。

紧接着，画面中苏侯拿着通信器说着什么，然后快跑着冲向飞行器，穿着的工作服都没来得及换下，身上脚上都是泥，蓬乱的头发上都是草屑。

之后，飞行器高高飞起，劲风将停机坪上不知何时吹过来的枯萎的杂草再次吹走，引擎的声音融入音律，带着一种不断向上的动力节奏，仿佛飞扬起来的心情，要前往更高更远的天空！

**不谙世事，被嘲讽，被漠视，那些都无关紧要，只要知道，要前往何方就行了。**

承接前段的旋律展开，主旋律转变为弦乐组演奏，笛声为伴奏，乐声层次明显加厚，和声音域加宽，振奋的号音加入，随着连续的上行模进，音律色彩由紧张趋于欢快大气而明亮！

画面中，通过俯视视角，能看到充满了生机的大片青绿的草场。

羊群在草地上慢慢走动，周围几只牧羊犬有活力地跑着。

杉木农场的场牌旁边，戴着一顶遮阳帽的伍益，笑着张开双臂，给这个小少年一个拥抱。

“合作愉快！”

**我想站在牧羊赛场的指导员站台上。**

影像中的苏侯，眼下带着青黑，头发被风吹得更加凌乱，似乎很久没有去打理，配合着那张白胖的脸，显得滑稽，但那双年轻的眼睛里却闪动着坚定的光。

从无知到清醒，从茫然到坚毅。

越发艰难的困境，事情的结局会怎样，成功还是失败？

这些都不重要。

管乐主导的变得高昂起来的乐声中，鼓点逐渐变得更加铿锵有力，就如他心里的选择。

“你需要尽快得到它们的认可，让它们接受你。”伍益的话音传来。

这之后，是苏侯与牧羊犬同吃同睡的情形。

画面中，苏侯给牧羊犬们喂食之后，端着自己的碗，随意坐在狗舍门口的台阶上，大口大口吃着卖相并不怎么好的食物。牧洲的人一眼就能看出来，那并不是多精致的食物，与他们平日里吃的都差不多。

晚上和狗一起睡狗舍。一开始，狗舍里几只狗都远着苏侯，镜头还给了东山农场A号犬宾果一个嫌弃眼神的特写；然后，画面变化，苏侯与这些牧羊犬的距离在逐渐拉近，直到几只狗都挨在苏侯身边。

没有消极的自我哀叹，琴弦的拉奏越发有力，像一把主动进攻的剑。声部再次加厚，音区提高，节奏、速度都在逐渐强化，仿佛在一次次注入动力。和声的色彩性变化，暗示着他在不停地努力。

苏侯同那些牧羊犬一起，奔跑在绿色的草场上。

“很好！继续给它们下指令，跟上，一定要跟上！不要被甩远！跟着它们跑！”乐声中，伍益用粗犷的声音在草场上吼着。

为什么不用草场车？因为很多牧羊犬会躲避草场车，那样更不利于接近牧羊犬。参赛的指导员们，一开始训练时基本都是同那些牧羊犬一起走动跑动的，直到它们拥有足够的判断能力和应变能力，才会渐渐拉远距离，不再跟近提示指令。

会跑就会摔，摔倒了爬起来继续跑。三个保镖并没有跟在身边，只是在周围盯着而已。他们每天帮苏侯喷药，治疗他身上出现的各种摔伤。

苏侯白嫩的胖脸瘦了下去，也晒黑了。

苏侯只是个新手，也没有充足的时间让他慢慢适应，所以，他必须每天耗费更多的时间和这些牧羊犬一起跑动，一起牧羊，不断发出指令，喊出每一只犬的名字，让它们记住自己的声音，哪怕是嘶哑的声音；让它们记住自己发出指令时的手势，哪怕是喷着药水有些变形的手指。

画面中是第一场比赛，苏侯临场指导时因太过紧张而苍白的脸色，僵硬的动作和慌乱中的错误，每一处都在告诉人们，这是个菜鸟。

很多人看到那一幕时会评价：这种技术就不要上场丢脸了！

然而，此时观看直播的很多人，尤其是东部地区的人，都异常沉默，因为他们知道接下来会看到什么。

东山农场的战绩，以及不断累加的积分。

“苏侯申请临场指导！”

……

“苏侯申请临场指导！”

……

“苏侯申请临场指导！”

……

不同的比赛场地，不同的解说员，说着同一句话。从画面中能看出，苏侯每一次临场指导时的变化，从一开始的犹豫不决、紧张和生疏，到果断地申请指导，并镇定打出准确的手势。

明朗的乐声中，偶尔响起几声笨重的和弦，但那也只是短暂的存在。乐声仿佛被赋予了一种强烈且坚毅的性格，在呼啸的风中挣扎着往前，笛声和琴音都似乎带着希望的微笑。

画面切割，一分为二。一边，是比赛中出现状况时苏侯申请临场指导的表现；另一边，是苏侯平日里跟着牧羊犬们一起训练的情形。

音律的跳转，扩编的铜管组吹奏的号声，流转的琴弦，仿佛从挣扎破土的嫩芽，成长为一棵能够顶住强风的挺拔的树。

后面几场比赛，他已经没有出场的必要，但那时候的人们也不会再说他只是上去简单当个摆设了。

管弦配合的音律，快速上升，上升，再上升，直到抵达最绚烂的一刹那！

“东山农场再次拿下第一，拿下十个积分。这样，他们已经提前获得了东部地区决赛的入场资格，恭喜东山农场！”影像中解说员的声音响起。

已经像个普通农场员工一样的苏侯，从指导员站台的位置冲出来，激动地挨个拥抱七只牧羊犬，发出畅快的大笑声。

赛场终点处光幕上显示出东部地区总排名的时候，苏侯从草地上站起来，没有去清理身上沾着的草屑、羊毛、狗毛。他喘着气，抬头看着光幕，抬起一只手放在胸口处，心脏都像是因喜悦而跳动得更强烈，眼中闪着泪光。

那是胜利的欢腾，是心灵获得的凯旋！

在欢快的乐声中，每个音节都暗藏着澎湃的力量。

不是人们以为的那般高高在上，也不似人们想的那般带着戾气咬牙切齿，更不是矫情的抒情。它亲切中带着刚强，仿佛每一个平凡的牧洲人民心中，对这个赛场、对这片土地的坚定信念。

画面中，新制作的“东山农场”的场牌，树立在草地上，曾经空空的场地，已经被规划分割，农田里已经长起来一批幼苗，烟雨之中的新农场，带着新生一般的生命力。

再次来到东山农场的苏侯，在两块田地中间的泥土地上，迎着风一直跑，然后停下，回头看向走过的那条泥泞的路，满是泥点的脸上露出一个开心的笑。

**我可能因遇到的困难而痛哭流涕，但是走着走着，就发现，原来已经咬着牙走了这么远。**

琴声拉奏出召唤般的音调，铜管组、木管组、弦乐组，直至整个乐队将音律引向尾声。雄壮的乐声，带着胜利的自豪，热烈的情绪再次高涨起来，仿佛一只雏鹰张开双翅，等风来，然后去迎接新的考验，去夺取新的辉煌荣誉。无愧于心，不畏将来，那是属于年轻人的波澜壮阔。

视频的最后，是苏侯与七只牧羊犬的合照，他们背后还站着两个人，一个是伍益，一个是方召。

片尾字幕——

**拍摄：伍益，苏侯，方召**

**剪辑：方召，苏侯**

**配乐：《追风》**

**作曲：方召**

很少有人会去关注片尾的字幕，更多人想着的是片中的苏侯，这个短短的宣传片，让人们重新认识了苏侯。

宣传片放完之后，解说员有将近五秒钟的沉默，随即带着善意调侃道：“知道我最讨厌哪种人吗？”

解说员旁边受邀一同解说的嘉宾问：“哪种？”

解说员道：“就是明明出身很好，还格外努力的那种。”

嘉宾笑了笑，道：“不得不说，在我们不知道的背后，苏侯也付出了很大的努力，这是一个励志典范。”

看到这里，熟悉苏侯的很多人就纳闷了。

啥？励志典范？就苏侯那个智障？

当然，网上也有人的关注点不一样。

“我将视频最后那个画面截图下来了，大家看看，站后面的那个人，是不是有点眼熟?”

“看视频不认真啊，视频里说了，那是杉木农场的农场主伍益。”

“废话，我当然知道那是伍益，我是说另一边站着的人!”

“那个是谁？宣传片正片里好像没出现啊。”

也有人很快认出来了。

“我靠，方召!”

牧洲的音乐氛围确实不浓厚，很多乐风他们也不了解，流行的歌星都不关注，更别说交响乐的创作人了，除了媒体报道的时候看过两眼，其他时候并不会关注。

但是，现在，在本年度东部地区决赛赛场上，一支参赛队伍的宣传片中出现了一个他们并不熟悉的人，关注的人也就多了起来。

“方召是谁?”

很多平日里只关注农业、气象和牧羊赛的人，此时也提起了一点兴趣。

一些牧洲人从音乐院校的学生那里得知，方召是音乐创作圈内崛起的新秀，得到很多圈内老前辈的称赞，也被年轻一辈的人追捧，他们的反应是:“听起来很厉害，但是为什么苏侯能请到这个人?”

是啊，为什么苏侯能够请到方召为他创作东部地区决赛宣传片的背景音乐？不过就算再好奇，这时候他们也无法得知真相。

当然，牧洲人的关注重心依然是苏侯，以及东山农场的七只狗。

刚才那个宣传片的重点不是宣传新的东山农场，而是向人们展示东山农场这位年轻小主人的成长。影与音的结合，让人印象太过深刻，也正是因为这个宣传片，一些人觉得，之前那样笑话苏侯确实不太好，毕竟他只是个上中学的孩子，还是个挺努力能吃苦的孩子。

年纪大些的人总是会对努力的年轻人有好感。

一些观看直播的家长也对着子女唠叨起来:“看看人家苏侯……”

苏侯大概也没想到自己会成为别人口中的“别人家的孩子”，也没心思去关注，他正在备战。

不知道是不是宣传片的原因，苏侯现在的紧张感少了很多，取而代之的是一股无法言喻的斗志，像是期待很久的东西终于要到来了。

苏侯跟方召说起这种感觉的时候，方召笑了笑:“那叫自信。”

参赛队伍的宣传片全部播放完之后，观看直播的人都发现，这些宣传片中最令他们印象深刻的，就是苏侯的那个，那让他们记住了苏侯这个小农场主的成长。

“好了！宣传片是比谁能吹，接下来就是真正的拼实力了!”

观看比赛的人收拾好心情，期待接下来的比赛。

东部地区决赛，决定哪四支队伍能进入洲总决赛。赛场比常规赛的更大，牧羊的路程也更长，草地起伏波动较大，很容易发生偏离路线的情况，需要指导员出面的情况比常规赛要多很多，用的时间当然也更久。

一般来说，十分钟内才能算过得去的成绩。往年能挤进决赛的队伍，所用时间都在六分钟以内，而能争夺洲总决赛冠亚军的队伍，用时都在五分钟左右。

伍益给队伍定的目标是八分钟。跑进十分钟能算及格，但还是压线吊车尾。

“只要判断不出错，及时申请指导打出正确的手势，就不会有错。”

作为指导员，苏侯能通过站台处的数个光幕看到整个赛场的情况，知道正确的路线。而每年决赛的路线都是不同的，还会有弯道，那就是需要指导员出面的时候。

牧羊赛的音乐响起来，就意味着决赛正式开始了。不管是在赛场的人，还是牧洲各处观看直播的人，都暂时将其他的事情搁置，没议论完的事情也先放下，全都关注起比赛，不仅仅是因为他们喜欢牧洲的这项传统比赛，还因为他们中的许多人都下注押了自己支持的队伍赢。

第一个出场的是一支多次参赛的老队伍，八只牧羊犬中，有六只是去年参加过决赛的，再加上农场主可能早就有针对性地训练过许多次，所以出牧的时候牧羊犬并没有什么紧张和不适应的表现。农场主作为指导员，也在每一次必要的时候申请临场指导。可以说，这第一支出场的队伍，很好地完成了它们的比赛。

“七分十六秒！”

这个成绩算是不错的了，但那位农场主似乎并不满意，这比他们去年参赛的成绩还要多出十秒。十秒在常规赛里可能不是多大的差距，但在决赛中，可能直接决定他们能否挤进前四。

不过，就算不满意，那农场主也没有摆脸色，只是笑着摇头，在赛后接受采访的时候说道：“今年的羊不一样，很难驱赶。”

很难驱赶？观众们疑惑。

解说员并没有在这件事上多说，接下来第二支出场的队伍，比第一支队伍多用了近半分钟的时间，原因是他们在转弯的时候耗时太长。

“今年的羊跑得很慢。”第二支队伍的农场主也说道。

一开始听到这话，看直播的人可能会觉得这是他们没跑出好成绩而找借口，而接下来第三、第四个农场主都这样说之后，大家都开始怀疑了。

“第二场比赛的时候我特意观察了，”观赛厅里，伍益说道，“今年决赛会场安排的羊，与常规赛的不一样。应该是，看起来一样，但性子不同，胆子更大、更暴躁。刚才第四支队伍就是，跑到中途，羊群就差点散了，好几只羊还朝牧羊犬踩蹄子，还挑衅头犬差点撞上，不好办哪！”

伍益叹息着，不过，这时候也不能丢了士气，转身拍了拍苏侯的肩：“别担心，难度加大，别人也一样加大，耗时都比去年要多一点，不用太有压力。”

“第五个出场的是寿北农场，咱们得好好看看，据说这场子的头犬要去争今年洲总决赛的最佳。”伍益几人的脸色变得严肃起来，要说给他们最大压力的，肯定就是寿北农场了，现在还是积分榜头名，也是今年最有可能获得东部地区第一，甚至全洲第一的农场。

寿北农场的头犬金驹，一上场就引发了许多人的尖叫——当然，草场里面是听不到的。各个观赛厅里的观众和观看网络直播的人都盯着那道身影，那是一只真正用眼神就能牧羊的王牌犬！

外洲的明星，牧洲的狗。牧洲人在牧羊犬身上倾注的感情是其他洲的人想不明白的，对牧洲人而言，牧羊赛场上的那些狗，就如明星一样耀眼。

牧羊赛官网的讨论区早就被留言轰炸，若是通过网络虚拟看台去观看直播的全息影像，能听到震耳的喊声。

前面几个农场主都说了，今年赛场的羊格外难驱赶，但是到了寿北农场这里，却又是另一番样子，羊群奔跑的速度比前四支队伍要快得多！

“要到转弯点了，寿北农场的运气不错。头犬金驹开始加速！它在对头羊施压！”

……

“转向了！羊群转向了！”

……

比起前面几支队伍，寿北农场这边转弯的时候简直神速，整个过程都不带停歇的。

“寿北农场的头犬金驹！神勇！！深刻阐释什么叫眼神牧羊！”

……

“进栏！全部进栏了！完美！四分三十二秒！四分三十二秒！放在去年也是第一了，这还是在今年赛场换了羊种的情况下跑出的成绩！”解说员激动得有些变调的声音通过优质的音响设备传来，也没再瞒着今年更换羊种的事情，“本场最佳！它很可能还会获得本届洲总决赛的最有价值赛犬！”

解说员又跟旁边作为嘉宾的老农场主说道：“曾经有人说过，十年或者二十年才会出一只‘神犬’，比如当年为您老获得五连冠的‘闪电’，比如十几年前的‘金刚’，再比如今年寿北的‘金驹’……”

受邀的嘉宾是一位老农场主，他的农场在二十几年前曾获得过五连冠，直到他的那只冠军头犬因为意外突然去世。后来农场虽然也通过培养新的头犬而获得过冠军，但却再也无法重现曾经五连冠的辉煌。

对牧羊犬的饲养、训练以及看犬的眼力，这位老农场主都是很让人佩服的，所以解说员向这位五连冠农场主询问他的看法。

老农场主也回忆起了曾经的爱犬：“今年的金驹确实让人眼前一亮，有当年我们家闪电的神犬风范……”

方召他们所在的观赛厅里，气氛很严肃，大家都很沉默，只有音响设备中解说员激动的声音以及嘉宾的赞叹声清晰传来。

“神犬？”方召意味不明地说道。

说完方召就听脚边传来“嗤”的一声，低头看过去，见卷毛好像是打了个喷嚏。

“感冒了吗?!”伍益立马转移注意力，一副天都快塌了的表情。

厅内的人顿时全身的神经都绷紧了，伍益和他的家人，还有专门的兽医团队，都冲过来检查卷毛的身体情况。

“怎么样？”伍益觉得肝胆都在打战，他怕卷毛昨天自己又乱吃了什么东西。虽然昨天和今天都给它们检查过一遍身体状况，没发现异常，但谁知道会不会在这里又染上什么疾病或者不适应场地导致肠胃异常之类的。

兽医团队满脸严肃地、极为认真地检查了一遍，摇头：“没发现异常。”

“真没有？”

被怀疑医疗水平，兽医团队的人不高兴了：“你质疑我们的能力？还是你希望它得病？”

“不不不，绝对没有！”伍益使劲摇头。

方召看了看地上用后腿挠头的卷毛，对伍益道：“不用担心，它好得很。继续看比赛。”

寿北农场的神勇表现，确实惊艳了一大批人，而且带给后面两支出场的队伍很大的压力。接下来第六、第七支队伍的成绩虽然也过得去，但都没能进七分钟以内。要不是解说员将换羊种的事情直接说出来，或许还有人会怀疑是那几个农场都在为表现不佳找借口，并不是每个人都能够看出羊种不同。

第七个农场出场时，伍益就带着人送苏侯和赛犬去赛场了。

等第七支队伍跑完，就轮到东山农场的队伍出场。

“好，接下来第八个出场的是今年另一个颇受大家关注的团队，东山农场也有一只很特别的赛犬……”

解说员在做赛前解说的时候，伍益匆忙跑回来了，坐在椅子上，双眼直直地盯着光幕，生怕错过任何一幕。

“出牧了！”解说员的声音拔高，也挑起了人的神经。

“聚集羊群很迅速，驱赶也很顺利，到现在为止，东山农场的赛犬完成得很好。用时也算短的，除了寿北农场，就是它们用时最短了。”解说员看着数据统计员给出的结果，说道。

椅子上的伍益坐不住了，索性站起来，走到离光幕更近的地方，攥紧拳头，放在嘴边用牙齿咬住，嘴唇还动着，像是在祈祷着什么。

方召也盯着光幕，他知道，一个关键点要到了。

入哪边的栏，是随机决定临时指示的，在这之前根本无法预料，只能看运气，所以很考验赛犬和指导员的应变能力。

羊群驱赶到一半的时候，光幕上显示出了随机答案。

给出的是左侧方向的栏，这对东山农场来说，并不是个好消息，因为他们的头犬卷毛在左侧，按照惯例，在右侧出牧的头犬会将羊群往左边驱赶，而左侧出牧想往左边赶的话，有三种方法：一种是头犬跑到右边，再逼羊群转弯；一种是不变位，指导员给另一边的队伍B号犬下指令，让它们协助逼羊群转弯；还有一种最保守的，就是先逼停羊群再转向，不过这样太耗时。

这种情况下该如何选择，赛前也讨论过，最后决定还是按照方召的建议，选择了第一种方法。

“转弯，要开始变向了！注意跑位！这就是考验头犬能力的时候了！看看它们能不能按照指导员的指导，驱使羊群转变方向。或者如很多队伍一样，先逼停，然后驱赶头羊……”解说员依然在那里唾沫横飞地解说着，“苏侯申请临场指导！哦？苏侯还是给头犬卷毛下的指令，这是要它绕到另一边去？”

光幕上，苏侯申请临场指导，是直接给卷毛下的指令，意思是让它到羊群的另一边去，逼羊群转向。

“注意！它开始加速了，看起来应该是要绕……咦?！它直接……飞过去了!!”

解说员这次不仅破音，而且还难得结巴了。旁边作为嘉宾的那位老农场主也一声惊呼，像是看到了什么令人震惊的事情。

光幕中，加速的小卷毛狗风一般冲到羊群边上之后直接跃起，踩在奔跑中的羊背上，就像是踩着石头过溪水一样，横向跨越到了另一边。说“飞”夸张了，但确实让很多人惊掉了下巴。

这种情况可以说非常罕见，不仅十分考验赛犬的跳跃能力，更重要的是，一旦踩空或者哪只脚没踩稳，掉落到奔跑的羊群队伍中去的话，命都会被羊群踩没的。

伍益刚才也是心都提到嗓子眼，塞嘴里的拳头都咬出血了也没感觉到，两只眼睛恨不得睁得跟铜铃一样。他平日里也曾看到卷毛这样从羊背上踩过，但他并不会选择在比赛中让狗这么做，太危险，稍一不注意狗命就会没了。

解说员反应很快，也非常激动：“全场最佳！全场最佳!! 毫无疑问，如果进入洲总决赛，它将是本年度牧羊赛最有价值赛犬的有力争夺者！”

观看直播的人听到解说员这话不禁吐槽，这货刚才不是还说金驹的东部地区比赛全场最佳没跑了吗？还说会是洲总决赛最有价值赛犬的有力竞争犬，这么快就自扇嘴巴？节操呢？

解说员像是完全忘了刚才自己说过的话，节操什么的，当解说的第一天就喂狗了，依旧在那儿忘我嘶吼：“我已经看到了它的身价在不断翻倍！”

最有价值赛犬，它有背后的意思，也有字面的意思。

每一只参加决赛的牧羊犬，身价都会涨，头犬涨得更多，而每一届的洲总决赛最有价值赛犬，估值更是天价。

“羊群没有停顿！转向了！苏侯再次申请临场指导！很好，选择的时机非常准！另一边的A号犬注意跑位，后面的也跟上，别丢羊！这个转向太快了！羊群还在加速！我有预感……”解说员看着旁边的数据显示，深吸一口气，“它们可能会……”某三个字在嘴边转了转，他还是没敢现在就说出来。

观赛厅里，伍益紧张得恨不得将手指都咬掉，视线不断在光幕右上方的计时显示处，和光幕中间的赛场画面之间，来回移动，因为全身绷太紧，僵硬得像是石化一样。

方召看着光幕上的赛场画面，突然笑了一下，补充了解说员没说出来的那三个字：“破纪录。”

旁边的伍益耳朵动了动，他听清楚了方召的话，脑子里却又像是听不懂一般，咬着拳头的牙齿开始打战。

“进栏！进栏了！”

“全部进栏！”

“四分二十秒！四分二十秒！！”解说员嗓子像是哑了一样，吼得歇斯底里，“自从八十年前比赛改革之后，东部地区的最好成绩是四分二十一秒，是当年被称为神犬的五连冠赛犬‘闪电’所在队伍创造的纪录。现在，东山农场的队伍，以一秒的优势，打破纪录！如果没有更换羊种，这个时间还会缩短至少十秒！”

伍益觉得好像什么都听到了，又像是什么都没听见，嘴皮子还在抖，话都说不顺畅：“破，破，破，破纪录？”

“嗯。”方召应声道。

如果是末世时期的作战犬，方召相信，一分钟时间，最多不会超过两分钟，都不用人去指导，它们就能将羊群全部赶进栏。

不过，对于新世纪平和了五百年的牧洲来说，农场的普通工作犬能做到这样，已经很不错了。

方召有点明白了，为什么牧羊赛会成为牧洲的传统。

新世纪从未取消的兵役制度是这样，牧羊赛亦是，虽然不可避免地会掺杂一些功利性的黑暗的东西在里面，但比赛以及背后的训练，让它们血液里的那些不管是功勋犬还是幸存野犬的强悍基因，一直活跃着，一旦某天世界再变，它们将能迅速作为后备作战犬种加入战争，和曾经的末世时期一样。

耳边传来《追风》乐曲中段曲调高昂时的声音，方召看向光幕，原来是苏侯已经从指导员站台出来了，直奔向终点趴着休息的七只狗那边，泪流满面，又哭又笑的。主办方将这支乐曲作为这一幕的背景音乐，属于这个时期，苏侯的专属BGM。

苏侯火了。

在牧洲网络上火得一塌糊涂。

本年度东部地区牧羊赛四强决赛中破纪录的团队，苏侯作为农场主兼指导员，再加上苏家的背景以及励志少年的标签，牧洲媒体怎么可能放过这样一个炒话题的机会？别说娱乐类媒体，就连时政新闻版块、教育版块、牧羊赛版块、农业版块甚至气象版块都提到了。尤其是教育版块，难得找到个能当作正面榜样的事例，自然是大加宣扬。

牧羊赛在牧洲的影响力是外洲人无法理解的。苏侯从一个豪门智障，一跃成为少年新星。

“破纪录”这三个字的震撼力是覆盖整个牧洲的，牧洲人只要谈起今年的牧羊赛，肯定会提到东山农场，自然就会提到苏侯。有赛前的那个宣传片打底，没人能说苏侯坐享其成。

当然，有人夸赞自然也会有人挑刺。

“苏侯就算是苏家子弟，以他那年纪，也没那么多钱能在买下一个农场之后还请人重新整理农场。牧羊犬作为赛犬的训练和喂养，还有医疗团队那些消耗，可不便宜。”

“你们是不是瞎？还‘励志榜样’？还‘创造奇迹’？能看看宣传片结尾部分的字幕吗？方召！创作者和剪辑的主要人是方召啊！一手撑起银翼的虚拟项目，刚结束全球巡讲的方召！肯定是他又出手了。能让银翼的虚拟项目起死回生，苏侯这事，肯定也是他策划的，说不定从头到尾都是一场阴谋!”

“对啊，说不定这背后还有什么人在支持，要不然仅凭一个什么都不会的苏侯，怎么可能这么顺利就请到方召为他作曲，为什么能顺利与杉木农场合作？还恰好能弄到那几只牧羊犬，尤其是那只‘飞’犬!”

……

不过，对于网上的那些质疑声，苏侯并没有在意，他以前还很在乎网上对他的评价，现在压根就不去看了。他也没时间去看，比赛一结束，他就不停接到电话。

除了同学的祝贺，还有苏家人的恭喜，他哥在忙实验的中途还抽时间给他打电话，这是很难得的事情。刚跟亲哥通完话，又接到了两个妹妹的电话，说是想过去他的东山农场看看，还要跟卷毛它们合照，不过照看她们的阿姨不准，说是太危险了，等风头过去再找机会。

牧洲中枢之地青城，清台山。

清台山并不是牧洲最高的山，甚至算不上比较高，看起来像是一座山被削了上面三分之二的样子，上面的建筑也多是一些庭院式复古楼，没有高耸的大厦。但在牧洲，这座山却是意义非凡的——最早的牧洲政府就在那里，创世纪大将苏牧以及其他几位重要领导人最早就住在那里。后来人口多了，城市建设重新规划，才将政府办公地移到其他地方，现在住在清台山的，都是最早那批领导人的后人，不过大多是一些已经退休的老人，年轻人们可不愿意窝在那个约束众多的地方被管着。

清台山上一座老宅内。

几位满头银丝的老人坐在中央，周围有一些中年男女拘谨地坐着，屋内很安静，坐在边上角落里的年轻小辈们更是恨不得找机会偷溜出去。

原本是那几位老人约在一起看一场比赛，没想到竟然能看到苏家的小辈。这些一百几十岁的老人，对苏侯那个年纪的小辈没有太深的感情，曾孙辈的两双手都数不过来，更别说玄孙了。除非是特别优秀的，或者擅长刷存在感的，否则，突然提起来他们未必能立马对上号。

但一场东部地区牧羊赛，让他们记住了苏侯的名字。

“没想到，家族的小辈里面，竟然还有这么个小家伙！”一位老人叹道。

“能得到这样的成绩，确实很不错了！”另一位也赞道。

他们这些老家伙不知道经历了多少，苏侯背后有没有人支持，不用调查也能猜到一些。但不管是运气好，还是找人帮忙，这都是苏侯的本事。为什么人家方召谁都不帮，偏偏帮他呢？苏家那么多年轻有为的人，为何已经在音乐创作圈子里小有名气的方召，会选择一个当时谁都不看好的，甚至经常被人背地里叫“智障”的苏侯？

说到底，运气也是实力的一部分。

“那个叫方召的，听说是延洲那边的一个作曲家？”

“嗯，我问过了，今年是苏侯去的延洲拜祭，应该也是在那里遇到这个方召的。同名同姓，真巧。”

世上同名同姓的人那么多，与烈士同名同姓的也不少，他们猜想应该是苏侯去延洲拜祭时正好遇到个也叫方召的，所以才认识了。

“到时候再去查一查。不过这些都是其次，我想知道的是，谁设了那个局！”

原本语气缓和的老人，说到最后时语气陡然加重，双眼中利光闪动，像一把出鞘的刀。

他们是放任苏家的小辈们竞争，有竞争才有动力，更优秀的人才能获得更好的资源；但要竞争，就堂堂正正地竞争！小打小闹也就算了，他们绝对不能容忍这种为了利益而往死里坑自家人的做法！

绝对不允许自相残杀的局面出现，这是大将苏牧留给苏家后人的话，谁违反这条规矩，谁就会被逐出苏家这个大团体。如果不是苏家人自己坑自己人，那就更得查了，敢坑我们苏家人？就算真是个智障，也是你们能随便欺负的?!

“查!”

一个铿锵有力的“查”字，让坐在屋里的小辈们浑身的肉都抖了好几下。看来，某些人要倒霉了。

第9章 CHAPTER 9

# 代言

苏侯跟自己妹妹通完话后，又接到了青城的堂姐拨过来的视频通话。

“苏侯你爽了！”

“啊？”苏侯一脸茫然。

“嘿嘿，有几个人要倒霉了。”光屏上的女孩笑得幸灾乐祸，将之前清台山上那屋里发生的事情说了说，随即又一副重新认识苏侯的样子，“苏侯你变化挺大啊，瘦了也黑了。哎，之前那宣传片里的，是你特意演的还是真拍了平时的样子？”

“当然是真的！里面的都是真的！”苏侯争辩道。

宣传片的镜头都来自他三个保镖的跟拍、杉木农场的各处监视器、方召有目的的拍摄，以及他自己的拍摄录像，将这些收集到一起重新剪辑成几分钟的短片，稍稍艺术化处理了一下。在那之前，他都不知道自己时时都处在三个保镖监视之下，知道后有点恼，但想想自己确实容易出事，还有前科，三个保镖也是为了自己的安全着想，就没怪他们了，只是重新给他们安排任务而已。

“我就问问，你别激动。那宣传片是方召剪辑的还是你自己完成的？”

说到这个苏侯就不好意思了：“召爷剪辑的，上传的前两天我又提供了一部分视频，召爷也放进去了。我也就只参与了一丁点。其实我自己之前也做了个宣传视频，只是看到召爷的视频之后，我就没好意思将我那个拿出来。”

“召爷？听起来那小子还挺跩啊。等等，你刚才说你自己也做了个视频？传给我看看，别不好意思，自家人，做得不好我又不会说出去。”别说她本就没那外传的心思，就算有，看到今天清台山上那几个老家伙发火，她也不敢这么做。

苏侯想了想，觉得给自家人看也没什么，便将自己做的那份视频传了过去。没一会儿，他堂姐给了回复。

“你以后……这种艺术方面的事情还是交给艺术家们去做吧。差点忘了问，你怎么认识方召的？”这才是苏侯堂姐最想知道的事情。

苏侯将当时在陵园的事情说了说，又将自己怎么找的方召也说了。

这次苏侯堂姐沉默的时间有点长，最后幽幽道："看来你那四十九个头没白磕。"

断开通信之后，苏侯堂姐与另外几个同辈的苏家人说了这事，几人心里都在想，明年纪念日，是不是自己也跟着过去磕一磕头？苏侯去延洲磕了个头就得到了助力，火爆一时，他们要是在苏牧墓前多磕几个头，说不定明年会火得飞起！

苏侯也觉得磕得值。以前他会因为被兄姐们耍了一顿而郁闷，但是现在突然觉得很值，如果他不是磕了那么多头，就不会一气之下跑去陵园到苏牧的墓碑前"告状"，就不会遇到方召，也不会有后来的事情。

牧洲这边，因为东部地区决赛，东山农场火了，苏侯火了，杉木农场也火了，参赛的几只狗更不用说，都上了本年度的排行榜，尤其是作为头犬的卷毛。人类社会竞技比赛中有MVP（最有价值选手），牧羊赛也有类似的奖，赛后的评选，卷毛毫无争议地获得了"最有价值赛犬"这个奖。

同时，牧羊赛主办方的官网也更新了东部赛区的赛犬身价排行榜。卷毛以五千万身价，成为东部地区名副其实的最有价值赛犬！

伍益比方召还要高兴，队伍里七只狗，六只都是他农场的呢。虽然宾果只有几百万的身价，远不如卷毛，但是伍益已经很满意了，他有六只狗呢，加起来总身价也有一千多万了。而且这还只是暂时的，等洲总决赛开始，身价还得涨，说不定能翻几番！

伍益脸上的褶都笑得更深了，同时也不住地感慨："方召说过，当年这只狗不知道在黑街流浪了多久，捡到它的时候瘦得只剩皮包骨，站都站不起来了。"

对于爱狗的牧洲人而言，方召说的那些境况简直无法想象。

牧洲法律是维护牧洲人利益的，每个合法的牧洲人都会拥有自己的土地，除了从父母长辈们手中继承到土地之外，慈善机构也会给一些特殊情况的人分配一块土地或者一份工作，只要不懒惰不自甘堕落，总能活下来的。

而狗不同，没有土地也没有工作，但是，牧洲没有流浪狗。就算被老农场主抛弃，新农场主也会养着它们，不然就会被其他人视为心狠、冷酷无情。外洲人视这种观念为道德绑架，但牧洲人却觉得本应如此。既然决定要养，就得担起责任，至于养得好不好，就取决于农场主自己了。

"方召的运气是真好啊！"谁能想到，捡到的一只流浪狗，竟然能有今天的身价？要是真能知道的话，当年的黑街里，又会发生什么样的事情？

而随着卷毛跃居东部地区赛犬年度价值排行榜第一，它的"身世"也被曝了出来。

"什么?！不是我们牧洲的犬?！"

"竟然是从延洲来的?"

"不管了，还废什么话，买过来！"

知道卷毛不是牧洲“户口”之后，很多人就开始动心思了。

这么好的狗，天生就是参加牧羊赛的料，放外洲可惜了，外洲哪有牧洲这么好的草场条件？外洲人哪有牧洲人爱狗？所以，这种狗就应该由牧洲人来养才对嘛！

别人的狗？买啊！区区五千万而已，对于牧洲很多中大型农场主来说，并不是个很难接受的数字。

但很快，他们就发现，卷毛狗的主人也很有钱。

“嘶，方召的狗？不爽啊，听说这小子挺有钱？苏侯的农场就是他插手的。”

“有人问了，他不卖。”

“刚跟玩音乐的朋友打听过，方召一首曲子一千万以上，还是很早之前的价，全球巡讲之后价钱更高，怎么办？”

“他一个搞艺术的养狗干什么？”

本打算买狗的人郁闷了，他们最不爽的就是想买的人家不卖，人家不缺钱！

“再等等吧，现在不卖也能理解，洲总决赛之后这狗的身价不知会高到什么程度，到时候再去跟那小子谈条件，说不定就行了。”

“不过洲总决赛之后，价钱也不是我们这些人能出得起的了，你们大农场主去争夺吧，我们这些中型农场的暂时退出。”

“话说回来，咱们就不能通过其他方式压价？支持别的狗，说不定有哪只狗到时候能将那只小卷毛狗压下去，这样一来，价格就高不起来了。”

“有道理，不过，东部地区有哪只狗能比得过卷毛？金驹？”

“金驹不行，牧羊表现还差点。东部地区这边是找不到合适的了，看西部地区那边有没有能压一压的，不然，这年度洲总决赛最有价值赛犬的宝座，就要被外洲的狗摘了！”

那些农场主私下里商量着怎么对付卷毛，但网上的其他吃瓜群众倒是很喜欢这只狗，牧羊赛也没规定不准外洲的狗加入哪个农场参赛，因为牧洲的人一直都认为，除了本洲的牧羊犬，外洲的狗都是笨蛋，这种考验智商的比赛，外洲的狗玩不了。

卷毛是到现在为止，牧洲群众接受度最高的一只外洲的狗了，尤其是决赛时那横向“飞”跃的一幕，比赛结束好多天之后，网上还在传，那一幕充分阐释了什么叫“我疯起来自己都怕”。在牧洲的网络上，很多人直接用“飞犬”称呼卷毛，他们觉得“卷毛”这名字太不正式，也显示不出这只头犬的特质。

牧洲这边能有人将卷毛买过来自然是最好，但就算买不过来，他们依旧很期待它在洲总决赛的表现。

牧洲这边炒得火热，还有人联系延洲那边的人看看能不能得到点别的消息，而延洲的媒体就像闻到腥味的猫，很快就反应过来了。

“什么？牧洲东部地区决赛上的最有价值赛犬，是我们延洲的狗?！五千万身价?！狗有那么贵？哦，对，是牧洲，牧洲人都是一群狗疯子。”

不管怎样，上新闻！于是，很快，延洲那边就有不少人知道这事了。

齐安市郊，方召曾经居住过的那条黑街上。

岳青如往常一样，吃着午餐，端着一杯茶慢慢喝，一边看新闻一边躺在门口的椅子上晒太阳。

“牧洲牧羊赛？这个有什么稀奇……五千万？牧洲人真是疯子，啧啧，不知道五千万的狗……噗！咳咳……咳咳咳……”岳青被呛了一下，咳得整个人都恨不得蜷起来，手里的杯子也扔到一边。

好不容易缓过来，就看到艾丸从药店那边冲过来：“老岳！老岳，出大事了！”

“什么？”

“看过今天的新闻了吗？”

“你说方召的那只小卷毛？”

“是啊！”艾丸颤抖地伸出五根手指，激动地说道，“五……五千万！那只当年在咱们黑街不知道流浪了多久，差点死掉的小卷毛，现在身价五千万！这还只是暂时的，听说等牧洲的那什么赛过了之后会更高。老岳，五千万啊！老子累死累活开药店兼职医生给人看病，昨天一晚上都在给人看病，也就收获小十万，还把老子兴奋得睡不着，但是跟这狗一比……突然很想养狗了，咱街现在哪儿有流浪狗？我去捡一只回来，说不定就不用开店了！”艾丸顶着浓浓的黑眼圈，摇头晃脑地，像是在想什么美事，又摆摆头，嘟囔着什么。

岳青进店拿了一杯冰镇饮料给他：“喝点。”

艾丸咕咚咕咚喝了两口，被冰得一激灵。

“醒了没？”岳青问。

“醒了。”艾丸拖过来一张椅子，坐在旁边，叹道，“有些人的运气真不是咱们能碰到的，更何况，方召那小子也有能力啊，这才多久？混得风生水起。五千万那小子也没看在眼里吧？唉，当初还是我给那小狗剃的毛，还剃坏我一台机器。给身价五千万的狗剃过毛，还剃光了，这事我能吹一年！要是当初狗毛能留下来，说不定能卖不少钱呢！”

艾丸坐在椅子上，仰头看着中午黑街照下来的阳光，被刺得眯了眯眼，抬手挡住眼睛：“那小子与咱们不是一路人，他还那么年轻，以后能走得更远，咱们以后再过几十年，说不定还是在黑街待着……”

岳青难得听艾丸这么感慨，看来真被那身价五千万的小卷毛刺激到了，不过，感慨到一半，怎么不继续说了？

“老岳。”

“嗯，听着呢。”

艾丸抬手指了指空中：“无人机。”

岳青诧异地抬头，果然，一架无人机从高空往下降，送快递的型号。楼上谁家的快递？

“不对啊，我怎么觉得，它是要一直降到这最下面？”艾丸用手遮住阳光，看向降下来的那架无人机。

岳青也感觉到了，这个位置，最下面的，也就只有他的商店了。

“老岳，你买什么了？或者你老婆买什么了？”

“没啊，进的货前几天就到了，而且就算买也不会用这种来送货。”岳青看着那架降下来的无人机，这个型号的无人机速度比较快，运输也稳，所以运费比普通的无人机要贵好几倍。

“岳青，快递。”无人机上传来电子模拟声。

“还真是我的！”

验证身份之后，无人机放下了一个长宽约两米，高一米多的保鲜箱。看到寄件人的名字时，岳青和艾丸相视一眼，合伙将箱子挪进屋。

店门一关，艾丸就催着岳青拆箱：“快快快，看方召寄过来什么了！”

岳青拆开之后，发现里面都是一些真空包装的肉制品，以及一些密封的谷物，还有一些加工过的食物，产地是牧洲。

牧洲那边就算是加工食品，也是用天然作物加工而成的，在牧洲之外的地方卖得可不便宜。

里面有方召的一纸留言，说的是他现在在牧洲，顺便给岳青和艾丸寄过来一些牧洲的特产。

“哈哈哈，那小子还没忘了咱们呢！老岳，方召说了，这里面有一部分是我的，先暂时存你们家仓库，我那儿没存放设备，不说了，我回去关店门，待会儿吃烤肉！”

岳青看着喜气洋洋跑出去的艾丸，笑着摇了摇头。他们就是这样，没什么大志向，虽然也会抱怨，但很容易满足。

方召不仅给岳青和艾丸他们这些曾经帮过他的人寄了东西，公司的人，还有延北市的方二叔、老太爷和老太太那边也寄了东西过去。

方老太爷高兴得又出去炫耀了。他们不缺这点东西，但方召有这心，他们高兴，而且他们也一直关注着网上的消息，知道方召现在混得很好，也欣喜。

前段时间方召跟着薛景全球巡讲，方老太爷成天跟干休所的人炫耀：“我曾孙方召，以后是要成为大艺术家的！”

以前方老太爷希望后辈都进军队发展，叮嘱他们服役要积极，最好去一些比较艰苦的地方锻炼，吃得苦中苦，方为人上人！现在老爷子有些担心了，那些去异星挖矿的岗位太艰苦，说不定同批服役的人都很鲁莽暴躁；就自家那小曾孙，肩不能扛手不能提的，搞艺术的人，多文艺的一小伙啊，真去了那些地方服役，会被整残的吧?!

于是，收到快递的当晚，失眠的老太爷和老太太商量了一晚上，计划着到时候将自己那小曾孙安排到哪个地方去服役。

要是方召知道两位老人的想法，肯定会告诉他们：您二位真的想多了。

牧洲东、西部地区的常规赛都已经结束了，在洲总决赛之前，会有一个月的缓冲时间，给各农场一个恢复和训练的空隙。

杉木农场。

卷毛和其他几只狗在田地里找田鼠洞，伍益让人看着，比赛之后人要放松，狗也得让它们敞开玩一玩，有兽医团队待命，应该没啥事。

今天农场来了一位比较特别的客人。

来人是苏侯的一位堂兄，比苏侯要大将近二十岁，大学毕业之后就用手头的资金开公司了，成立四象食品公司。苏峰自己的农场依山傍水，还有四块形状像大象的石头，所以取名为四象农场。苏峰这次过来，就是为了谈生意的，不是找苏侯，而是找方召。

与杉木农场的农场主伍益相比，苏峰看上去更像是一个商人。

“代言？”方召看向苏峰，“狗粮？”

苏峰想找卷毛代言他公司出品的一款高档狗粮，在牧洲，这个市场不小，牧洲的人在狗身上舍得花钱。苏峰给的价钱也不低，初拟的合同也给方召看了，不满意还可以修改。

方召看了看，合同方面倒是没什么问题：“我需要先看你们的产品再做决定。”

“这个当然。”苏峰将几罐早就准备好的狗粮拿出来，还拿出了两份鉴定书，一份是监管部门的，另一份是农科院苏侯的亲哥给出的私人鉴定。

“我知道你有你的考量，相信应该已经有不少公司找过你，不过，还是希望你能多考虑考虑我们公司。”苏峰说道，“其实我这次来，还有另一个代言想和你谈，关于我们公司的主要业务。”

“还找卷毛？”

“不，”苏峰笑了笑，“我找极光。”

苏峰在打极光的主意，他计划这两年渐渐将自己公司的品牌打出牧洲去，主打当然不可能是狗粮，狗粮只是他们公司发展的其中一个分支而已，只针对牧洲境内；公司更主要的是销往外洲的农产品，但是竞争太激烈，就他们苏家都有不少能压着他。苏峰一直在找着手点，这次牧羊赛，让他注意到了方召这个从延洲过来的作曲家，延洲三大娱乐公司之一——银翼传媒的虚拟项目部一把手。

“虚拟偶像极光的形象是棵树，正好啊！正符合‘天然’的理念。”

末世之后，发展是第一要务，以当时的科技水平，工业的发展不可避免地需要牺牲一些东西，比如环境。除了牧洲之外，其他的十一个洲，都经历过一段严重“窒息”期，甚至当时曾有人想过，是不是选择错了，会不会世界就这么毁了？要不要停下手头的进展，先造飞船去外星球寻找新的生存地点？

好在熬过来了，新的能源取代了原有的能源，建设进度加快，科技的发展使废弃物的排放减少，新世纪的十二洲真正稳定了下来。但除了牧洲之外，其他洲并没有太多适合种植的土地，所以很多生产食物原材料的基地都采用了无土栽培等手段。

五百年过去，牧洲一直以特四洲的身份安然存在，这是大家共同遵守的规则，不干涉牧洲的发展，如果真有人去牧洲大肆改造，就算牧洲人不反对，其他洲的人也会有意见。

曾有人说过，牧洲是最后的“净”土。所以，牧洲在全球食品市场中的地位是非常特别的，条件比较好的家庭都会优先选择牧洲出产的食品，也就是倾向于所谓的“天然”产品。

一般来说，牧洲的老牌公司并不需要代言人去给他们带动人气，品牌已经打出去了，在大众心中的地位是很难撼动的，但苏峰的四象食品是个非常年轻的品牌，同类别、同价位的产品中，人们肯定会优先选择他们熟悉的，四象的产品在市场上并不占优势。

苏峰在其他洲也找过明星代言，有效果，但并不如他想的好，毕竟，其他很多公司也找明星代言，大家都一样。这次苏峰打算在延洲尝试一下，不找真人明星，而是找形象更接近“自然”的极光，正好现在极光有点人气。

“极光？”方召听苏峰这么说，也明白他的意思了。

“确实是一个很好的想法，不过……”方召看向苏峰，认真道，“极光代言的价钱可不便宜。”

苏峰像是听到什么好笑的事情，笑了两声：“你放心，虽然我们公司只是刚起步，但资金方面，请代言的钱还是出得起的。”

说的时候苏峰心里想着，看来方召对代言这方面的市场价并不了解。是，极光现在在延洲确实处在上升期，人气也有，但并不足以跟那些真正的大牌明星相比，代言费不至于达到“天价”，小几百万就能拿下。

正准备跟方召解释一下，方召那边就有来电提示。

“抱歉，先离开一会儿。”方召走到屋外接收通信。

苏峰表示理解，坐在屋里想着待会儿要不要跟方召解释一下现在的市场价。

那边，方召接到的是段千吉的语音通话。

“方召，还在牧洲？”段千吉的语气听起来心情不错，应该是有什么好事。

“这边还有点事情。”方召道。

“那边的事情不重要就先放着，回公司一趟，签个合同，与火烈鸟的合同。他们选择了极光代言《世纪之战》！”段千吉说着就忍不住笑起来，等了这么久，终于等到了想要的结果。

“你似乎并不觉得惊讶？”段千吉敏锐地察觉到了这点，即使没有开视频，她也能大概感觉到对方的反应。这也是公司很多人害怕段千吉的地方，大老板甚至不用眼睛看，就能猜到你到底在干什么，有没有说谎。

“今天一大早华励给我发了条两个字的信息，说‘恭喜’，看这个时间，我猜想大概就是代言这件事。”方召回道。

想到华励就是火烈鸟的音效组组长，比他们先收到消息也能理解，段千吉也就不多问了，催促道：“所以你赶紧回来，作为虚拟项目部部门经理，你需要亲自出面签约。”

“等等，我这边还有个事情。”方召将苏峰找极光代言的事说了。

“行，我知道了，你先去收拾东西准备动身，苏峰那边我找人跟他谈。”

卷毛的事情方召自己就能决定，因为卷毛属于方召的私人财产，但极光的事情就需要银翼那边的人过来谈了，那属于公司事务。

苏峰没想到能直接联系上段千吉，一开始还很镇定地商谈，但当段千吉报出价钱之后，苏峰差点将手里的通信器砸地上：“一千万？还只是一年的？段董你们延洲的代言费什么时候飙这么高了？”苏峰都被这报价给气乐了。

很多A级签约明星，这类代言不到五百万就能签两年，时下被称为“延洲第一虚拟偶像”的米虞，代言费也不过一千五百万两年，同样很有名的安迪·里奥一千二百万两年。你银翼一个才崛起不到一年，人气也比不上米虞和安迪·里奥的虚拟偶像，就想要一年一千万的代言费？觉得我们牧洲人不长脑子是吧？！

段千吉对苏峰这语气也不在意，只是说了今天收到火烈鸟敲定极光代言《世纪之战》的事情。

苏峰哑火了。他当然知道这意味着什么，憋了好一会儿，才道：“就算被火烈鸟选中，但你们这个报价也太高了！”

苏侯出去外面跑了一圈回来，就见他堂哥站在那里，脸色不停变来变去，像是在做什么重大的决定。苏峰抬头看了眼从外面回来的苏侯，深吸一口气，猛地起身离开。

次日，四象食品与银翼极光的合作正式敲定。

苏峰看的并不仅仅是极光的外形和在延洲的影响力，他还看中极光背后站着的方召，苏峰相信，只要有方召在，极光就会继续升值。

方召这个人太可怕了，才一年多的时间，就从一个默默无闻的小透明实习生，变成现在音乐创作圈内小有名气的新秀，完成全球巡讲，把住银翼虚拟项目部整个部门，甚至还引起了巨无霸火烈鸟的注意，就连他的宠物狗的身价都飙升到五千万。

说这只是昙花一现？苏峰不这么认为。不管其他人怎么说，以他的直觉，他相信在不久的将来，这个年轻人还会更火，虽然他一时也猜不出到底会怎样，但就是直觉如此。

苏峰知道自己在冒险，如果到时候市场证明他是错的，他就会被同行嘲笑，这个他倒不是很在意，他更在意的是苏家那几位住在清台山的老人的想法，他还想做出成绩之后去那几位面前多讨点好处，要些资源，但如果失败，就不用想了。

在苏峰与段千吉派的人商谈具体事宜的时候，方召就已经登上前往延洲的飞行器。卷毛依旧留在牧洲这边，同其他几只牧羊犬一起训练，为洲总决赛做准备。

再次回到延洲，方召一进部门办公室，就收到了其他人的注目礼。

“老大！你回来了！”祖文几人喊完之后就朝方召身后瞧，又在方召脚边周围找了找，有些失望，“卷毛没回来？”

“留牧洲训练，它还要参加洲总决赛。”方召道。

祖文几人都凑过来问牧洲那边的事情，以及询问方召，拥有一只价值五千万并且之后还会继续升值的狗，是个什么心情。当时看到那个新闻，整个虚拟项目部集体大吼了一声，吓得过来五十楼交流感情的杜昂还以为这边发生了什么意外。

当初方召离开时说出去拓展业务，谁也没想到，还真被他拓展到了，牧洲那边的代言合作，部门的人都已经得知，至于具体如何实施，安排好之后会有人告诉他们。

想到极光的代言费，再想一想卷毛的身价，祖文他们只觉得，他们这个部门，好像变成富豪了。

“啧，老大你在外洲都能搞个大新闻。”祖文摇头感慨，“牧洲真是个疯狂的地方，对了，卷毛决赛的时候我们能去现场看吗？”

“看情况，公司这边没有其他任务的话，就组织一次牧洲行。”方召道。

“公费？”祖文问。

“公费申请不来就我出钱。”方召这话赢来部门其他人齐声欢呼，“不过现在，先准备跟火烈鸟的签约仪式。”

“是！”

次日，方召带着项目组的几位主要员工，一起前往火烈鸟在延洲的分部，签约仪式会在那里举行。

很多人都没想到，火烈鸟在延洲最后还是选择了出道不到一年的极光。虽然网络投票结果极光只排第三，但这并不影响火烈鸟的最终决定。

签约仪式的照片和视频很快传开，火烈鸟选择极光代言《世纪之战》的事情传遍了延洲游戏圈。

五天后，火烈鸟官方网站首页登载了一张“十二战士图”，上面是来自全球十二洲的十二位代言《世纪之战》的虚拟偶像。极光是其中唯一一个非人类虚拟偶像，它在这张图中的形象，正是《百年灭世》MV中，以树枝虬结成肌肉，以类人躯体战斗时的形象。

“十月一日，《世纪之战》正式开启。”

对于虚拟偶像来说，代言火烈鸟的游戏，就像是中了彩票，人气是直线飙升的。火烈鸟不缺用户，在各洲找的代言人相当于他们的一个合作伙伴，在延洲的推广宣传是银翼和火烈鸟共同完成的。

而巨无霸公司火烈鸟的宣传攻势，一旦开始，就无处不在。

砸钱！狠狠地砸钱！

齐安市中心地带的建筑物和广场巨幕，各大娱乐场所、公共交通工具等上面，随处可见《世纪之战》的宣传。

离十月还有很久，但对于十年一出的游戏，很多人还嫌火烈鸟宣传得迟。虽然最吸引游戏迷们注意的是官方在宣传时放出的短片，但这些从不关注影音娱乐的人，也或多或少地记住了极光这个虚拟偶像。

整个五月可以说是热火朝天，一个十年又一个十年，攒钱好久的游戏迷们已经开始订购最新型的游戏硬件，升级原有配件，条件好些的，干脆直接更换全新的装备，只等着十月一日游戏开放。

齐安市一处高层复合型公寓内，市内知名竞技游戏团队“天罡”的成员正在忙着。

“队长，水快没了，肉也快没了，什么都快没了！”

“知道了，我让人去买，有什么先吃点，或者点外卖。”

“哎，队长，这次换个牌子，让他们买四象牌的吧。”

“牧洲那边的东西都一个样，以前的牌子不好吗？老品牌，吃着放心。”

“但是我听我表弟说，他们今天买的四象牌也不错，还是极光代言的呢。”

“极光代言？我看看……行，先试试这个牌子。”

……

广场边上，一个青年站在自动售货机前，玩得口渴了，打算买水，扫了一眼上面的各种纯净水矿泉水，正打算选择一款以前经常喝的，视线越过售货机，看到了不远处一个广告牌上的《世纪之战》宣传展画。青年看看后面的画，又看看售货机里印着个树人的某瓶水，点击“选取”。

……

虽然网购已经很流行，也很快捷，但在一些大中型城市，还是会有“购物中心”这种古老的购物场所存在，这是为了让喜欢情调的人能享受一把“复古”的趣味。游戏区最近天天爆满，总能看到一些年轻人来来往往；而同样火爆的，还有四象牌的食品。既代言游戏，又代言牧洲食品的，就极光这么一个啊！

学校里，很多中学生也会倾向于选择印有极光的四象牌的水，别的更贵的东西他们消费不起，但水还是可以的。

……

牧洲，苏峰听着手下人汇报最近七天公司产品在各洲的销量。

皇洲，涨幅趋缓。

雷洲，基本持平。

拉洲，基本持平。

延洲，上涨500%。

听到这里的时候，苏峰惊得差点从椅子上翻下去。

“效果这么明显?!”苏峰又让人将延洲那边的订单记录发过来，他要仔细检查检查，看看是人为的操控，还是市场真的开始向他们倾斜。

查完之后，苏峰只有一个感觉：这一千万花得真值，见效太快了！这一波蹭热度蹭得好啊！

“延洲那边的货还够吗?”苏峰感觉说话的时候都激动得打战。

“因为之前就加过仓，缺货的地方并不多，我们已经加快向那边运输了。”

“老板，皇洲那边突然增加订单!”另一人突然道。

“什么？怎么回事?”

苏峰并没有在皇洲找新的代言人，他们农场出去的东西，外包装上印的同样是极光的形象。其实也不指望皇洲那边有多少人认识极光，只是起到一个“天然”的象征作用。

皇洲是火烈鸟的总部所在地，他们公司用极光打广告，肯定也会带动皇洲的销量，但毕竟不是延洲，效果不会那么明显。然而现在皇洲那边突然增加订单，苏峰就纳闷了，联系了在皇洲的人，询问到底怎么回事。

原来，皇洲那边有一个大型购物中心，老板是个游戏迷，在其中一面外墙上放了十二张广告图。一般这种外墙上的广告位是需要品牌商高价竞争的，但这次，这位游戏迷老板任性了一把，拿出一整面外墙放上了十二张图，分别是十二个明星代言的某个产品，有代言衣服的，有代言厨具的，有建材，有食物，还有其他运动器材等等。而这十二个明星，正是火烈鸟官方宣传图上的那十二个虚拟偶像!

与《世纪之战》游戏宣传图的那种热血画风不同，这些广告有精英式、文雅式、俏皮式等等，还有极光的自然清新式。对比《世纪之战》官网的那幅宣传画，让人觉得还挺有意思的，反差强烈嘛，这也是那位购物中心老板作为游戏迷的一个小乐趣。时不时就能听到来购物中心的人发出“嚯，这不就是代言《世纪之战》的那棵树”的声音。

玩游戏的人对于十二位虚拟偶像中唯一的树印象深刻。

四象在众多知名品牌中，又刷了一次存在感，很多去购物中心的人，就算记不住这个品牌，也会有点印象。在人们看来，既然其他的都是大品牌，值得信任，那这个“四象”肯定也不是什么劣质货，还是牧洲的呢。

而作为《世纪之战》的十二位虚拟偶像代言人中唯一的非人类，除了延洲和皇洲，极光在其他各洲也渐渐展示出影响力来。

与此同时，很多人也在询问火烈鸟的相关负责人，为什么他们会在延洲选择极光这样一个并没有多少作品，也没有足够人气，连人都不是的虚拟偶像来代言游戏，而火烈鸟给出的回复是:“它值得。”

火烈鸟公司总部，技术部门的工程师们打着哈欠，他们已经连续加班好多天了。

“外面又在讨论为什么我们选择延洲的极光代言游戏。”

“我们选谁关他们屁事!”

为什么选极光？大概是因为他们在《世纪之战》的制作中投入了太深的感情，在看到《百年灭世》的MV时，心中觉得这就是那个时代。这棵树所处的世界，就是他们在游戏中创造的世界，那已经不是“戏”，而是“真实”。所以，在他们讨论代言人的时候，别的洲还有争议，但延洲这边，几乎是全票通过，在他们看来，极光最合适，也值得得到这个机会。

“极光团队的头儿是谁来着？上次好像听谁说过。”

“方召，是个作曲家,《百年灭世》就是他创作的，上次音效组组长华励提起过，他们用了方召的作品，支付酬劳的时候给了两个选择，钱或者游戏机，方召选了游戏机。”

“哟，那小子还挺有眼光，全球开放给大众的也就一百台。不过，他一个搞艺术的，应该用不习惯吧，到时候肯定会转卖出去，可惜了。”

“是有点可惜，不过都送出去了，咱们也管不了别人的决定。说起来，我还挺喜欢那小子的作品，对了，开场动画的背景音乐也是那小子创作的。”

“就上次咱们听的那个？听起来感觉毛毛的那个？”

“对。”

“嚯！那还真厉害，那背景音乐叫什么名?”

“华励说，那背景音乐叫《不朽》。”

方召并不知道火烈鸟的几位工程师在议论他，他此时站在五十楼的办公室窗前，往窗外看。

远处的高楼群每五分钟就有一段关于极光的画面出现，最近延洲到处都能看到极光的身影，广告牌，高楼上的悬浮光幕，各种动态或静态宣传画，除了银翼和火烈鸟联手投放的广告宣传之外，还有苏峰的四象在延洲投放的广告。似乎一夜之间，极光就爆红了。

在一次银翼投资极光参演的影视作品的发布会上，有媒体询问过极光代言的事情，发言人“不小心”透露极光代言四象的代言费是一年一千万。

对此，很多人第一反应就是不信。

炒作！肯定是炒作！说火烈鸟给出这个价格他们还能相信，但其他公司，尤其是一个并不算出名的公司竟然给出这么高的价钱，怎么能让人相信?

仅从代言费来看，极光的身价已经位居延洲虚拟偶像第一位。就算它没有足够的作品，也没有足够的底蕴，粉丝数也比不上另外两位热门虚拟偶像，但谁让极光运气好呢？谁让它背后的人有能力呢？出道就开始搞大新闻，现在话题度也高。

不过，四象真出了那么多钱请极光代言？傻子吗?

四象在延洲这边的负责人立刻就跳出来了：不好意思，我就是你们口中的那个傻子。

说归说，更多人佩服四象抓时机抓得好，蹭《世纪之战》游戏的热度也蹭得爽，再算算《世纪之战》这个全球瞩目的游戏离开放还有段时间，很多品牌商也都开始动心思。

银翼与火烈鸟联手推动，现在在延洲，只要上网或者出门的人，都会对极光有印象，这也是四象在延洲的销量暴增的原因，而四象这个品牌，也从人们口中的“牧洲某牌子”一跃成为知名品牌。

方召对于销售市场并不了解，但他能从平日里的所见所闻中感受到那种变化。虚拟项目部的人最近腰杆挺得笔直，出去走一趟都能收获不少羡慕的视线和恭维的话语。

“一个代言一千万，十个代言就过亿了！二十个代言就是两亿啊！”祖文数着数着只感觉脑子越来越混乱，“我们……我们是不是要发了？”他们没那么多钱，但加班费和奖金会增加的吧？

“早就发了。”宋秒甩了他一个白眼，“你就没查过自己的账户？”

“还真没有。”窝在部门大厅沙发上的祖文换了个姿势，查起了自己的账户资金。

“嘶——”猛地吸气之后，祖文双手抱住头顶，像是不敢相信眼前所见，“我我我……这这……”

他们的工资已经算是公司里比较高的了，加班费也不少，最重要的是奖金，看着那后面的零，祖文再一次深深觉得当初懒了一把留在虚拟项目部的选择是多么正确！

“这这这……这都是老大领导有方！”拍马屁不能少！没方召同意，他们能得到这么多加班费和奖金？换成别的喜欢克扣员工工资的领导，他们可没这么好的待遇。

对此部门其他人都赞同地点点头。银翼的虚拟项目部，自从方召来了之后，就飞速地崛起了。之后会怎样他们不知道，但他们知道，只要跟着方召，肯定前途无量。没看人家去一趟牧洲就拉来一个千万代言？连狗都升值了！

说起牧洲……

“老大，咱们什么时候能去牧洲看总决赛？”祖文问。这是他在方召回来之后第二次提起了，部门其他人也满是期待地看向方召。

宣传最紧张的时候，分下来的任务他们都加班搞定了，现在的工作也不重，有其他部门的人分担，他们也悠闲。

“我会跟老板提。今天又分下来一批任务，你们可以先将手头的事情处理了。”方召收拾一下东西，“下班时间，你们自由安排。”

“知道！”

虽然这么应着，但没人离开，下班时间与上班时间对他们来说没有多大区别，现在他们最想做的就是将手里的所有工作全部完成，这样才能放心出去玩。

离开公司之后，方召去了薛景住的地方，薛景已经回到延洲休息。

之前因为方召在牧洲有事情，薛景也有不少会要开，两人在全球巡讲结束后就匆匆分别了。这次回来，方召怎么也得再谢谢这位老人，毕竟是薛景给了他这么一次机会，换成其他人，未必真能如此费心助推。

左俞作为司机兼保镖，自然是跟着方召一同过去。

薛景对于方召的到来很高兴："刚才还在说你呢，你就到了。吃晚餐没？"

"吃过了。"

"年轻人饭量大，来，再陪我老人家吃点。"薛景招呼方召过去。

方召诧异地发现，薛景这里还有位客人，是之前有过联系的火烈鸟音效组组长华励。

"薛老也算是我老师，一直都有联系，今天来延洲看望几位老朋友，也顺道过来看看薛老，没想到能碰上你。"华励说道。

薛景今天很高兴，大概是喝了点小酒，话特别多。

助理没让薛景喝太多，但就这点量，也足够激起薛景的兴致了："……我也没想到，这把年纪了，扛着重压接下这么一个谁都不愿意碰的编书任务，还能再带动一波学习热潮，听说现在很多院校都增设了相关课程，昨天还接到以前几个学生的通信，说他们的机会又来了……"

薛景一个劲地说，方召和华励就在旁边听着，时不时应两声，不过薛景毕竟年纪大了，就算说话的兴致高昂，也讲不了太久，很快就感到疲劳，睡了过去。同助理一起将薛景挪回房间，收拾了一下屋子，方召和华励才离开。

华励从皇洲过来，并没有驾驶自己的飞行器，也没有带其他人，方召就让左俞先开车送华励去住的酒店。快到酒店的时候，华励问道："忙不忙？不如再去喝一杯？"

猜想华励应该还有事情要说，只是在薛景那里不好提，方召就应下了。

华励选了酒店附近的一处餐厅，那里的老板他认识。左俞则自觉在外面找了个椅子坐下，没进去听。

"之前在薛老那里，有些话没说，方召，"华励收起脸上的笑，"你考虑过自己的未来吗？"

华励这突然的问题让方召有些惊讶："你的意思是？"

"你就打算一直留在银翼？"

# 第10章 CHAPTER 10
# “危险物品”卷毛

“不瞒你，在薛老那里的时候，他老人家跟我说过，他更希望你能将所有的心思放在音乐上，而不是去管银翼的虚拟项目之类的破事。不过……”华励话锋一转，“我倒是更希望你去接触更多的事情，经历多了，才会有灵感，才会创作出更好的作品。”

方召转动着手里的杯子，并不出声，等着后面的话。

华励扫了方召一眼，这小子还是刚才的样子，看不出对他这话有什么反应。顿了顿，华励继续道：“如果觉得自身局限性太大，什么时候清闲了，可以去皇洲音乐学院进修，那里的进修班比齐安音乐学院的好，能学到的东西也多。全球范围内擅长交响电子结合乐风的人也有不少，能取长补短，多结识些人，对你的将来也有好处。”

进修？方召从记忆中知道，皇洲那边确实有一个全球音乐协会在皇洲音乐学院办的进修班，很多音乐大师都曾去那里进修过，那是一个镀金的过程，也会认识很多业界的人，能扩展人脉。能去那里的都是各地的顶尖人才。

“以你现在的作品，再加上明苍和薛老等人联手推荐，肯定能进那里的青年进修班。”华励说道。

“你也去过？”方召问。

“去过啊，是公司推荐进去的。我不是创作型人才，我的强项在于耳力，很早就被招进了火烈鸟，然后被安排去进修，回来之后没两年就担任副组长，再后来升到组长，一直到现在。”华励已经很久不去创作乐曲了。

“进修班我跟明苍同届的，不过明苍因为他儿子的事情，事业搁置了十来年。

“当然，这也只是我作为一个业内前辈的建议，你不想去也没关系，甚至以后想转行也可以，我认识的很多人就从音乐制作人转到影视圈，因为影视圈更容易赚人气，捞钱也多，知名度高。

“网络的记忆可以很久，久到咱们都死了它还记得；也可以很短暂，短到前一刻还红遍全球，下一刻就被抛之脑后。尤其是像你们这些在幕后创作的人，更容易被人忘记。

我一同学就是，当年也走的签约公司的路线，之后专注创作，后来有了名气，脱离公司自己单干，再后来，对名气不满，身体条件又不错，就转到影视圈去了，去当影视明星，没想到还混得挺好，又演又唱。但并不是每个人都能走他那条路，他在演戏上的天赋并不输给创作。”

说着华励看了看方召，摇头道：“不过你不行，跟我一样，都是长得凑合但不够出众的类型。”

方召：“……”

“而且你也不适合进影视圈，看你平时就知道，太冷静，情绪波动不大，表情不够丰富，上去跟那些戏精一比，就是被碾压的下场。论演戏天赋你还不如我呢。”

方召：“……”

华励哈哈笑了几声：“其实说这么多，我今天找你就是帮人带个话。”说着从兜里掏出十来张名片卡，手指一捻呈扇形展开放在方召面前，“帮几个朋友和同学带过来的，他们说，你如果什么时候想离开银翼，离开延洲，可以考虑一下他们。这些有的是自己办的公司，有的是私人工作室，有点名气，专给影视大片和大型游戏制作音乐的，钱多，也更自由一些。”

所以，今天华励单独找方召，其实是帮人挖墙脚来了。

离开前华励以一个业内前辈的身份，认真对方召说道：“你可能不知道，皇洲那边有几个十来岁的年轻音乐人也准备开始全球巡讲了，他们出身于音乐世家，从小就读于顶尖的音乐院校，天赋惊人，且已经获得过不少专业的奖项，上面那些老家伙对他们的认可度很高。拉洲那边还有个七岁的小家伙，成立乐团担任指挥，昨天已经公布了演出季事宜。

“在新世纪，音乐这条路其实并不宽，竞争的人很多，天才每年都会出现一批，别看现在那些公司因为极光的事情对你都很好，争抢着拉拢你，但某一天你灵感枯竭了，创作不出惊艳的作品了，或者遇到某些事情才华被限制了，就会被后来者超越，待遇也会有很大落差。少年天才最后结局凄惨的事例不少。

“从现实出发，我更希望你能做一些你感兴趣的事情。世界很大，多见一见，多感受一些新鲜事物。我虽然已经不作曲了，但我知道一点，灵感这种东西，会在你情绪活跃的时候频繁造访。不要被音乐局限，也不要讨厌它。”

说完华励看了看方召，见方召在认真思考着什么，道：“你还有什么要问的？”

“游戏机什么时候送到？”方召问。

华励：“……”对着这样一个后辈心好累，这小子真的不担心被崛起的那些小崽子超越吗？

“今年第九代‘挑战者’升级版与第十代‘狂想曲’一起发行，不过第十代是限量版，全球面向公众开放的只有一百台，你的就是那百分之一，到时候你如果不玩就将游戏机卖给别人吧，等价格炒起来再卖。第十代‘狂想曲’比较特殊，像你们这样的应该用不习惯，留着也是浪费。”

华励留下这些话之后就离开了，看脸色好像还挺郁闷，大概没想到方召跟圈内其他小辈们不同，让他没能显出业内前辈的气势来。

对于华励说的那些话，方召是感谢的，他也知道华励的意思。华励说那么多就是为了告诉他，第一，不要被现在的虚名冲昏了头，现有的名气很多都是冠在极光头上的，是火烈鸟与银翼联手打出来的，一夜爆火的是极光，而不是他方召，让他冷静看待当前的形势，不要得意过头；第二，思考以后的路，也不要失了本心。

不过华励想多了，方召自己清醒得很，他又不是真的只有二十出头，心理年龄比华励和明苍他们还要大多了。

从餐厅里出来时，方召脚步顿了顿，看向外面某个方向。

“老板，好像有人盯着这边，只是没靠近。”左俞早就发现了，但一来对方离得稍远，二来他得守在这里，保护方召的安全是第一位。

“无碍，不是什么重要事情。回去吧。”

“是。”左俞应声道。

不过，对于方召竟然能够发现偷拍的人，还能找准方位这点，左俞不解，方召怎么察觉到的？莫非公众人物都有过人的直觉和敏锐的感知力？以前左俞就听几个退伍后当保镖的朋友说过，有些大明星就是这样，在察觉到偷拍者的方位时，假装啥都不知道，然后摆出最好看的姿态。

当晚，网上就出现了几条消息。

“极光项目制作人方召夜会神秘人……”

“神秘人身份揭晓，惊呆！”

虚拟偶像极光最近存在感很强，而公众关注虚拟偶像的同时，也会关注这背后的团队，因此，看到“极光项目制作人”这几个字的时候很多人就好奇了，这可是项目的头号人物，甚至可以说虚拟偶像极光就是他创造的。这样一个人大家自然是会在意的。

大半夜不睡觉的熬夜一族带着熊熊燃烧的八卦之心冲进去，看清内容之后恨不得喷出一口老血。还以为他跟哪个女明星闹绯闻了，点进去发现被骗了！

不过很快，另一些人就开始议论，方召跟火烈鸟的华励怎么会在一起吃饭？难道火烈鸟的人想挖银翼墙脚？

最近确实有很多传闻，有些音乐创作工作室和某些娱乐公司在打方召的主意，想将方召挖过去，只是一直没有什么进展。现在有人拍到方召和火烈鸟的人一起，再想想之前华励对方召的高度评价，这是要挖银翼墙脚啊！

很快，“方召即将跳槽”的消息也传开了。

次日，段千吉看着“极光项目制作人方召疑似跳槽”的消息，脸都绿了，气得差点砸了通信器："扯！"

一边的助理安慰道："老板，那些小媒体碰到些事情就爱瞎猜吸引公众眼球，不用太在意。"

段千吉没吭声。虽然方召已经跟银翼签了合同，受银翼限制，但方召如果真要违约，违约金他也不是出不起，若火烈鸟真要将方召挖过去，那点违约金对火烈鸟来说还真不算什么。

不怪段千吉怀疑，现在银翼好不容易有个混出头的虚拟偶像，绝对不能出岔子；方召是支撑着虚拟项目部的唯一一根支柱，这根支柱要是被挪走，段千吉相信，银翼的虚拟项目部很快会回到老样子，就算再招几个专业大师过来，她也没有信心能造出第二个极光。

天时地利人和，这三样同时实现，才造出了一个延洲无处不在的极光，下一次还有这样的运气和实力吗？

而且，虚拟项目部的那些员工都只认方召，方召离开，他们也会离开，一旦方召跳槽，那几个核心员工大概率也会跟着跳，这就相当于一下子挖空了虚拟项目部的心脏。员工倒是其次，主要的还是方召，在没找到足以替代方召的人之前，段千吉还真不敢将人放走。

别的公司还好说，但火烈鸟……那是很多人削尖脑袋都想挤进去的，方召肯定也有那样的心思。而且，一旦进了火烈鸟，只要不是懒惰的人，只要能力有保证，此后的人生都不用担忧了。再想想之前方召确实经常和火烈鸟那边的人有联系，难道真如那些人猜测的，方召有了跳槽的心思？

这个年纪的年轻人，她自认为能一眼看穿，但方召是个特例，到现在她都没能看懂方召这个人。

段千吉板着一张脸，一下下用手指敲动桌面。这时边上的秘书收到一条信息，脸色古怪："老板，方召问您在不在，说有事想找您。"

段千吉敲动桌面的手指一抖，沉默了两秒才道："让他上来吧。"

方召进来的时候就发现段千吉办公室内的气氛不对，不只是段千吉，她的助理和秘书看过来的视线也带着打量，像是在猜测什么。

见到方召，段千吉脸上才露出淡淡的笑，缓声问道："又有什么事情？"

"申请外出休假。"

"又休假?！你才回来多久？最近你们部门的任务也不重啊，事情都是宣传和营销那边在办。如果是没法专心创作，你可以在家创作，实在没灵感，出去走走也不是不行。"段千吉这已经算是好声好气了。

"我不是申请个人休假，是申请整个部门休假。"

"……休假几天，去干什么？"

"一周，我看了宣传部门那边的安排，我们部门没什么事，正好休假带他们去牧洲看牧羊赛。”

段千吉心中悬起的石头稍稍放下，查了一下最近的安排，道：“我先核对一下再给你答复。”

“行，我待会儿再提交一份正式的电子申请。”

段千吉点点头，盯着方召，观察他脸上每一丝细微的变化，问道：“昨天你见了华励？不少人猜测你要被挖去火烈鸟啊。”没有拐弯抹角，而是直接问了出来。

“昨晚去薛老那边时华励也在，之后找地方喝了几杯。”方召知道段千吉在担心什么，“你放心，只要银翼不违约，我也不会。”

得到方召明确的回复，段千吉心中彻底松了一口气，在收到方召提交的申请时，也痛快地批准了，还问方召需不需要再增加一艘飞行器。就如段千吉说过的，对于人才，她一向很大方。但部门的核心员工也没几个人，只一艘飞行器就坐得下，方召没有再多申请一艘。

下午下班的时候，方召将部门的人召集起来开了个会，询问工作进展，分到手头的任务有没有完成，确定大家都完成了之后，便说了去牧洲看比赛的事情。虚拟项目部的人乐疯了，在方召离开之后，他们难得也全部离开公司，游戏都没玩，回去收拾行李。

公司各个部门的技术宅们有个交流群，最近祖文他们几个在群里出尽了风头，谁都知道虚拟项目部富起来了，想想以前打死都不愿进，到现在想进都进不了，才不到一年时间。

祖文在技术宅群里发了条语音消息：“我们部门老大要带我们飞！再见了各位，不要太想我！牧洲的蓝天白云大草地我来了！”

原本平静的群一下子炸开了。

“滚！老子还在加班！”

“好贱！老子也在加班，加班费还没你们虚拟项目部的三分之一！”

“留步！祖文你是要去牧洲看牧羊赛吗?!”

“祖文我不骂你，只要你回来带点牧洲特产就好~”

“祖文你们部门那只‘黄金狗’一定要看好了，别中途被人偷走！我还没亲眼见过呢，一定要安然带回来，我要去摸一摸！”

卷毛身价五千万的消息已经传遍整个公司，所以银翼很多人又给卷毛安了个“黄金狗”的外号，虽然不是金色的毛，但这称号只是为了说明这狗的“贵”。

祖文在群里撩了一圈，心情更好了。长这么大，他上一次去牧洲还是中学时学校组织旅游，不过那时候限制太多，也没去看牧羊赛，呼吸了一下牧洲的空气就回来了。

两日后，虚拟项目部的核心员工集合，前往牧洲。

牧羊赛洲总决赛是牧洲一年一度的盛事，也会吸引很多外洲的人前来观赛。

方召带着部门的人先去了杉木农场，然后在开赛日这天，同伍益和苏侯他们一起来到位于青城市郊的赛场。

停留场和赛场之间还有点距离，方召他们到达的时候，发现有很多人已经到了，近一半飞行器的编号都是外洲的。

“今天外洲人来了不少，你们警惕些。”伍益说道。

由于今天来的人多，背景太杂，安保也提升了好几个档次。从停留场出去的时候，方召看到外面有些警察牵着同样穿着警服的警犬守在停留场门口，警务人员应该都是经过精心挑选的，比鹰还要锐利的眼睛从每一个来到赛场的人身上扫过，寻找着可疑之处。跟在他们身边的警犬因为热而伸出舌头喘气，看似随意，但一双眼睛也在观察着周围，竖起的耳朵捕捉着人耳难以听到的声响。

“每年这个时候都是青城牧羊赛场安检最严格的时候，”伍益跟方召他们解释，以免第一次碰到这种情形的人紧张，“其实不只是赛场这里，整个牧洲的安检都更严格了，所以，我们也将开赛日这天称为‘最严安检日’。如果你们发现那些警察或者警犬注意到可疑人物，一定要尽快避开，免得被误伤。”

伍益方说完就听方召道：“我觉得，我们好像被盯上了。”

“呵，怎么可……”伍益话音戛然而止，因为他发现有个警察在盯着他们，跟在那警察旁边的警犬已经收回吐出的舌头，同样盯着他们这边。

作为一个养狗人，伍益太清楚那只警犬看他们的眼神所代表的意思了，那是怀疑和警惕，下一刻就该叫了。

“汪汪汪汪汪！”

原本很多从停留场出来的人，看到方召他们一行人还想过来打个招呼，认识的过来交流交流感情，不认识的满足一下好奇心。除此之外，还有一些媒体早就在等着，争取拿到第一手消息发出去，东山农场就被重点盯梢。

但警犬的叫声响起后，本来往这边涌过来的人，突然就停住步子，看看方召他们一行人，再看看朝方召他们那边吠叫的警犬，脚步一转，像是躲避瘟疫一般，哗地就散开了。跟在方召他们后面出来的其他刚到的人，也往停留场里缩了回去。

刚才还拥挤的出口处，一下子空了，方召他们周围形成一个空圈。但那些人也没走远，就隔着一段距离张望，人都有好奇心，他们想看看到底发生什么事情了，难道有人带炸弹？还是有其他的什么东西？尤其是一些第一次来牧洲观赛的年轻人，更是既紧张又兴奋。

媒体简直就跟打了鸡血似的，紧紧盯着那边。

“汪汪汪！”吠叫的警犬将牵绳拉得紧绷，要不是被旁边的警察牢牢抓住，它可能就要冲过来了。

那警察一边抓紧套着警犬的牵绳，一边说着什么，应该是正在通过微型通信器说明这边的情况。

而在那只警犬吠叫的时候，就有十来个警察快步走过来，后面还有特战队的人朝这边过来。

“怎……怎么了?”祖文几个还是第一次遇到这样的事情，突然被这阵势吓住了，他们只是普通小市民，第一次来到赛场观看牧羊赛，刚才还觉得这里的安检严格，守卫如此严密，安全能保证他们也放心，现在已经完全蒙了，谁能料到会发生这样的事情?简直快吓哭了好吗?!

“我……我也不知道……”庞普颂咽了咽唾沫，他以前最艰难的时候去面试都没这么紧张，现在简直吓得连发出声音都难。

方召也不理解，有了前几次在陵园被盯上的经验，他就学会了在这些眼力过人的人面前怎么伪装，脑子里的BGM还欢快响着呢，浑身的气势也与去陵园时不同，不应该出现让这些人紧绷起来的情况啊。

跟在方召身边的左俞面上不显，但心中却在怀疑，难道自己藏着的枪被发现了?不应该啊。

不仅是方召他们，伍益和苏侯也傻眼了，他们参加过那么多次比赛，也经历过许多次安检，就算这次严格点，但也不至于出现这样的情况。

“这……这是……怎么了?”伍益作为这里最年长的人，哆嗦着出声问道。

走过来的警察鹰一般的视线从他们身上扫过，看得伍益又哆嗦了一下。

“麻烦各位重新接受安全检查，请配合。”那警察面无表情地说道。说完也不管方召他们答不答应，手一挥，带着安检工具的人就过来了，特战队的人也朝这边靠近。

重新检查一遍也没什么，身份证明也检查了一遍，他们从里面出来的时候就接受了第一轮检查，没有携带枪支弹药，没有携带其他危险物品，再检查也检查不出什么。

负责检查的人看了左俞的身份证明之后，又打量了他好几眼，左俞回了个笑。

“队长，一切正常。”检查的人朝牵狗的那人说道。

牵狗那警察又看向其他负责检查的人，只见那些人都摇了摇头，意思是没有发现异常。

那警察正蹙眉不解，手中的牵绳再次被挣了挣，他牵着的警犬，还有另外两只过来的警犬，都有些烦躁的样子，视线不停扫来扫去，像是在寻找什么。心中一动，牵着狗围着方召他们走了一圈。

“汪汪汪汪!”警犬再次吠叫起来，这次比刚才叫得还要凶。除了最开始朝这边吠叫的警犬之外，后来的两只也在吠叫。

看着猛烈吠叫的警犬，祖文盯着它们身上的牵绳，真担心牵绳会被挣断。

那警察身体猛地一震，锐利的目光带着寒意，指着旁边那辆车，对方召他们道:“打开!”

“你们要上去检查这车?”伍益忍不住了，冲过去拦住，“这里面都是这次要参赛的牧羊犬，还有我们队里的兽医!”

为了避免参赛的牧羊犬被前来观赛的人干扰，或者被一些难以察觉的手段陷害，主办方会在参赛队伍抵达赛场之后，派出专车，将参赛的牧羊犬放在里面。车里除了赛犬，还有照看它们的兽医团队。车是隔音的，就算外面再吵闹，也影响不到里面；但车里的人已经从车窗看到了外面的情形，只是没有得到伍益的同意，所以没下车。

“这之前就接受过检查，里面还有主办方的人守着，根本没有什么危险物品！”伍益不想让警察上去检查，几只狗已经调整到最好的状态，要是被那些警察和警犬吓到，可能会严重影响比赛。

警犬和牧羊犬，就像接受过严格训练的战士，与普通的运动员，那能一样吗？他等了这么多年，难得运气爆棚熬进了决赛，怎么可能接受在这个关键时候出状况？顶着那警察极具压力的目光，伍益就是不愿意让开。

眼看那些警察就要硬闯，方召出声道：“不用上去检查，”又对伍益道，“去把卷毛牵出来，记得套绳。”

“啊？方召，卷毛可是咱们这边的核心！”伍益不愿意。牵出来被吓住了咋办？到时候进赛场跑不动的。

“放心，没事，去将它牵出来，一定记得套绳。”方召强调道。

“哦。”伍益不情不愿地走到车边，准备打开车门进去。在十多双警惕的眼睛注视之下，那种严肃的氛围和压力让伍益腿软了，一个踉跄，要不是苏侯眼快扶了一把，他就摔倒了。

“行了，伍益你先跟他们在旁边站着，我上去。”方召说着打开车门进去，很快又关上。

车门在车尾，有两道门，两道门中间是个缓冲带，只打开最外面的一道门，车内还是听不见声音的。

过了一会儿，最外面那道门再次打开，这一次，车门刚打开一个小缝，三只警犬就疯了一般地叫起来，恨不得挣脱牵绳冲过去，一个警察拉不住，还得两三人合力。

伍益见几个特战队的人动了下枪，大概是随时准备着，一旦有突发事件就开枪了。他们这些农场主虽然也申请了枪支，但平日里用得少，型号也与这些人用的不同。当然，最重要的还是气势，看着他们这样，伍益真的担心这些警察手一抖朝那边开枪。

现场气氛显得格外紧张，祖文觉得，依照他看的那些影片中的情形，下一刻就该火拼了。但他们这边又有什么值得这些警察这么防备的？祖文几人脑子里无限猜想，紧张得都忘了呼吸。

外车门越开越大，十多个枪口对着那里，然后，紧张戒备着的所有人，就看到了单手牵着狗绳的方召，以及方召脚边那只穿着东山农场参赛服的卷毛狗。

紧张的气氛并没有因此而缓解，在方召牵着狗从车上下来的过程中，特战队的人都处在戒备状态，随时准备开枪。他们可不管是不是参赛的人或狗，只要威胁到他人生命，威胁到赛场安全，一律击毙。这是历来的规矩。

方召牵着狗往前走了几步，一手牵着狗，另一只手抬起，示意自己手中没有任何杀伤性武器，还牵着卷毛往远离赛犬专车的方向走了十来米。那三只警犬也跟着移动，依旧在疯狂地吠叫，喉咙里还发出低沉的吼声。

在场的人都看出来了，三只警犬发现的威胁不在赛犬专车，而是方召那边。但那边只有一个人，以及一只体型不算大的参赛犬，那卷毛狗胆子还挺大，奓起毛跟三只警犬对着吼。

“汪汪！汪汪！”

“汪汪汪！汪！”

“汪！汪！汪！汪！”

祖文低声问看起来经验最丰富的伍益：“它们在用狗语交流吗？我看它们叫起来还断句啊？”

伍益用看白痴的眼神看了祖文一眼：“每只狗都有自己的吠叫习惯。”然后一脸沉思状，“据我的经验，它们应该在吵架。”

“只要不是瞎子都看得出来！要是没被牵着大概就得打一架了，卷毛这是要一挑三？不错啊，这气势一点不弱！”

祖文都忘了害怕，实在是眼前这一幕太滑稽了，一边是方召单手牵着小卷毛淡定站在那里，另一边是七八个警察拉着三只警犬充满戒备。

只要是对狗稍微有点研究的人都能看出来，三只警犬针对的不是其他人，不是赛犬专车，也不是牵着狗的方召，而是卷毛。

安检的人过去用工具扫了一遍，啥都检查不出。

之后，除了对着吠叫的四只狗，其他人都诡异地沉默了，包括一直警惕着的特战队。不远处还有其他听到动静后跟着叫起来的狗，有些是警犬，有些是前来观赛的人带的狗。

这种情况持续了将近两分钟，特战队的人都看不下去了，原来是狗与狗之间的那点事，这就很尴尬了！

方召指着跟三只警犬对着叫的卷毛，问面前的警察：“这算随身携带危险物品吗？”

“咳……应该不算……吧？”那警员看向表情僵硬的队长，等待指示。

“不算。”那队长扯出个笑，对方召一行人道，“不好意思，误会一场。”

说完朝警队的人打了个手势，示意放行。

确定是一场误会，祖文几人也狠狠松了一口气，他们还真担心第一次来看比赛就陷入威胁生命的阴谋里面。

## 第11章 CHAPTER 11

# 卷毛的秘密

“刚才吓死我了，你们没看到，那边那队拿着枪的人，差一点就开枪了，真可怕!”万悦挽着曾晃的手臂，还没有完全从刚才的紧张中缓过神来。

祖文表示:“说出来你可能不信，当时我的内心毫无畏惧，甚至有点想笑。”

宋秒在旁边残酷打击:“我不信，刚才你吓得脸都白了，腿还在抖。”

“总之，没出什么事就好，唉，真不知道那些人怎么会怀疑咱们携带危险物品，不就一只小卷毛狗吗?”伍益非常不满，差一点那些人就要带枪上车吓唬他心爱的赛犬了，赛犬要是真被吓到，今天的比赛就别想继续了。

卷毛已经被方召重新放回赛犬专车上，他们从停留场出口朝赛场那边过去的时候，还是引来了很多好奇的目光。

“不过，到底为什么那些警犬要针对卷毛?”祖文还是不明白，“还有，那些精密的安检仪器都没响警报，为什么警犬一叫他们就围过来? 在你们牧洲，警犬比安检仪器还要厉害?”

伍益摇摇头:“被牵过来的警犬都接受过最严格的训练，能出现在这里的都是精心挑选出来的优秀警犬。其实很多时候，一些人能针对安检仪器使用躲避手段，避过仪器将危险物品带入，但那些警犬却能凭它们过人的直觉，发现危险人物。守墓人你们知道吧? 就是每年被派去守陵园的那些人，他们的直觉都相当强悍，挑出来负责安检的这些狗也是类似的。至于为什么盯上卷毛，这个我还真不明白，大概是因为卷毛的战斗力很强?”

“哈哈哈哈!”祖文听到这话忍不住笑起来。

伍益和苏侯侧头扫了他一眼，并不觉得这有什么好笑的，很认真道:“它的战斗力是真的很强，来牧洲之后，打架就没输过。”

只是，牧羊犬和警犬，毕竟还是不同的，其他牧羊犬也就算了，为什么那些警犬隔着赛犬专车也会有那么剧烈的反应? 简直就像是发现了什么极端危险的东西。

想到这里，伍益眼中闪过一道亮光，他不但没因为这事而害怕，反而有种兴奋感:“王者，总是与众不同的！”他觉得总决赛的赢面更大了。

祖文：“……”对不起，他真的很想笑。

而在方召他们离开之后，停留场出口的警察们也在郁闷，但他们并没有责怪训斥那三只警犬。

“那只就是来牧洲挑场子的狗？”一名警察问同事。

“就是它。”

“我突然有点明白，为什么东山农场的狗牧羊的时候，那些羊逃命似的跑得特别快了。”

“嗯，我好像也明白了。”

被称为队长的那人看着方召一行人离去的方向，说道：“以后碰到那只狗小心点，别一个不注意就被撕了。”

有些狗就是不可貌相，而且天赋异禀。卷毛体型再小，它也有着熬过末世幸存下来的狗的基因，而每一只熬过末世的狗都不可小觑。功勋犬中的小型犬极少，但每一只的能力都相当惊人。而警察们因为工作，也接触过很多军犬中的特殊犬种，所以不会小看任何一只看似无害的小狗。

“那只小卷毛身上应该也有功勋犬的血统吧？”

“那是当军犬的料，可惜被放出去牧羊了。”军犬和警犬接受与牧羊犬不同的训练，训练之后，前者不适合牧羊，后者不适合进行军事行动。

“可惜了那么一只好狗。被外洲人养了不说，还被当成牧羊犬训练。”一名警察不停叹息。

片刻沉默后，突然有人问：“你们下注了没？”

其他人抬起头来，目光灼灼。这里并没有规定警务人员不能下注，他们只是得守着不能去观赛而已。

“你们买哪个？”

“废话！这还用问？”当然是哪个让他们觉得最危险，就买哪个！

停留场附近看热闹的群众被赛场工作人员拦着，没能看清那边的情况，只能听到狗叫，还以为会发生什么大事件，谁知道没过一会儿就平静下来了，好像什么都没发生一样。

一名赛场工作人员对那些还在好奇的围观群众道：“别看啦，一场误会而已！”

“喂，你们堵着路了！”一个傲慢的声音响起。

赛场工作人员回头看过去，见说话的是一名刚从停留场出来的年轻人，戴着蝇眼一般的绿色遮阳眼镜，没被眼镜遮住的下半边脸带着毫不掩饰的嚣张。这年轻人身边还有助理以及保镖一类的人物，应该是哪个富家公子吧。不过今天这样的人太多，他也没让大家觉得有什么特别，吸引大家注意力的是这个年轻人牵着的一只……肥狗。

就这么一只，能装下两只同高度的狗了吧？

见大家都盯着自己的爱犬，年轻人更得意了，扬了扬下巴："怎么样？喂养得好吧？这是上上届牧羊赛总冠军队伍里那只最有价值赛犬的后代，冠军犬血统！"

围观的牧洲人脸上都猛地抽了抽。得意个头啊！你真的懂怎么养狗吗?！白瞎了那么好的血统！糟蹋，完全是糟蹋啊！

牧洲的人心痛不已。他们很少将优秀牧羊犬的后代卖给外洲人，就是为了避免这种自以为是的养狗方式，再好的狗送出去也被养成废物！

那么好的先天条件，养成个猪样，还能干啥？好像就只能卖萌了。

面对周围愤怒的视线，年轻人脸上的笑容更大了，他觉得这是在嫉妒他将狗养得好，不再理会周围的人："走吧我的小天使，这次给你挑一只满意的伴儿！嗯，就今年的最有价值赛犬吧。"

待那个嚣张的年轻人带着一群保镖离开之后，人群中才有人问道："刚才那特跩的小子是谁？竟然还想要打咱们这届最有价值赛犬的主意?！"

"不知道，谁认识？有外洲的人吗?"

"不是我们桐洲的。"

"也不是我们锦洲的。"

"我们冀洲没这号人物。"

一个雷洲过来的记者扯了扯嘴角，偷偷往后撤，然后给同事发信息：萨罗大少刚拉了一波仇恨。

前往赛场的方召一行人，在进入场馆后就分开行动，伍益带着队伍去进行赛前检测，方召带着祖文他们前往观赛厅。

他们来得比较早，因为参赛犬到场地之后需要接受好几轮检测，从血液到皮毛，从物理检验到生化检验，里里外外都得检查一遍，杜绝一切作弊情况。伍益和苏侯他们也得接受检查，尤其是作为指导员的苏侯，防止服用违禁药物。检测完还需要时间休息，保证以最好状态参赛。

方召他们进观赛厅之后，就找了延伸的看台，这里在比赛之前都是露天的，比赛开始之后才会封闭起来。

"哇！这就是传说中的VIP观赛厅吗?！"祖文看着厅内的各种布置，用自己的专业眼光分析着这里面的影音配置，最后得出个结论，"真有钱！"

"这里不是VIP观赛厅，是参赛队伍使用的观赛厅，VIP观赛厅在那边。"方召站在露天的看台上，指向一个方向。

"靠，我好像看到个大明星了！好像是皇洲那边很出名的那个！"罗德尼惊呼。

"哪儿呢哪儿呢！"

"喏，还真是！还好我带望远镜了。等等，那个大明星隔壁，好像还有个大明星，是拉洲还是锦洲的来着……不对，好多！我又看到几个！都站在观赛厅的露天看台上呢！”

“每年牧洲的牧羊赛总决赛都会吸引过来一批明星，还有其他各界的重要人士，只是不一定会出现在露天看台。”宋秒一边语气冷静地说着，一边拿着望远镜伸长脖子往外瞧。参赛队伍所在的观赛厅自然处在最好的位置，在这里，能看到大部分VIP观赛厅的站台。

“哇——”站在另一侧露天看台的庞普颂大叫道。

“怎么了怎么了？是不是又发现了哪个大明星？”祖文一溜烟从看台一侧跑到另一侧。

庞普颂朝斜前方指过去，随后就是一阵吸气声。

之前的那个露天看台能看到赛场内侧的情形，而另一边的看台，则能看到赛场外面的情形。

此时离方召他们降落已经过去近一个小时，到的人也多了起来。站在这边的看台，能看到停留场那边的情形。停留场上方已经出现了众多飞行器和飞车，密密麻麻，警用的飞行装备分布在周围，空中的交通灯不停闪动，指导空中排队等待的飞行器或者飞车在指定位置降落。

祖文感觉胳膊上的鸡皮疙瘩都起来了：“这阵势……不知道的还以为要开战呢。”他有种紧张又激动的感觉，血液都像是在升温。

观赛厅打开的光幕上不断播放着到来的一些重要人物的画面，比如全球知名演员，某个富少，来自各洲的豪门子女，还有受牧洲政府邀请的其他洲的政要等等，都让媒体疯狂。今天不用担心新闻稿了。

“这就是为什么每年的这一天会被称为‘最严安检日’。”祖文觉得自己这一趟来得真值，之前受到的惊吓都不值一提了。

“没想到这些人都对牧羊赛感兴趣。”庞普颂诧异道。

一旁的宋秒嗤笑一声：“你真以为他们对狗赛有兴趣？他们看的不是比赛，看的是格调，是利益。”尤其是大大小小的明星，大部分都是来刷存在感的，而牧洲的媒体也不会让他们失望，这种能提升关注度，让全球的人都知道今天牧洲牧羊赛洲总决赛正式开场的机会，怎么能放过？

“对了，差点忘了这是全球直播的比赛！”祖文一拍脑袋，对着镜子打理了一下，然后摆了个自认为最帅的姿势站在场馆内侧的看台上。

牧洲的娱乐重心都放在牧羊赛上，影星不多，歌星就更少了，但牧洲人有钱，每次重要大型赛事的开场都会邀请全球知名明星过来表演，活跃一下气氛，顺便提升一下牧洲牧羊赛在全球的知名度——明星们有粉丝，粉丝们会为了自己的偶像守着看直播，自然也就会知道牧洲的这场年度盛事。

牧洲牧羊赛的常规赛不会在外洲直播，但总决赛不同，每年都有不少人气网络直播公司与牧洲这边的主办方合作，各洲娱乐圈也会支持，这是一件共赢的事情。牧洲主办方通过直播播出去的画面，重点拍摄的肯定是那些能带动主流观众情绪的人，比如明星、豪门后代等等。

摄像机转了一圈之后，才去拍参赛队伍观赛厅的位置，而介绍到东山农场所在观赛厅的时候，正在偷偷观看网络直播的银翼员工同时骂起来。

“靠！是祖文那贱人！”

“那位置很好啊，能看到不少明星吧？”

“羡慕他们！”

“羡慕＋1！”

“后悔当年虚拟项目部门槛低的时候怎么就没挤进去！”

虽然只有两秒的画面，但他们还是看到了站在看台上摆姿势装样子的祖文，除了祖文之外，还有虚拟项目部的其他成员，只是其他人不如祖文那么显眼，有些也没看到个全身。但银翼的人，尤其是技术宅群里的人都明白，虚拟项目部的人恐怕都在里面了，最好的观赛厅，最好的位置，还能上全球直播，而这一切都只是他们部门的休假，简直羡慕嫉妒恨！

看着人家在牧洲浪到飞起，自己却在公司天天加班，这种滋味……为什么不少人嚷嚷着要揍祖文，这个问题也不是那么难理解了。

苏侯他们还没检测完，苏峰过来了，还带了不少礼品过来送给方召他们。

四象品牌在延洲大赚，虽然是蹭热度打广告，但销量猛增是事实，得知方召带着部门的成员来看比赛，苏峰就特意让人包装了不少礼盒过来送礼，算是感谢，也可以进一步交流感情，大家以后还会继续合作嘛，亲近亲近。

能免费看比赛还有好处拿，虽然也不在乎这点东西的钱，但这种待遇还是让祖文他们很高兴。

苏峰跟方召谈了一下最近四象在延洲的广告宣传和业绩，没一会儿苏侯和伍益就带着兽医团和牧羊犬们来了。

“快快快！跟这些参赛选手合个影！”祖文过去就拍了好几张照片和视频，这些都是他要发回去显摆的。

卷毛一个劲地摇尾巴，看起来很高兴，其他狗也一样，没有一点赛前恐惧，倒是苏侯这位指导员压力很大。

“听说今天不少人来赛场观看比赛，只是他们担心会影响你的状态，没过来，你比完之后可能还会见到几个熟人。”苏峰说道。

“我知道。”这事苏侯早就知道了，所以他才更紧张，心情就像是第一次站在赛场上的时候，有些忐忑、惶恐和自我怀疑。苏侯知道这样很不对，所以跟苏峰聊了两句之后就进休息室“充电”去了。

苏侯已经养成了一个习惯，每次赛前都将东部地区决赛的宣传片拿出来看一遍，背景音乐听几遍，直到再次斗志昂扬。他年纪尚轻，心理素质还有待提高，不能跟那些有丰富经验的人比，所以，现阶段他也只能用这个方法来调整情绪了。

苏侯这种情况伍益见多了，他没过问，而是去方召那边，将卷毛的检测报告给方召看。这是方召早就跟他说过的，包括之前的常规赛和东部地区决赛的赛前检测报告，方召都储存了。伍益也没当回事，卷毛是方召的狗，主人家要一份检测报告也是正常的。

方召将今天的检测报告也存了，同常规赛的结果一样，卷毛身上除了几种重金属浓度稍稍偏高之外，并无其他异常。偏高的重金属浓度也在合理范围之内，否则不可能通过赛前检查。有些有野犬血统的狗确实会出现这种情况，这并不算罕见。

很快伍益就不再跟方召说话了，他又开始紧张起来，明明观赛厅与外面赛场隔开了，但不同于常规赛的那种紧张感和压迫感，还是让自认为经验丰富的伍益难以冷静。

洲总决赛并不只有一天，会有好几轮比赛，每轮比赛规则都不同，最后积分累加，积分最高的是总冠军。

今天这第一轮其实与常规赛很相似，只是草场上的障碍物会变多，羊群一开始聚集起来之后，有可能在通过那些模拟山丘和土坡等障碍物的时候再次散开，难度相比起常规赛要大许多；而这第一轮比赛，其实是总决赛中最简单的一轮，后面一次比一次难，变数也大，所以每支队伍都会想着在今天拿到高分，这样才有保障。

由于是总决赛，牧洲官方想要吸引全球观众，所以，赛前对各农场的介绍也变得简单了，稍作介绍之后，就是开幕式的表演，也是其他洲观众最期待的环节。但牧洲人看这些也就是看个热闹，他们更期待的是接下来的比赛。

近一个小时的开幕式和暖场之后，当场抽签决定出场顺序。负责抽签的还是苏侯，这次没有排到后面，八支队伍，第三个出场。

由于场地障碍物增多，所以用时也会增加。能进总决赛的都是非常有实力的队伍，牧羊犬在陌生的场地通常也不会出现太严重的失误，只要指导员给出指令，它们就能完成。

前两支队伍都没有严重失误，小失误也很快纠正了过来，这让祖文他们都跟着紧张起来了。前两支队伍的牧羊犬的表现，已经刷新了他们对牧羊犬智商的原有想法，那些狗，比他们想象中的要聪明得多。

正因为前面的表现太好，他们担心自己人这边。前两支都是西部地区的队伍，用时都在五分半钟左右，一队五分二十九秒，一队五分三十三秒，这个成绩相当不错了。

接下来就是苏侯他们，苏侯和参赛的牧羊犬早就到场地准备了。

“好紧张，我以前对牧羊赛一点兴趣都没有的，现在感觉心跳在加快！”罗德尼也说道。

“在赛场观看与看直播是不同的，当然最重要的是，参赛的有你们的狗，你们还下了重注，会紧张也不奇怪，大家都是一样的心情。”苏峰说道。他十几岁的时候也这样过，那时候是他小姨家的狗参赛，他将自己的零花钱全部押上去了，虽然后来没赢，但那种期待和紧张感还是记得很清楚。而作为一个牧洲人，能看到这么多外洲人被调动起情绪，心中也是自豪的。

嗒——嗒——嗒——

赛场计时器的声音一下下响着，随着嘣的一声，羊群进场，牧羊犬也进场。草地上还有原本就放在场内的几只散羊，它们需要将散羊和冲进赛场的羊群都聚到一起，再往前驱赶。

“加油宝贝儿！注意跟进，跑位不要跑错！”

“很好，按照指令来！卷毛好样的！我的小乖乖哎！”

一时间，各种“宝贝儿”“小乖乖”“亲爱的”之类肉麻的称呼都涌出来了，放平时祖文他们是绝对不会这样的，现在却跟着伍益他们一起疯狂起来。

看到旁边还坐在椅子上，仿佛研究学术问题一样盯着光幕的方召，祖文喊道：“哎，老大，别这么严肃嘛！起来一起给它们加油啊！”

“你在这里喊，赛场又听不到。”

“重要的是心意，心意懂吗？参赛的可是卷毛，咱们部门的黄金犬，赢了还会升值的！”说着祖文就不再看方召了，盯着光幕上正在聚集羊群的狗。

“我第一次清楚地意识到，卷毛真的很聪明。”罗德尼感慨道。

牧羊犬本就很聪明，这点他们看以前的视频和前两支队伍的表现就能知道，但卷毛的表现让他们知道，这只狗比其他狗还要聪明，最重要的是，它有牧羊的气势。

方召紧盯着光幕，他所有的注意力都在光幕上那只小卷毛狗身上。

聪明吗？当然。而且还不是普通的聪明，卷毛的智商，越来越不像一只普通的狗了。

方召一直都知道卷毛的学习能力很强，一开始捡到它的时候，它还只是有着属于流浪狗的那份机警，不至于聪明得太过惊人。大概是知道待在方召身边会比较安稳，不用担心吃喝，卷毛也就安然留下了，每天紧跟着方召。被方召带到公司之后，不知不觉之中就学会了很多，知道怎么正确使用它的专属便池，知道怎么去执行指令，听懂的话也越来越多，虽然方召也会教一些东西，但更多的还是它在日常生活中自己学到的，听懂的话越多，学得也越快。

牧羊也是，卷毛一开始完全是新手，但很快就学会了使用气势，以及策略。

这究竟是一只什么样的狗？是一开始就这样，还是后来才变成这样的？

如果一开始就有这么强的学习能力和攻击力的话，怎么可能在黑街混成那种惨状，还差点饿死？在黑街生活了几十年的岳青和艾丸他们都说过，这只流浪狗在黑街生活几年了。

如果是后来才发生变化的，那到底是从什么时候开始变的？

方召仔细回想了一下，时间一直回溯到他刚重生的时候，自己在这具身体里面醒过来；而这只狗的身体里面，是否也觉醒了一些其他东西？

毫无疑问，这确实是一只狗，但是，在这只狗的身体里面，究竟还藏着什么？

从一只黑街上极为普通的流浪狗，到隔着车都能被那些警犬发现的“危险物品”，它还在变化，学习的能力还在增强，甚至……开始学会隐藏实力！

将来会变成什么样？

方召看着光幕上那个奔跑的身影，陷入深思。

草场上，牧羊犬聚集起羊群之后，就开始往前驱赶。同东部地区决赛的时候一样，羊群在逐渐加速，就算它们聚集羊群用的时间比前面两支队伍要多一点点，凭着驱赶羊群的速度，也能将这个差距补回来。

伍益和观赛厅里的其他人越发激动了，祖文等人更是吼得脸色涨红。

前方的路口缩小，正中间横着一个障碍物，想要过去，要么让羊群变得更“细”，要么就只能让羊群分两路了。

苏侯申请临场指导，朝卷毛和宾果各打了个手势，示意它们带领两边的狗分两路驱赶。

一直盯着光幕的方召眼神一凝，他看到光幕上，卷毛一边跑，还一边汪汪汪地叫了几声，它在指挥！

这种头犬吼叫指挥其他牧羊犬的事情并不罕见，所以大家也都没在意，但一直盯着卷毛反应的方召却发现，刚才在苏侯打出手势前，卷毛就已经开始加速了，也就是说，它对场上形势的判断，甚至可能比苏侯还要快一步！如果苏侯没有申请临场指导，卷毛会让其他狗做什么？方召没法猜测。

羊群的阵形，在遇到前方的障碍物之后，分成两支，从“Y”变成“Λ”，然后再次全部聚拢，在整个过程中，羊群跑动的速度几乎没有变化过，虽然宾果那边驱赶的羊群在聚集时稍稍慢了一步，但总的来说，这个过程还是很顺利的。

观赛厅的人看着光幕右上方的计时显示，激动得快疯了，厅内唯一一个冷静的，就是正在分析卷毛行为的方召。

卷毛已经学会了如何去领导场上的其他狗配合牧羊，它已经适应了作为场上的“领导者”去比赛，除了实力，还有脑子。

挑战的难度越大，它成长得越快。

明明外表没有任何改变，但内在却每一天都发生着巨大的变化，是不是很快它的智商就会跟一个普通成年人一样？

方召不知道带它来牧洲是不是一个正确的决定，但至少目前来看，卷毛并没有对他们表现出任何威胁。

赛场内正进行比赛的时候，守在停留场门口的警务人员，虽然已经不像之前那么忙了，但他们还是得继续守在这里，防止有意外事件发生。

场馆的延伸站台已经收回，场馆也封闭起来，里面观众的声音完全被隔绝，他们只能听到解说的声音从赛场那边传来，偶尔能在解说员解说停顿的间隙听到几声露天草场上传来的并不明显的狗叫。

之前的两场还都很正常，但东山农场的比赛开始之后，就显得不对劲了。

警犬的喉咙里发出低吼声，只是这次没有吠叫，一个原因是离得远，那种让它们觉得危险的感觉并不太强烈；另一个原因是它们得到了指令，比赛正在进行的时候不准大声吠叫，以免干扰赛场上的赛犬。

出现这种情况的并不止一只狗，分布在偌大的赛场各处的警犬，都有同样的反应——嘴巴两边的嘴唇都翻起来，尖尖的犬齿露出，眼中泛着凶光，低吼声不断。

“队长，怎么办？”有人问道。警队队长已经得到了分布在赛场外其他地方的警员的汇报，询问了具体情况之后，发现都是一样的，都是只有在东山农场的狗出现的时候，警犬才会低吼，而前面两支队伍出场时并没有这种情况发生。

思索两秒，警队队长通过通信器对其他队员道：“如果警犬都只是朝着场内低吼，暂时别动，等东山农场比赛完之后再向我汇报各处情况。”

比赛还在进行，守在这里的人看不到直播，但能从解说员越来越激动的语气中知道，东山农场的牧羊快结束了，而且已经顺利通过各种障碍物，成绩相当好。

“进栏！”

“全部进栏！一只没少！四分四十九秒！”

解说员吼叫着：“四分四十九秒！比去年、前年都要好！是近五年来的最好成绩了！离纪录只差五秒的时间！”

赛场外的警务人员相视一眼，眼中带着喜色，比了个剪刀手。他们都买的是东山农场获得第一，这个成绩已经足够优秀，不出意外，第一拿下了。

警队队长看了看牵着的警犬，它们的低吼声渐渐停歇，刚才凶悍的样子也收敛起来。分布在其他地方的队员也汇报了各自的情况，都是一样的。

“行了，一切正常，别分心，继续盯着周围。”警队队长说道。

就差五秒，没能破掉决赛第一轮的纪录，有点可惜，不过对于方召他们来说，这已经足够让他们兴奋了，这个成绩也足以压过绝大多数参加总决赛第一场的队伍！

虽然后面还有五支队伍，但观赛厅内的气氛已经轻松多了。

苏侯和七只牧羊犬回来的时候，伍益恨不得跪下来将七只狗挨个亲一下。在兽医给它们检查身体之后，又有人过来给它们喂食物和水，按摩，缓解疲劳，七只狗享受的待遇，比人还要好。

方召看向卷毛，卷毛刚喝完水，正趴着享受按摩，见方召看过去，还使劲摇尾巴，像是在邀功一样，看上去同其他几只狗没什么两样。

笑了笑，方召比了个拇指，收回视线，但心中却更加疑惑了。卷毛的变化是否真的与他重生的事情有关？看来赛后得抽个时间再去黑街打听打听。

“接下来还有五支队伍，再看看！”伍益收拾好情绪，坐下来继续看比赛。

每当一支队伍赛完，伍益就会长舒一口气，因为那些队伍用的时间并没有比他们少。东部地区的寿北农场成绩也不错，五分十三秒，能进前四。后面的五支队伍，成绩最好的是西部地区的一个农场，也跑进了五分钟，不过是四分五十八秒，比他们要多九秒。

能进决赛的队伍都是很优秀的，第一轮差距并没有拉得很开，但毫无疑问，东山农场的成绩确实让人眼前一亮。

当八支队伍全部赛完，封闭的赛馆再次打开，刚才还十分安静的场地，突然变得嘈杂。里面哄闹的声音传出，观众在议论刚才的比赛，有人欢喜有人忧，有人放声大笑，有人怒气冲天，这些都是花了大钱下注的人，但有的人能成倍收回，有的人就只能看着押上去的钱变成别人的。

赛后，伍益同苏侯要带着狗走参赛方专属通道，他们得接受赛后检测，然后分配赛犬专车，还要接受采访。主办方派专人护着，苏侯和苏峰也请了人保护，所以安全方面并不需要担心。而方召则带着祖文他们走另一条公众通道出赛馆。

刚出赛馆，正在想卷毛身上的问题，方召就听到后面有人喊自己。

“前面的那谁，方……方什么来着……对，方召！哎，方召！”

方召转身循着声音看过去，其他人也都好奇地往后看，苏峰看清跑过来的人时，脸皮都不禁抽动了一下。

第12章 CHAPTER 12

# 重生异象

“萨罗·雷纳?”方召看着跑过来的一副吊儿郎当样子的年轻人，回想起大将雷纳的脾气，如果雷纳还活着，看到自己后人是这副德行，大概会气得动手吧?

萨罗旁边紧跟着助理和保镖，助理手中拿着两个杯子，一杯装着酒，另一杯装着冷饮;保镖则拿着风扇对着萨罗吹。

萨罗跑过来之后，手上转着眼镜，扭头，助理赶忙上前将装着冷饮的杯子递过去，待他吸溜吸溜地喝了几口之后，又收回去站好。

喝了冷饮之后，萨罗咂巴咂巴嘴，打量了一下方召:“创造极光的就是你啊? 算了，其他的事以后再说。”说着左右扭头找了找，却没找到想找的狗，“你们的狗呢?”萨罗一副“老子是大爷”的跩样，问道。

祖文几人顿时戒备起来，这人是想打他们家卷毛的主意?!

“走另一边接受检测。”方召说道。

“什么时候能出来?”萨罗又问。

“不知道。”

“那算了，听说那只卷毛是你的狗?”

“没错。”方召。

“卖吗? 价钱随便开!”

“不卖。”

见对方想都不想就拒绝的坚决态度，萨罗很不满。他当年在牧洲买狗崽的时候，一开始牧洲那人也是各种推脱，就是不想将狗崽卖给他，最后还是被他拿钱砸到同意的。买的狗崽就是现在身边牵着的被他称为“小天使”的安吉尔，当年获得最有价值赛犬称号的冠军犬后代。

萨罗本想着再挑一只最有价值赛犬来给自己的爱犬做伴，但看了第一轮比赛之后，就盯上卷毛了，可惜卷毛的品种与牧洲本土的牧羊犬不一样，不过萨罗还是计划着直接将狗买过来算了。方召可不是牧洲人，应该没有那种对赛犬的执着才对，可现在方召不同意，难道是觉得价格开得太低？

萨罗再次打量了一下方召，说道："我知道你那只卷毛还有升值的空间，要不这样，我先预订，等牧洲的这什么决赛全部结束之后，官方报出的身价，我翻一倍价钱！"

萨罗这话刚说完，他身边的助理脸都憋得扭曲了。

这人是萨罗的经纪人亲自挑选的，新上任的助理，他已经答应了萨罗的经纪人，时刻盯着大少，千万别让这货又乱砸钱买些不必要的东西。那只卷毛狗现在的身价已经五千万了，等决赛之后，就算没过亿，也有好几千万吧？翻倍是个什么概念？真要让萨罗将这钱花出去，回雷洲之后他肯定会被萨罗的经纪人解雇的！

此刻，这位新助理心中无比后悔，刚才怎么就没阻止萨罗这种行为呢？

好在方召很快给了回复："我说了，不卖。"

"你是不是傻……"萨罗脸上立马怒气堆积。

眼看着萨罗要开始闹事，紧跟在萨罗身边的助理上前两步，凑到萨罗耳边说了两句，萨罗满脸的怒气也迅速消退，赞同道："有道理！"

"这样吧，你那狗我不要了，什么时候你那狗有狗崽……对了，你那卷毛狗是公的，不能生，那什么时候你那狗跟小母狗生崽，我预订一只，价钱随你开！知道我是谁吧？直接派人到雷洲告诉我就行，找不到人就报我的名字。"

方召没出声，萨罗就当他默认了，还准备说些什么，一旁的助理催促道："大少，时间要到了，咱们得赶紧过去。"

"哦对，还要去钓鱼的！"萨罗一看时间，急了，他约了人比赛钓鱼，去晚了那边就开始了，扭头对方召喊了一句，"记得啊，有狗崽了告诉我，爷有的是钱！"

看着萨罗带着他的助理和保镖匆匆离开，祖文问方召："他是不是脑子有问题？"

"不用理会。"方召说道。那小子纯粹欠收拾，要是老雷纳还在的话，早就一巴掌呼过去了。

苏侯他们还得接受一系列的采访，配合主办方的宣传活动，有苏家的人在，方召也不担心那边出状况，苏峰已经跟他说过，这次上头的人发话了，没谁敢动苏侯。

第一场比赛也看过了，祖文他们是过来休假的，不可能与伍益和苏侯他们行程完全同步，所以离开赛场后又去方召投资的苏侯的东山农场看了看。

"这——么大！这些都是东山农场的地盘？"在拥挤的城市生活惯了，第一次来牧洲的庞普颂和曾晃他们都感到很惊奇。

经过整修，现在的农场与苏侯刚买到那会儿的惨样完全不同，充满了生机，几只懒洋洋的狗正接受训练，围着农场跑动。田地里已经长满了作物，农场虽然还比较空，但草地都已经长得很好了。

看山看水赏风景，祖文他们还是很有新鲜感的，整个人都好像变得清新了。知道虚拟项目部的人很喜欢这种环境，苏峰邀请他们去四象农场参观。

四象农场一直都经营得很好，不同于东山农场原始的“空”，四象农场处在一种清新的繁忙之中，是一种科技与原始集合的环境，有很多现代化的辅助仪器在农场各处帮助种植、协助放牧，预测天气和实时监测土壤环境，雇工也多，还有鱼塘。

苏峰派人领着祖文他们在农场各处参观，一周时间很快就过去了，方召跟段千吉申请的休假时间也到了，他自己是可以以作曲家的身份继续留在牧洲“寻找灵感”，但其他人就不行了。

祖文他们离开牧洲的这天，是牧洲牧羊赛洲总决赛第二场的开赛日，方召让左俞将他们送回去，他在牧洲再待一天。

登上飞行器的时候，祖文几人是一步三回头，感觉还没玩够。

“别看了，以后还有机会。”方召说道。

“对啊！”祖文脑子里已经开始计算了，他们只要将分下来的任务做完，说不定两个月内还能再弄到一次休假，有可能还能再赶过来看一场决赛，只是下次休假的时间恐怕不会像这次这么长。反正有方召在，他们只要跟着方召混就行了。想通之后，祖文不舍的心情就淡了，将苏峰送的那些礼物搬上飞行器就离开了。

方召走进观赛厅，观看总决赛的第二轮比赛。

第二轮没有那么盛大的开幕式，对外洲人的吸引力也就没有首场开赛日那么高，但对于牧洲人而言，这仍旧是一个重要的日子，几乎每一家都有人在收看直播。

相比起第一轮比赛，第二轮的难度更高，羊群分成十个小群，牧羊犬们需要先将它们全都聚集起来，再赶往目的地。

在整个比赛过程中，方召仍然重点关注着卷毛的表现，看着它依照苏侯的指导，带着其他牧羊犬将分散的羊群聚集起来，一旦发现哪只狗跑错位，还会叫唤着提醒那些跑错的狗。

第二轮比赛东山农场仍旧是第一，但只领先第二名三秒，与第三名相差五秒，可以说，前三名基本上是没有什么差距的，而越往后，这种差距很可能会拉得越小，因为东山农场除了卷毛之外，其他几只赛犬与别的队伍还是有差距的，所以，虽然赢了前两场，也没谁能确定最终第一会是谁。

看完第二轮之后，方召离开牧洲，回到延洲，卷毛继续留在杉木农场那边接受训练。对于狗来说，牧洲确实要比延洲更好，这里有广阔的草地，能尽情地奔跑。

方召并没有让左俞过来接，他回到延洲之后，没有去公司，也没回家，而是去了黑街。

岳青正趴在柜台那里打盹，听到门口进人的提示声，睁眼看过去，顿时清醒了。

“方召?!你怎么在这里?!”岳青赶紧过去将方召拉到桌边，从最里面的柜子里拿出藏了好多天的酒。

方召空手来的:“带队去牧洲休假，又买了些东西给你们寄过来，今天下午应该会到。”看了看时间,“两小时内会到。”

“哎呀，来就来，还买那么多东西干什么?”岳青有些不好意思，他也没帮过方召多少，方召送的那些东西，折算一下，钱也不少。

方召笑了笑，看了看岳青的店面，比他离开黑街的时候要稍微宽敞一些。

“你以前住的地方我买下来了，屋子与楼下打通，用来囤货，下面店铺也就看起来宽敞了很多，不像以前那么拥挤了。”岳青说道。

“挺好。”方召说道,“旁边那家也快拿下了吧?”

“嘿嘿，被你看出来了。”岳青也不隐瞒，他不认为方召会打自己这点资产的主意,“旁边那家店铺关了很久，店主借钱太多，被追债呢，最近偷偷回来，打算卖了店铺还债，我已经跟那边商量过，不出意外，一个月内就能敲定了。”

“恭喜。”

“该说恭喜的是我才对，你现在成名人了。”岳青给方召倒上一杯酒,“恭喜!”

“虚名而已，过不了多久就会冷下来。”方召端起酒杯与岳青碰了碰，然后和岳青一样，将杯子里面的酒干了。

“这次过来，有事?”岳青又给方召杯子满上，问道。

“是有点。”方召其实在刚醒过来的时候，就问过一些黑街的人，但是黑街的人并没有察觉到那个上午有什么怪异的事情发生，这次方召过来，打算仔细再问问。

“我第一次捡到卷毛回去的那天晚上，有什么特别的事情发生吗?”方召问。

岳青诧异地看了看方召，压低声音问:“有人要害你?”除此之外，岳青想不到其他原因，他知道方召以前的那个发小暗地里做了不少事情，以为方召又在追查。

“想弄清一些事情。”方召回道。

岳青觉得肯定是他想的那样，就不再追问原因了，仔细回想了一下，摇头:“没发现那天晚上有什么特别的。那天看你买了药回自己屋去，我还以为你要闹自杀，让卷毛陪葬呢，黑街流行这套自杀方案。来我店里买东西的几个年轻人还打了赌，我印象很深。但除这之外，还真没发现有什么事情发生，周围好像并没有陌生人来过。”

方召想了想，又问:“有没有停电，或者通信故障之类?”

“没啊，一直挺好的，你屋里那天出现故障了?”岳青想到什么，又道,“等等，我查一下。”

岳青将那天的监控录像调出来:“这样，我将那两天的监控录像传你一份，也没什么秘密，你自己可以找找，我是看不出有什么问题。”

“谢了。”方召说道,“对了，这周围还有谁家安装了监控吗?不用家里的，外面的监控录像就行。”

“认识几个，不过想要找他们要监控，恐怕得花点钱。”岳青很清楚这周围人的脾性，尤其是某几个人，见不到好处是不会轻易同意的，就算那些监控录像对他们什么用都没有，也不会白给。

“这个没问题，能要到就好。”

“行，反正你也不缺那点钱。你别跟着，我去要，那些人要是认出你的话肯定得狮子大开口，瞎报价。”

岳青暂时关了店铺，反正白天也没什么生意，让方召在店里歇息，他去帮方召找了几个住在周围的老熟人要监控录像。没谁愿意随便将自家的监控录像给别人，但若给的价钱合理，什么都不是事。

一个小时后，岳青将要到的七份去年五月的监控录像拿过来。

“还有几个没在本地保存而是使用云端保存的，由于没续费，数据也没能保存半年，找不到。一份五百，你给我三千五就好，多的别给。”这还是岳青压过价的，那些人太能喊价，一个过期的无关紧要的录像就喊这么高的价。

方召刚转了钱给岳青，岳青就接到了一个黑街老熟人的来电：“喂，老岳啊，听说你在找去年的监控录像？怎么不找我啊，我这里有好几份呢！”

联系岳青的是一个年轻人，最近在黑街混得不错，消息很灵通，已经从岳青找过的人那里知道了这事，所以赶紧跟岳青联系，同时威逼利诱又低价收了好几份。

岳青看向方召，见方召点头，便对那边道：“你手里有几份？我要先验货。”

“你不信我？难道我拿出的东西还能有假?!”

“假倒不至于，你没那个胆，但你收的录像未必是我这附近的。”

“……也不算太远，这样，我先给你发过去看看，你看着给，行不行？我相信老岳你的人品，哈哈。”

很快对方就给岳青传过来了几份视频，都是去年五月份的，岳青收的时候就直接收了整个五月的，所以对方从别人手中收录像的时候也直接收了去年五月整个月的录像。

“呵，八份录像，就三份是我这附近的，另外五份，三份是百米外的店铺，两份在另一条街。”岳青对那边说道。

“所以说老岳你看着给嘛！”那边也没觉得不好意思，反正录像他已经发过来了，能多赚一笔就多赚一笔，“隔壁街也不算太远，我不知道你在查什么，还是丢了什么东西？说不定这几份也能给你点线索呢？岳老板你就都收了呗，大不了那几份远些的给少点，这总行了吧？”

岳青看向方召，见方召点头同意，便对那边说道：“三份近的跟其他人的一样，五百一份，那三份同街的还是太远了，每份一百，隔壁街的合起来五十。”

那边沉默了两秒，大概在计算总价钱：“就这点？给个两千凑个整算了。”

岳青看了看方召，也知道方召不在乎这点钱，不过他不能让那些小兔崽子以为他好糊弄，骂骂咧咧了一会儿才同意。那边拿到钱还挺高兴的，一点不在乎被岳青骂，高高兴兴下线了。

岳青将拿到的视频挨个标注了一下，以免方召对这些视频拍的位置不了解，毕竟方召在这里生活的时间短，还极少出来走动，很多地方肯定不熟悉。

拿到视频之后，从牧洲发过来的快递也到了，方召将正在药店那边补觉的艾丸叫过来，三人一起吃了顿饭，艾丸将自己店铺门口的视频也给方召传了一份。

离开黑街之后，方召就回到住的地方，将买到的十五份录像，加上岳青和艾丸给的两份，一共十七份录像，全部放到一个光屏上，方召直接将每一份录像的时间点都拉到他重生的前一天晚上，然后同步快进。

每一份录像都很清晰，里面的声音也听得很清楚，不过方召在播放的时候选择了静音模式，然后盯着光屏，观察每一个可能相关的变化。

岳青商店的那份以及周围较近的十份都重点关注。方召看到了那个颓废的身影，只是通过影像，都能感觉到他身上散发着的那种颓丧和死气沉沉的气息。

那是方召重生的前一天晚上，身体的原主人从艾丸的药店买了药之后回去的情形，确实有不少人劝过，包括艾丸和岳青，还有几个老人，但身体的原主像是什么都听不到一般，眼珠子都没动，仿佛一个木头傀儡，直到看见那只浑身泥污的卷毛狗，原地顿了顿，就将卷毛狗拎回去了。

进楼道之后的情形看不到，但有一份监控视频是从对面那楼稍高的地方拍的，正好能拍到下方的那些店铺，和店铺上方几层住户的窗户。

方召看到岳青店铺上方的那个窗户灯光熄灭，然后也没什么异常。黑街的夜晚很热闹，来往的人很多，除了一开始在岳青店里打赌的几个年轻人之外，似乎也没谁会关注一个没什么存在感的人。

方召继续等待，看着监控画面。

凌晨一点，两点，三点，四点……

黑街夜晚的热闹也渐渐褪去，街上走动的人开始变少，很多店铺也收工了。

直到快七点的时候，光屏闪了闪。闪动很快，只有一瞬，但这个情况在十七份监控录像中都出现了！

再之后，一直到天亮，一直到他重生后打开窗户往外看，都没有出现其他异常。

电力故障？还是其他？

方召将时间全部倒退到七点左右，这次注意了一下时间点，六点五十五分三十二秒的时候，光屏画面闪动。

岳青店铺的监控画面闪动最厉害，在那一秒几乎看不到任何清晰的画面，像是系统出现故障一样；而离得最远的几处监控画面，虽然也出现画面闪动的情形，但不至于什么都看不到。离得越远，这种情况越不明显，离那个小屋远的几个监控位置，不在同一栋楼，不在同一条街，画面只是小小跳动了一下。

对比之后，就值得深思了。

方召又将那个时段的早间直播找出来，还查找了当时黑街附近有谁在玩直播，再进行对比。再离得稍远的，就没有那种情况出现了。这种情况只在黑街发生，离他住的地方越近，这个“断点”就越明显，黑街之外的地方，并没有出现这种情形！

方召将光屏放大到两百寸，然后将能够拍摄到那间小屋窗户的监控画面调到中间，放大。好在这个监控离小屋稍有点距离，不至于什么都看不到，方召将那一段截取出来，慢放。

六点五十五分三十二秒，画面闪动，与此同时，方召透过有些扭曲的画面，看到了那个小屋的窗户，似乎有亮光在里面闪了一下，与画面的跳动扭曲同步。

早上七点，是黑街最安静的时候，白天工作的人没起来，晚上工作的人刚睡下，黑街上一个人都没有，根本就没有谁看到那个时间出现的这个并不算明显的异常状况。虽然有监控，但能不能发现另说，就算发现了，也不会当回事，只会以为是谁在屋里玩闪灯，或者机械故障之类。

将那个时间点的画面慢放了十来遍之后，方召仰躺在椅子上，思索。

很显然，监控画面上的异常肯定是当时屋子里发生的什么事情造成的，那道一闪而逝的亮光又是什么？是否与自己的重生有关？

而同样在屋子里的卷毛，身上又发生了什么？

伸出手掌握成拳，方召感受着每一个细胞的力量。

一开始在公司健身锻炼的时候，他就发现了，这具身体似乎蕴藏着更大的力量，原以为是这具身体本身所有，但现在，他有些怀疑了。

经历末世之后，人的体质有所增强；但由于科技的进步，很多时候并不需要进行体力劳作，几百年过去，除了某些真的需要体力的行业工作者之外，其他人并不会过多依赖肉体的力量，于是出现了退化的现象。

得益于科技的发展和基因技术的成功，有许多藏在基因中的疾病早在个体婴儿时期就被筛除，人类的寿命越来越长，威胁生命的疾病越来越少，健身、锻炼只是一种乐趣而已，城市的节奏让更多人不再去强化体力。能用大脑解决的，就不用肌肉解决。

方召知道，现在这具身体，除了芯子换成了自己之外，体能也增强了；而卷毛，方召不知道它身上发生了什么，但体质也同样增强了，它在草场上跑动的时间比其他狗要多，跑完却根本看不出有多累。

哦，对，现在卷毛还学会掩饰了，会跟其他狗一样趴在地上吐舌头喘气，装出一副跑得很累的样子。

线索看似很多，但其实很少，方召仍旧找不到造成这一变化的源头，是自己的诡异重生制造了那个异象，还是那个异象导致了他的重生？卷毛是被波及的，还是源头？

方召曲起手指敲了敲额头，找不出原因就暂时先搁置，等以后发现更多的线索再说，至少这种变化，不管对他还是对卷毛都是有利的。

好在黑街每天明里暗里发生的事情那么多，就算有人发现这处异常，也不会往重生上想，只会以为是谁做了什么手脚。

方召将这些视频都收好，然后调出卷毛的所有赛前赛后检测报告。

赛后的检测其实可参考性并不强，因为赛后有休息时间，方召也无法从这些检测报告看出卷毛在高强度的运动之后，身体各项指标的变化与正常的狗有什么区别。但有一点能看出来，就是卷毛非常健康，别的狗乱吃东西会拉肚子，或者出现不适，但卷毛完全没那反应。

伍益曾笑着跟方召说过，卷毛在牧洲学习牧羊之后，体质更强，更健壮了，虽然体型小，但在奔跑中能明显看出来这只狗的不同。

“它是天生的牧羊之王！”伍益在东部地区决赛之后这么说道。

但现在，方召能确定，不仅仅是牧羊，或许让卷毛学其他的东西，它也能很快学会，它的体能现在已经远超其他狗了，将来还会不会继续增强，方召也说不准。

而方召自己身上发生的异常，与卷毛是同步的，只是因为方召隐藏得好，没被人看出来而已。

之后的一段时间，方召多数时候还是会在公司忙活，作为部门的一把手，他的事情也不少，方召曾跟段千吉谈过，他不可能一直这样，当时接手虚拟项目部是因为那时候没人管，硬塞到他手中了，现在虚拟项目部起来了，很多人比方召更专业，事情能处理得更好，方召也就没必要继续去做那些事情。

他重生之后只想按照喜好，好好享受一下新世纪的生活，而不是埋在各种表格、汇报、合同里面。

只是段千吉一直担心如果方召不再担任部门经理，虚拟项目部会被打回原形，所以一直都没同意。但是，九月临近，方召不想再继续拖了。

他又去找了段千吉，这次态度比较强硬。

段千吉也很头疼，她是真的被以前的一次次失败弄怕了，难得银翼的虚拟项目部崛起，她真的想让方召继续待在虚拟项目部；但方召的专业的确是创作，而不是处理各种合同文件以及部门之间的交流沟通。

方召给出的请调原因也让段千吉很无奈：要时不时外出取材；进入九月之后火烈鸟那边的游戏机也送来了，九月份适应新游戏机，十月份开始玩游戏，事情还是安排得很满的。

这是段千吉第一次遇到有人在她面前理直气壮地用“玩游戏”这个理由申请调任，

换个人说“我不干了，我要玩游戏”，她早就将人踹出银翼大楼。但偏偏这人是方召，有权争取自由创作的时间。

方召在签约公司之后，确实创作出了一些高质量的乐曲，功劳摆在那里，大家互利共赢，这一点段千吉没法反驳。玩游戏也可以说是个人休闲，申请休长假，的确是符合方召专业需求的合理申请。

用工资威胁？这对方召还真没什么用，他现在压根就不缺钱。段千吉虽然没去牧洲，但她听左俞说过，方召在牧洲赌牧羊赛狠赚了一笔，具体多少左俞没说，不过看当时左俞的表情，段千吉就知道，方召就算不工作，玩几年游戏，也能享受高质量的生活。

伤脑筋！段千吉感觉越想越头疼。

“这样，你先挂职部门经理，我再安排一个副经理处理部门平时的事情，你安心创作。”段千吉说道。她现在还没想好要将方召调任到哪个位置，但绝对不会放方召离开虚拟项目部！

方召想了想：“也可以。”

段千吉派到虚拟项目部担任临时副经理的是她的秘书祝珍，祝珍之前也一直负责联络方召，对虚拟项目部那边的情况也算了解。现在虚拟项目的重大事项都是段千吉在拍板，局面已经被方召打开，祝珍需要做的只是依照命令行事而已，压力也不算大。

对于部门新增了一位临时领导，祖文等人也没多大感觉，部门老大依旧是方召，他们依旧很安心，真要是受到不公平待遇，他们还能继续抱方召大腿，就当极光多了一位经纪人而已。

部门的各种事务由祝珍分担之后，除非要做重大的决定，其他小事都不用打扰方召。

方召又去了牧洲，看卷毛的日常训练以及后面的几轮决赛。

越到后面几轮，对团队里其他牧羊犬的要求就越高，但东山农场除了卷毛之外，另外几只牧羊犬的实力还是不足，所以，在连续夺得第一之后，第三轮决赛时，东山农场只得了第二，第四轮只得了第三。

单靠卷毛？未来的卷毛有没有那能力方召不知道，但现阶段的卷毛是没法只靠自己完全镇住全场的，得要其他狗一起配合，若配合不好，跟不上节奏，就可能被后面的队伍反超。

积分榜上，四场比赛之后，东山农场的积分还是最高，依旧占据着首位。但后面的比赛更复杂，伍益和苏侯都很担心，信心开始动摇。

好在第五轮的时候，因为卷毛的优异表现，东山农场以微弱优势再次获得第一。几乎是一只狗带动全场，它的速度更快了，还帮其他几只狗分担了任务，表现非常亮眼，只要是对牧羊赛稍有了解的人都能看出来，这支队伍的核心，主要的驱动力量，正是那只小卷毛狗。

到第五轮的时候，卷毛的身价已经涨到七千五百万。

后面几轮决赛，东山农场并不是每场都获得第一，但从没有被挤出前三，总积分依旧领先，高居榜首。

总决赛十轮比赛，没有固定比赛日，一般是五到七天一赛，若是遇到不适合比赛的天气，会提前或者延后。牧洲崇尚自然，所以很多时候他们觉得天气的变化也是一种安排，会顺应自然天气对比赛时间做出改动。

十轮比赛的最后一轮结束时，已经八月份了，东山农场的总积分一直霸居榜首，虽然数次出现并列第一的情况，差点被超过，但好在还是坚持到最后了。

那天整个牧洲的焦点都在卷毛身上。冠军队伍中的头犬，一只来自牧洲之外的狗，看起来像是宠物犬的狗，获得了今年牧洲牧羊赛总决赛的“最有价值赛犬”称号！当之无愧的最有价值赛犬，它的身价，在牧羊赛官方主页上再创新高——

一亿！

牧洲还真有人跳出来信誓旦旦要将那只卷毛狗买回去，就算它的身价已经涨到令很多人退却的程度，但愿意出价的富豪依旧有不少。

除了牧洲本土的富豪，雷洲，萨罗的经纪人颤抖着手，指着正在跟人打电话的萨罗，咬牙对其他人说道：“给我盯住！别让他去买狗！”

一只非牧洲本土赛犬身价过亿的新闻传到全球各洲，尤其是延洲。

银翼这时候蹭了一把热度，在他们的操作之下，每次媒体谈到那只狗，说的都是“延洲银翼虚拟项目部部门经理的狗”，带着这个标签，“延洲银翼”也算是在全球各洲的网民心中刷了一把存在感。

伍益都快高兴疯了，苏侯这位农场主也被各种采访轰炸；而卷毛，在比赛结束领了奖牌、接受了一次官方采访之后，就被方召带回延洲了。虽然延洲也有很多新闻提及这件事，但延洲人纯粹是以一种娱乐的眼光去看待，不会像牧洲人那么疯狂。

刚回到延洲，方召就接到了段千吉的来电。

“回来了？”段千吉问。

“回了。”

“卷毛带回来没？要不要我多派点人过去？”段千吉又问。

“不用，已经到家了。”

“那就好。”段千吉松了一口气，她还真担心牧洲那群狗疯子会将卷毛强行留在牧洲。“今天有好几个导演亲自找我，说想请你那只身价被炒到一亿的卷毛狗拍戏，都是比较有名的导演，制作质量肯定会比较高，值得考虑。除此之外，还有广告公司……”

段千吉自己都没想到，自己公司竟然会出一只身家过亿的狗！多少明星都没混到的高度，那只狗被方召带去牧洲半年，就完成了。

“资料已经发给你了，你自己看看，那是你的狗，属于你的私人财产，决定权在你。”

段千吉说道。关于卷毛的事情，公司还真没法决定，不过，方召愿意的话，大家合作还是可以的。

“我会考虑。”方召说道。他其实希望这事能尽快冷下来，但完全不接广告，完全藏着，也不可能，那样反而会增强人们的好奇心，会引起各种猜疑。影片会接，广告也会接，但绝不会多。

和段千吉的通话结束之后，方召又收到了祖文的留言：“老大，你什么时候将卷毛带来公司啊？我们一起装修了个豪宅送给它！”后面还有部门其他人的留言，意思是让他将卷毛看好，别被人偷走了，一个亿啊！

方召将手环上的通信器关掉，打发走左俞，关好门窗。

“过来。”方召对正在屋子里到处跑动的卷毛说道。

离开屋子这么久，卷毛回来之后还是很兴奋的，像是巡查地盘一般跑了几圈，听到方召叫它，才赶紧过去蹲好。只是，对上方召的视线之后，它有些不安，试探地摇了摇尾巴作讨好状。

“在我面前就别装了，我知道你听得懂。以前或许还只能听懂一部分，但现在……”方召走到卷毛面前，盯着卷毛，“我相信你都能听懂。”

蹲坐在那里的卷毛更不安了，还像是做错事一样缩着头，尾巴摇动的幅度减小，小心抬眼看向方召。

“你应该意识到了你与其他狗的不同，不管你身体里面发生了什么样的变化，为了咱们的安全，以后在外面不要表现得太与众不同，当然也别太傻，保持现在的样子就好。咱们是绑在一条绳上的，懂吗？”

“汪！”

观察了半天时间，方召确定卷毛是真能听懂他说的那些话之后，才带卷毛去公司。

第13章 C H A P T E R 1 3

# 第十代“狂想曲”

祖文他们说在公司给卷毛弄了个新的住所，也是真的，方召刚踏进五十楼就看到墙上多了几张照片，一部分是祖文他们去牧洲现场观赛时拍的，一部分是官方发布的总决赛颁奖仪式上的照片。

原本墙上只有极光的宣传画，现在则是极光和卷毛各占一半，用祖文的话来说，这俩都是他们虚拟项目部出来的，虽然卷毛是方召私人的狗，但现在方召在虚拟项目部，卷毛就也算是他们部门出来的。

而卷毛的窝，则是一整个房间改的，请了专人过来改造，还铺了仿草坪地毯。

“卷毛来啦？我的小乖乖哎！”祖文一见跟在方召脚边的卷毛，高兴得眼睛都眯了起来，连“小乖乖”这种肉麻的称呼都从牧羊赛赛场带到公司来了。

他们花心思专门在公司整个狗住的房间，一方面是因为卷毛的身价惊人，全球闻名；另一方面就是，他们去牧洲的时候，都押了东山农场第一，押卷毛获得最有价值赛犬称号，如今都是大赚一笔。押得少的人还后悔为什么那时候没多押点，祖文当时就押得比较多，赚回来的至少有两百万，这也是他见到卷毛就激动得叫“小乖乖”的原因。

“老大，听说公司想让卷毛拍戏?”祖文问。

“我就是为这事来的。”

将卷毛放在五十楼，方召上去顶楼找段千吉。

段千吉发来的那些影片和广告的详细信息方召已经看过了，他替卷毛接了个商业广告，接了人气火爆的影视剧，在里面的一集客串，任务不重，只一集。除此之外，还接了个公益广告，这也是公司推荐的。

公益广告是关于流浪狗的，最主要的目的是呼吁人们决定养宠物的话就得担起责任，养几天烦了就当货物一样随意扔掉，自己是清闲了，但并不是每只被扔掉的狗都会被捉到统一管理的地方。除中心城区之外，城郊，以及更远的地方，时常会见到流浪狗的身影，传播疾病不说，还时不时出现一些伤人事件。

卷毛在被方召捡到之前是流浪狗，这个很多人都知道，可谁也没料到这只流浪狗会逆袭成为一只身价过亿的“最有价值赛犬”。公司建议让它去拍这样一支公益广告也合理，这支公益广告是银翼投资的，里面会出现几个明星，方召也会跑个龙套，但主角只是卷毛。

敲定之后，作为主人的方召也跟着跑片场。大概是有了方召的警示，卷毛在拍摄的时候，虽然也表现得很聪明，但却聪明得比较“合理”，世上聪明的狗很多，牧洲那边就有很多高智商牧羊犬，所以，剧组的人也没有觉得它是个异类。

广告比较简单，不管是银翼的老合作伙伴拍摄的商业广告、还是银翼自己拍的公益广告，拍摄都很顺利，以新世纪的拍摄条件，一天就能全部搞定了。

影视剧那边多用了几天。《城市狩猎者》是一部刑侦剧，参演的大牌明星不少，确定卷毛会参演之后，剧组的宣传就挂出来了，有人笑言：“《城市狩猎者》用的狗都是大牌。”

在剧组的时候，方召就发现很多人在关注游戏《世纪之战》的消息，火烈鸟又放出了一部新的宣传片，这次的宣传片涉及的资料更多。休息时间时有人直接投影放了出来，大家一起看。

宣传片中，城市如废墟一般，满目疮痍，数架直升机飞往前方。看到这一幕，有人出声道：“我认识那个！那在旧世纪叫拖拉机！”

方召本来等着其他同样观看宣传片的人更正，可等了几秒、没动静，扭头看过去才发现，围着看的其他人都一副“原来如此”的样子。

心中叹息一声，方召出声道：“那叫直升机，运输型的。”

“直升机？我明明记得叫拖拉机！”那人还不信，搜索之后，发现火烈鸟官方网站已经放出了详细资料，“双螺旋桨的中型运输直升机”几个字尤为醒目。

“哦，还真叫直升机，记错了哈哈。”那人笑着朝方召喊道，“兄弟历史不错啊，玩游戏不？这次花了不少心思查资料吧？”说完没等方召回答，那人又被宣传片中的其他东西吸引，同身边的人讨论起来。

方召离那边不远，自然看得清投影中的宣传片画面。

太真实了，让方召仿佛真的看到了记忆中的那个时代。

火烈鸟为了更完美地重现那个时代，花重金请了一个百人顾问团，成员全都是全球知名的研究灭世时期历史的研究者，有研究历史走向的，有研究科学技术水平发展的，有研究生化的，有研究武器装备的等等，这都是为了呈现更完整、更真实的效果。

除了宣传片之外，火烈鸟官方平台还开放了一个分类，里面全是旧世纪的各种事物介绍，从食物、日常用品到交通工具，如果有游戏机，还能点进去实践操作，尤其是交通工具和枪械，与新世纪有很大区别，要在游戏中使用的话，都得提前熟悉。

等拍完卷毛的戏份，方召回到公司，事情已经交接完毕，现在广告和剧都拍完了，也没什么其他的要事。

来到虚拟项目部的时候正是中午，部门的人都聚在一起吃饭，方召进来的时候听见他们正在谈论旧世纪的那些工具。

这段时间方召也听到过剧组不少人抱怨：

“自动挡为什么不是自动驾驶?！方向盘为什么是圆的？刹车和油门为什么离这么近?！旧世纪的车驾驶为什么这么难?！不行，我要换油门放在方向盘上的豪车！”

“自行车是什么鬼?！坐上去为什么不能自己跑?！平衡怎么这么难控制?！咦，还有电动车、摩托车和体感车，算了，不用自行车了。”

“弹匣里面就这点子弹搞什么啊！”

新世纪人们已经习惯了智能简便的操作，旧世纪的那些东西看起来笨重且烦琐，有些甚至令他们产生“为什么这种东西都会存在”的疑惑。

祖文他们也在讨论这个，有游戏机的话就能进入官方平台熟悉旧世纪交通工具的操作，显然，祖文他们也没能习惯。

“头儿，昨天我们那个技术群里又在讨论新机型了，我今年一狠心，换了个火烈鸟的舱式游戏机，第九代升级型。一般来说，舱式的游戏体验比头盔式要好，不过据说今年第十代要出新品，具体是什么样现在还没有透露，老大，你那个是第十代?”

“第十代。”

“真的是第十代‘狂想曲’？官网说的那个，今年跟第九代升级版一起出来的那个?”

“嗯。”

“到时候直接寄公司来吗?”

“寄家里。”

听到方召的回答，祖文几人顿时失望了。他们还想着如果寄来公司的话，他们还能经常拍个照片炫耀一下。

其实方召一开始也打算寄到公司，后来想了想，让火烈鸟那边的人直接寄到家里，在家随便怎么玩；但在公司还这么肆无忌惮的话，造成的影响不好，毕竟还有其他人在工作，只有方召是不受限制的，他可不想在这里拉仇恨，也不想影响部门其他人的工作。

在察觉到自己身体有异于常人的变化之后，方召就在自己住的地方也置办了一套健身器材，公司的健身房留给部门的其他人。在家不用顾忌太多，也不用担心被人发现自己的秘密。

“老大，你会开汽车吗？会骑自行车吗？会用枪吗?”祖文一连问了好几个问题，“旧世纪的工具太难学了，我都拿出了高考的劲！”

“会。”方召回答道。

“你已经学会了？不过我也学会了，嘿嘿嘿！我们几个，就万悦还没学会。”祖文笑道。

万悦也哭丧着脸，她真的觉得那些太难了：“你们几个会就行了嘛，到时候不都是一起进去玩?”

“别担心。你不会还有我呢。”曾晃也说道。

“对对，你不会还有咱们几个在。”祖文点头道。

方召看着很乐观的几人，想了想，还是没出言打击，他没进入过游戏，不确定到时候游戏能多大程度还原那个时代的情况。

随着科技的发展，网络无处不在，电子竞技渗透人们的生活，后来居上，被列为体育项目之一，甚至将一些老牌体育项目挤了下去，强势成为全球公认的最受欢迎的体育娱乐项目，它在新世纪的地位，比旧世纪的足球、篮球等项目还要高！

电子竞技同样不缺明星，延洲五大电子竞技俱乐部的主力队员，影响力与银翼的A级签约明星等同，而每次参加大型赛事，这些主力队员都会同时上场，造成的影响力自然也会更大。

宋秒在感慨：“追的一部小众剧集今天这集播完之后，就进入休息期了，得等到明年二三月份才能看到下一集。”

“没办法啊，要是继续下去得亏死。”祖文也说道。

因为即将开放的《世纪之战》吸引了太多的注意力和热度，影视剧的网络点击量其实在今年年初就开始走低，七八月经历过一次大幅下降，如果九月还坚持播出的话，恐怕会降到让投资商都心寒的程度。所以，除了几部高人气的剧集之外，其他的全部进入休息期，给《世纪之战》让路。

“昨天在群里还听影视部门那边的人说，公司签约的几个影视电竞双职业的明星，都从各个俱乐部召回了，估计在为宣传做准备。”罗德尼说道。

“影视电竞双职业明星？”方召对这个还真不怎么了解。

“就是他们既是职业演员，同时也是职业电竞选手。”祖文解释道。

有些电竞明星玩着玩着，就去参演影视剧了；有一些过了巅峰期的也会被签约，成为影视与电竞的双职业明星；还有些是在学生时期就被发掘了，签约公司之后，公司安排他们进入职业电子竞技俱乐部，成为职业电子竞技选手。

“那些都相当于公司的一种投资，提前几年就开始埋线了，就是为这个时候做准备，不过我觉得，就算公司将那些人召回来，也掀不起多大水花，挡不住。想想十年前就知道了……哦，对，老大你十年前还在上中学，而且你也不怎么关注这个。”祖文说道。

方召在第二天就明白了祖文说的“挡不住”是什么意思。

前一天还能看到不少影视明星出现在各大娱乐媒体的头条新闻，但今天，各大媒体热门前十几乎都被电竞俱乐部的相关新闻霸占。

铺天盖地的新闻，什么影视，什么音乐，几乎都成了衬托。

各大电子竞技俱乐部提前一年就开始准备，拒绝了各种竞技赛事，就算参加，出战的也只是二队或者三队的选手。从各个游戏项目中挑选出来的精英选手之后，全都在针对《世纪之战》进行培训，听说有几支队伍委托军校进行过几个月的军训，之前一直在封闭训练，一直到今天，他们才解除封闭。

方召看新闻的时候，就发现娱乐新闻的热门里出现的全是电竞明星，而且百分之九十以上都是延洲五大电子竞技俱乐部的，某知名电竞选手骑个自行车也能上热门。

而那些才只是开始。

八月二十六日，齐安市人民体育馆，也是延洲最大的体育馆，延洲电竞五巨头之一天罡俱乐部举行战前誓师活动，百万粉丝来到现场，没能进入馆内的就直接在体育馆外守着。

八月二十七日，齐安市商业中心的最高建筑群区“丛林之光”广场，超凡俱乐部举行战前誓师，现场人山人海。

八月二十九日，2S俱乐部包了延洲最大的湖上公园进行战前誓师，直播频道因太过活跃差点卡死。

八月三十日，BOOM俱乐部登上延洲最高山峰誓师，摄影师表示冻成狗。

八月三十一日，HWR俱乐部在网上虚拟舞台进行誓师，队长乔斯表示:“我们是最低调的。”然后放出了一段驾驶旧世纪摩托车与汽车的炫技视频，引得粉丝们尖叫不断，数位粉丝因太过激动而晕厥，被送进医院。

虽然游戏正式开放是在十月，但俱乐部选手整个九月都会进行适应性训练，对商业性俱乐部而言，战斗已经提前打响。

九月一日早上八点，火烈鸟官方发出公告,《世纪之战》更改限制等级，从原本的十六岁提高到十八岁，明确表示：十八岁以下勿入。

公告发出一小时后，数百个十七岁的中学生组团在火烈鸟门口静坐，想逼火烈鸟将十八岁的限制放宽为十七岁，然后，就被打电话叫家长了。

火烈鸟官方发言人公开表示，在他们门口抗议也没用，这个限制是电竞联盟以及上头的有关部门联合决定的，也是为了大家的身心健康着想。

虽然因为网络发达，新世纪的孩子都早熟，屁大点小孩就懂不少了，但并不意味着他们的心理已经成熟，世界观、人生观、价值观仍然会因为一些小事而受到严重影响。之前火烈鸟的年龄限制是十六岁，现在又提高，也是他们慎重考虑之后才定下来的。游戏太危险，未成年人勿入。

方召大早上就接到了苏侯的电话。

因为年龄没达到，苏侯不能玩《世纪之战》，于是跑到方召这里卖惨，目的是向方召借卷毛。他又买了几只不错的牧羊犬，也专门请了人去训练，但效果并不怎么样，所以想将卷毛借过去，说不定在卷毛的带动下，那些狗能学得快些，当初在杉木农场就是这样。

方召没有立马就答应，他要先考虑一下。

断开与苏侯的通话之后，方召将卷毛叫过来:“想去牧洲的农场玩吗？苏侯打电话说借你过去用用。”

“汪！”卷毛尾巴摇得特别欢腾，看得出来心情非常激动。它更喜欢在真正的草场上畅快地奔跑，家里还是太小了，在农场的草场上跑惯了，回到齐安市这边就感觉空间太小。

“记住我之前跟你说的话，过去之后守好农场。”

“汪！”

“我让苏侯来接你。”

“汪！”

卷毛兴奋地在屋子里撒欢。

方召给苏侯回消息之后，苏侯非常高兴，他就等着方召这句话了:“我马上就从牧洲过去接狗。”

叮！突然响起新消息提示音。

方召给了苏侯住所的地址，又说了几句之后断开通话，点开信息查看。

**您的快递即将到达，请注意查收。**

方召的房子在这栋大楼的顶楼，当初从薛景手中买下这处房子时，顶楼有一半是花园，方召买下之后并未做出改变，只是将那里的停机坪扩大了一些。

收到信息之后，方召走出门，没等多久，就看到了一个从远处靠近的黑点。黑点快速扩大，那是一架运输型无人机，在停机坪上方下降，但并没有靠得太近。一个黑色的金属箱被垂直放下，正好落在停机坪处。

方召确认收货之后，送快递的无人机便离开了。箱子是加密的，方召试着刷了一下自己的身份信息，箱子便自动打开。金属箱里还有一个透明的不知道用什么材料制成的箱子，里面装着一个人形机器，看上去像一个机器人。

方召纳闷，他什么时候订购机器人了？但在看到透明箱子上关于物品的介绍后，就明白了，这不是什么机器人，这是从火烈鸟总部寄过来的第十代游戏机，机器主体呈白色，带黑色纹路和红色火烈鸟标志。

这就是他的新游戏机？实在想不到这上面去。

就在这时，方召手环提示有通信待接通，一个不认识的号码。方召想了想之后接通了。

“喂，请问是方召方先生吗?”那边一个有些粗犷的声音问道。

“对，我就是。”

“您好，我是火烈鸟公司延洲分部的工程师扎克利，负责机器的安装与检修。我们这边显示您已经确认收货，请问您今天有没有时间？如果方便的话，我们将在二十分钟后到达您的住所为您安装机器，并指导您使用。若您今天已有安排，可以另约时间。”

“我没别的事情，在家。”

“那好，麻烦您等待二十分钟，我会同我的助手一起前往您的住处。”

既然有工程师会过来安装，方召也就暂时没动箱子，让它继续躺在那里。

“老板，这是什么？买的家务机器人？”左俞过来给方召送一份需要手动签字的文件，因为停机坪那里放着一个箱子，没多的地方给他停车，就将车停在楼下的公共停车场才上来。

看到箱子里的东西左俞还疑惑，方召买个机器人干什么，做家务？在看到那“机器人”胸口的标志时，就更疑惑了，火烈鸟什么时候改做家务机器人了？

“不是做家务的，是火烈鸟第十代游戏机。”方召说道。

“那个传说中的第十代？游戏机?!”左俞诧异，“这个是游戏机？”

看清箱子上标注的信息之后，左俞才相信方召不是在骗他：“还真是。传说中的第十代就长这样？设计师怎么想的？”

话里虽然很鄙视火烈鸟的设计师们，但左俞还是好奇地围着箱子转圈，知道工程师马上过来，他也不急着离开。原本打算将文件送来给方召签字之后就返回公司，但这份文件也不是特别急，今天送过去就行，他想在这里多看看。

如果只是头盔式和舱式游戏机的话，他不会这么好奇，就算是火烈鸟出品的最新型也不会有兴趣，但如今这个样式，就戳中他的好奇心了。

“应该是外骨骼式，没想到有一天会看到外骨骼式用在游戏机的设计上。就是外观不够威风。”左俞一边看着，一边啧啧称奇，恨不得开箱摸一摸。

方召明白左俞口中的“外骨骼”是什么，虾、蟹等动物体表那层起保护作用的坚硬外壳就是外骨骼，人类从中获得启发，发明了相关技术，以期能够保护相对脆弱的身体。如动力外骨骼类可穿戴机械服，其实在末世前就有运用，末世时期的科学家们也启动了外骨骼计划，只是技术一直不成熟，方召上辈子没能穿上作战。

新世纪人类进入外星探测时代之后，科技飞速发展，只是以前这类技术大多用在军事和医疗上，大众印象最深的就是太空陆战队如铠甲一般的动力服；运用在娱乐设施上的不是没有，但很少，成本太高，没哪家公司愿意尝试。没想到火烈鸟的第十代竟然选择了外骨骼式！

看来之前火烈鸟官方说的在第十代开始做出改变，意思是他们启动了外骨骼计划，而且已经将之实现了。

“可惜，只是游戏机，如果是真的动力外骨骼就好了。”左俞眼中带着羡慕。

“你穿过那类动力服？”方召问。

“没呢。我很早就进军队了，读书也是在军校读的，兵役时服从集体分配，被调去协助反恐，没能出去。”左俞十分遗憾地说。“没能出去”的意思是没能出星球，这是左俞一直以来的遗憾，本想着只要继续在军队打拼，总有一天能出去，可惜犯了次错，被踹出军队了。

不过，看到眼前的火烈鸟第十代游戏机，左俞又开始期待起来：“火烈鸟的目的应该是让更多的人过过瘾吧。网上卖的那些所谓的‘动力外骨骼’徒有其表，技术上和穿戴感受上肯定是比不了真货的，但火烈鸟将第十代设计成外骨骼式，以他们的技术，那穿上之后的感受，恐怕与真货也差不了太多。”

在方召与左俞交谈时，一辆飞车开过来。

因为没有多余的地方停车，一个穿着工作服的中年人先从车上跳下，向方召出示工作证明：“你好，我是跟您联系过的工程师扎克利。”扎克利看起来有些像牧洲农场的那些工作人员，有些黑，粗糙的手上满是老茧，不过很有精神。

自我介绍之后，扎克利在那个透明箱子的某处按了按，箱子下方弹出四个滚轮。他先将箱子推开，让自己的助手将车停在停机坪处。

“方先生想将机器放在哪里？”扎克利问。

“那个房间。”方召打开一扇房门，这间房是他早就准备好的，里面空着，并没有放置其他东西。

扎克利将箱子推进房间之后，就开始和自己的助手忙了起来。一边安装，一边还向方召说明第十代比起前面九代机型的优势：“这个是动力外骨骼式，可穿戴行动，不会给你带来重量负担，更方便，比如你玩游戏玩累了，可以直接穿着吃饭喝水睡觉，除了洗澡之外，基本上可以一直穿着。这也满足了一些玩家对太空陆战队动力服的幻想，如果能适应这个，以后穿上太空陆战队的动力服也不会感觉到太多不适，当然，真正的动力服的很多功能它是没有的，动力服是‘武器’，这只是‘游戏机’，只能模拟出那种感觉。除此之外，它会让你在游戏中的感觉更真实……”

在扎克利说明的时候，左俞跃跃欲试：“老板，待会儿你试过之后，能不能借我感受一下？”

“可以。”方召道。

安装检查完毕之后，扎克利指导方召将其穿上，其实也不复杂，因为它是自动的，只需要确认身份和使用权限。

方召能感觉到自己穿着一个“外壳”，但并没有那种憋闷和约束的感觉，摆手、甩臂、走路、跳动等都很自由，没有任何阻碍感，扎克利说能穿着吃饭、喝水、睡觉，看来是真的。

“好，现在可以进入适应程序。建议您躺着，如果站着进入游戏，时间长了，您的神经感受不到疲惫，但身体依旧承受负担，脱离游戏之后可能会有一些副作用。坐着也行，但我还是建议躺着。”扎克利说道。

方召也没出去找床，直接就地躺下，在扎克利的指导下进入适应程序。

仿佛灵魂被抽离躯体，方召感觉自己站在一个陌生的地方，原本身体躺在地板上的感觉一点也感受不到。前方有一个篮球，周围变成一个篮球场，脚下是木质地板，而他自己身上穿着的是篮球服和篮球鞋。

“方先生，现在已经进入适应程序，您可以随意运动，我们将监测您的适应程度。”扎克利的声音从耳边传来。

方召也不多话，走过去将球捡起，篮球表面的纹理都能清楚地感受到。

的确……非常真实！

方召开始尝试拍打，砰！砰！砰！篮球砸在地板上发出声响，与球内空气发出的声音混合在一起，刺激着亢奋的神经。

方召一边拍打，一边往前走，拍打的速度越来越快，运球的动作越来越熟练。

……

房间里，扎克利看着监测仪器上显示的一系列图表，又看看最边上那个综合数据，那里显示着“60”，顶格是100，一般能到60就没问题了。

看着这些数据，扎克利脸上露出轻松的笑意：“不错啊，能上六十就说明可以正常使用，适应得很好，再适应一个月，说不定还能上七十……”话还没说完，扎克利就哑巴了，他愣愣地看着光屏上显示的适应值，在60那里稳定了一会儿之后，又开始跳动。

61……64……68……72……

刚才说什么来着？再适应一个月？连半小时都没到，适应值就已经从60跳到75了！

“嘶，这适应力够强！”扎克利的助手惊讶道。

数据在“75”那里稳定下来。

扎克利笑着摇摇头：“没想到啊，这位方先生对机器的适应能力值竟然能达到75，恐怕公司有人要失望了，之前还有人想着若是方先生没法很好适应，要拍卖机器，他们就下手买，现在看来，那些人没有机会了。”

“师傅。”扎克利的助手博肯喊道。

“什么？”扎克利给人发消息，眼都没挪，问道。

“数据又变了。”

“废话，数据本就是一直变动的，只要波动稳定在一定范围内就行。教你的都忘了？”扎克利不满道。

“不是，您看哪！”

扎克利抬头看向光屏上的数据，眼睛慢慢瞪大——原本已经稳定在75的综合数值，又开始跳动着往上蹿。

78，79，80，81……

虽然上升得没之前那么快，但确实在上升，这已经不能用合理波动来解释了！

“这……这，这适应力也太强了吧？！”想到什么，扎克利扭头问左俞，“你老板真是个搞艺术的？没兼职搞别的？”

左俞一头雾水：“他真就只是个作曲的啊。”

适应练习，除了篮球之外，方召还玩了足球、羽毛球、骑自行车、驾驶汽车、射击等项目，那种真实的感觉越来越强烈，似乎他自己真的就站在一个空间里，操作着各种工具，而不是进入一个游戏。

方召退出适应性练习模式时，已经汗流浃背，离开游戏机的时候，方召才发现原本穿着的家居服几乎全部汗湿，浑身的肌肉状态也像是真的做过那些运动。

真神奇。

方召看了看手臂上紧绷的肌肉，抬臂直接用袖子擦了擦脸上的汗，这才看向愣愣站在那里的扎克利和博肯。

“有什么问题吗？”方召问。

“没……没有。”扎克利看了看综合数据那里鲜红的“91”，又看看站在那里的方召，问道，“您有没有不适感？比如头晕，站不稳之类的？”

方召走了几步，又在原地跳了跳：“没有什么不适感，就是刚脱离练习模式的时候稍微有点晕，但是过几秒就好了。”

扎克利看了看光屏上显示的各种监测数据，这些是方召在练习中以及完全脱离游戏机之前的身体状况数据，这些数据都能证明方召确实没有说谎。

“第一次使用第十代，刚脱离游戏机的时候确实会有点头晕，多使用几次就不会出现了。”看着最终数据，扎克利感慨道，“方先生的使用感受如何？”

“挺好。”方召说道，“很容易上瘾。”

扎克利露出自豪的笑：“能让玩家感觉上瘾，就是我们最大的成功。看来方先生也会在游戏中找到乐趣。”看来这台游戏机不会卖出去了。

“老板，我能不能试试？”左俞期待地问道。

方召看向扎克利：“他能用吗？”

扎克利点头：“这台机器的主人是方先生您，只要您授权，他就能使用。”一边说着一边教方召如何设置权限，“行了，这位先生可以上去试试了。”

左俞进入适应性练习模式之后，方召就看到扎克利面前的最后一个光屏上显示着“76”这个数字。扎克利跟他解释过这个数字的意义。

“那位先生也适应得不错。”扎克利看着往上跳动的数值，转头向方召问道，“他是您的保镖？”

“对。”方召看到扎克利眼中的疑惑，问道，“有什么问题？”

虽然想说什么，但扎克利最后还是摇摇头：“没什么。”他就是觉得，这位保镖的适应能力，应该还比不上这位据说是职业作曲家的年轻人。虽然起步点很高，但这应该是他本就使用过很多类似机械的缘故，刚才方召使用机器的时候，扎克利跟左俞聊过，就知道他是个老手。

扎克利的视线一直在关注那些图表，而方召则是惊奇地看着地板上的机器。

刚才他同样是穿着这件“游戏服”躺在这里，但因为沉浸在适应训练中，并不知道具体是个什么情形。现在才知道，他在适应模式中剧烈运动，而模式之外，却几乎是静止的，只能看到微微的颤动。

覆盖在人身体表面的机器布满了传感器，传感器将收集到的各种数据传达至信息处理器，最终以图表的形式呈现在扎克利面前。综合数据从76一直上升到87，之后就彻底不动了。

左俞同样汗流浃背地出来了，脸上带着满足的笑："确实比以前那些游戏机的体验感要强，不愧是十代，想必与真正的动力服也差不了多少……八十七?!"左俞脸上的笑，在看到综合值之后就变成了惊愕，"我只有八十七?"他可是记得方召刚才达到了91的。

扎克利无奈道："超过八十五都算优良，这已经很高了。"

"我老板刚才都达到九十一了!"左俞觉得自己的能力被鄙视了。

"你老板适应能力强。"扎克利说道。

"我可是特战队出来的!"

"你老板，依旧是你老板。"扎克利只想到了这个理由。

确定使用无障碍，还达到了90以上的高适应值，扎克利一点都不担心方召的使用问题，传了一份详细说明给方召，并留了个联系方式："机器出问题的话就直接拨这个号，如果我没有时间，我的同事会赶过来为您服务。"

因为还有其他的任务，扎克利也没多待，叮嘱方召几句之后，就带着自己的助手离开了，原本装载第十代的那个箱子也一同带走。

第14章 C H A P T E R 1 4

# 练习赛

冲了个澡，换了身干爽的衣服，方召叫住还在那里纳闷的左俞，同左俞一起回公司，虽然他现在成了个甩手经理，但还是得时不时过去看看。游戏机已经送来安装好，后面几天他恐怕会一直玩下去，今天得先去公司问问还有什么需要他签字的文件。

在虚拟项目部转了一圈后，方召拿着祝珍给的一份文件，乘坐电梯上去影视部门那边，极光与影视部门合作的几个项目得跟那边核对一下。

进电梯的时候，方召看到电梯里还有五个人，一个年纪稍大的经纪人，四个像是大学生的年轻人，三男一女。应该是上面的车位满了，从地下停车场过来的。

“方经理，去顶楼汇报工作?”那经纪人认识方召，笑着打招呼。

“不，我去影视部那边。你又带新人了?”方召记得这人以前带的不是这几个。

“是啊，这四个都是接下来要重点培养的。”那经纪人也没瞒着。

方召了然，这应该就是公司的战略储备人员，在娱乐市场被游戏冲击时，将这些提前投资的影视电竞双职业人员调过来，重点培养。

那五个人也是要去影视部的，在电梯打开的时候，那经纪人没有先出去，而是朝方召做了个“您先请”的手势，有两个年轻人原本已经抬脚准备迈出去，见状又收回脚。等方召离开电梯，走远了，几个刚出电梯的年轻人才问他们的新经纪人：“他是谁?”

“虚拟项目部那边的头号，你们刚来，可能对他不熟悉。”那经纪人说道。

“也是经理?”一个戴着棒球帽的年轻人指了指方召离开的方向，不可思议地又问了一遍，“他是一个部门的经理? 看着跟我差不多大啊，很有名?”

“对，虚拟项目部那边的，那时候火烈鸟音效组的组长还提到过他，哦，对，你们那时候正在进行封闭训练，没关注娱乐新闻。那人厉害着呢，虚拟项目部就是在他手上做起来的，音乐创作圈子里的新星，敢直接找段董谈条件的厉害人物。以前虚拟项目部大家都恨不得远远避开，现在都削尖了脑袋想要挤进去，福利好，钱多，有前途。”

“听起来很厉害，不过与我们也没什么关系，他又不混电竞圈。”一个短发的女孩玩着掌上游戏，无所谓地说道。

“也是，但你们以后在公司遇到他注意点。”经纪人叮嘱道。

“知道了。”四人口头应着，也没真当回事，音乐创作的圈子离他们太远，虚拟项目部他们又不会进去，对方再厉害也不关他们什么事，顶多在公司看到让一步就行了。

方召去找影视部门经理贺昊时，那位正在看一个采访的直播。

“2S俱乐部的主力柯兹莫，最近风头正盛。”贺昊知道方召对游戏圈子不了解，解释道。想到什么，贺昊又笑道，“这小子今天还怼你们部门呢。”

贺昊跟方召说了今天早上的新闻，当时方召正在家里等待安装机器，没关注新闻。

“这小子对于火烈鸟选择虚拟偶像代言的事情不满，他觉得他们才是最职业的，并且多次写信给火烈鸟总部，请求更换代言人，说游戏就应该选择最专业最优秀的人去代言。火烈鸟那边好像也有松动，所以柯兹莫那小子今天格外得意，他觉得你们虚拟项目部捡了最后一次便宜，以后就没这么好运了。”

这几个延洲有名的电子竞技俱乐部已经结束封闭训练。封闭训练之所以不对外公开，一是涉及俱乐部内部的一些训练机密，二是封闭训练是让他们去熟悉那款游戏，练习不了解的事物的使用方法，一开始的练习肯定不是多美好的画面，视频发出去说不定还会掉粉。但现在不同，真正熟练之后，再发出那些视频就能撩动粉丝了。

在新世纪，电子竞技俱乐部太多，作为商业性质的团体之一，他们不仅要保证自身的实力，还要抓住粉丝的心。尤其是这种时候，十年一度的全球电子竞技盛宴，从商业利益上考虑，俱乐部没必要继续保持高冷的姿态，时不时放出一些视频，接受一些采访也是好事。比如天罡俱乐部的队长带队开着旧世纪汽车飙车的视频，比如BOOM战队集体骑定制摩托车环城训练的视频等等。

这次，2S俱乐部跟BOOM俱乐部准备来一场练习赛，项目是重型机车，他们也与火烈鸟分部谈好了，到时候官网会提前开放一个地图给他们比赛。

而柯兹莫是2S俱乐部这场练习赛的主力。

“不过是旧世纪的一个普通交通工具而已，驾驶难度大了点，但对我来说也很容易驾驭，能轻松上手。其实，我家里就有一辆仿照旧世纪机车制造的车，我前几年就开着玩了，在游戏中并没有遇到什么困难。”采访中，柯兹莫笑得很张扬。

“这次为什么选择跟BOOM俱乐部来打练习赛，这是你们誓师之后的第一场练习赛吧？”节目主持人问道。

柯兹莫一副很无奈的样子摊了摊手：“没办法，只有BOOM俱乐部有职业赛车手，其他几支队伍太弱了。”后面三个字加了重音。不用多想就知道此时看着这个新闻的另外三家俱乐部会有什么反应，同样被称为延洲五强，这小子竟然在采访中公然鄙视他们！

“你们也知道，我的另一个职业是赛车手，还获得过少年组洲锦标赛的冠军，但后来重心转移到电子竞技上，没再参加那类赛事，也没能参加今年年初的青年组比赛。不过我觉得，在这方面我没有敌手，虽然我没能继续参加赛车锦标赛，但在游戏中从未停止过。旧世纪的交通工具操作起来比现在的难很多，但我是队里驾驶最厉害的。”说着柯兹莫感慨，“真想跟灭世时期的那些前辈较量一下。”

“假如你有机会跟灭世时期的前辈一较高下，你觉得，谁会赢?”主持人笑问道。

“当然是我!”柯兹莫朝镜头比了个胜利的手势，脸上挂着的可不是玩笑式的笑意，而是带着些许狂傲。他是真的这么想。

“那小子真自信。”方召突然说道。

旁边的贺昊听到方召这话也赞同地点头:“那小子是张狂了些，不过，也确实天赋惊人，他是赛车世家出身，也是双职业，是真有能力，张狂也有张狂的资本。不过，将灭世时期的前辈们拿出来比较，有些失礼，明知道那些前辈不可能活过来，谁能证明他比那些前辈强?就凭他一张嘴?”

方召笑了笑，没再说话。

采访还在继续，柯兹莫一点也不觉得自己刚才的话有什么问题，他还又强调了一遍:“其实我觉得，大家应该正视历史，灭世时期的前辈们被过度美化，教科书中说的那些太完美了，甚至很虚，一看就很假。流传下来的视频中，没有一个能证明教科书上描述的那些情形，我是一个职业赛车手，所以我的感触也最深，有些是真的没法做到。比如某篇提到的，灭世时期著名领导人方召骑着机车凌空开枪射中目标之后，连人带车摔出去，翻几圈，滑行二十米之后，又连人带车起来继续跑，这不是扯淡嘛，以为是玩杂耍啊?简直侮辱我的智商!”

方召:“……”小兔崽子!

直播中主持人笑得有些勉强，偏偏网上大部分人还赞同地发评论附议，强烈要求将历史书上的那一段删掉。

采访快结束时，柯兹莫面向镜头:“我们比赛用的车型是火烈鸟专门设计的重型机车，难度更大，对那些新手，我还有一句话，多大饭量吃多少饭，新手就别作死去尝试了，到时候看着我们就好。”

方召:“呵。”

贺昊对方召的反应并没有想太多，他也知道很多与先烈们同名同姓的人，会对那些先烈们更为敬重，更崇拜，不喜欢听到任何人说那些先烈的坏话，所以，柯兹莫说的那些话，方召不满意也正常。

“他们那些人就那样，别跟他们一般见识。”贺昊安慰道。

“嗯。”方召笑了笑，但心中到底怎么想的，他不会跟贺昊说。

方召从公司回到家的时候，再看网上的消息，娱乐方面，几乎每家娱乐媒体都报道了这场即将到来的2S俱乐部和BOOM俱乐部的练习赛。这是一场游戏正式开放前的热身赛，先调动起其他玩家的兴致。

此前火烈鸟已经开放了一块小地图给玩家们适应，进入其中的玩家会以旁观者的视角去观察这个城市，观看游戏中那个时代的居民们的日常生活和各种物品的使用。而现在，火烈鸟又开放了一张地图，与之前那张相似，只是里面的人物被抽掉，是专门开放来给2S和BOOM俱乐部打练习赛的，练习赛结束之后，也会让更多的玩家进入。

总的来说，2S和BOOM这两个同被称为“延洲豪门”的俱乐部，与火烈鸟延洲分部是合作关系，这场练习赛对于三方都有利。

新闻还放出了火烈鸟设计的重型机车“暴龙”，据说“暴龙”在游戏中是“稀有装备”，每个洲限量投放两百台，十二个洲合起来也不过两千四百台，看起来很多，但比起其他装备，可以算是凤毛麟角了，不然也不会被归到稀有装备里面，到时候能不能获得就看各人的本事了。而在那之前，火烈鸟借2S和BOOM俱乐部的练习赛给“暴龙”打广告，刺激一下玩家们的热情。

练习赛在九月三日早上十点开始，苏侯前一天一大早就过来接狗，知道方召有一台火烈鸟第十代游戏机，还过了把瘾，可惜因为年纪还小，很多游戏都被限制登录，再眼馋也只能干瞪眼，每天看一些直播视频或者精彩剪辑解馋。

等苏侯带着卷毛离开之后，方召登入火烈鸟官方平台，进入练习区，这里有一些重型机车可以选择，只是都不如新闻里的“暴龙”，外观上肯定要弱一些，但作为练习用，已经足够了。

方召很久没骑重型机车了，寻常的那些摩托车很容易上手，重型机车倒是醒来后第一次玩。上辈子后半段，虽然研究所出了一批新型交通工具，但因为身体机能衰退和伤病的困扰，方召也用得少；新世纪在这具身体里面醒来后，曾经的那些工具早就被淘汰，不可能接触到。

原以为会手生，但方召真正骑上去之后，听着引擎的咆哮，大脑就进入了一种极为亢奋的状态，大脑的记忆似乎已经将身体的每一处都调整到最合适的水平。

四小时后，方召从机器中出来，神经的亢奋在回到现实中后才渐渐平静。端了一杯水，方召走到窗口，看着灯火辉煌的城市。

进入游戏的时候是下午，现在外面都黑了，但城市中央的地方，却永远不会因为太阳落下而冷清。顶楼的风很大，也很凉，将已经变温的水喝完，关好窗，方召看着还在兴奋的娱乐版块，笑了笑。

九月三日早上八点。

很多人已经打开火烈鸟官网延洲分站的直播频道等着了，即便是练习赛，关注度也不低，2S和BOOM两个俱乐部的粉丝们掐架掐得火热，还有人设了赌局，方召看了看，支持2S赢的人稍稍多一些，大概是对已经拥有众多赛车奖杯的柯兹莫信心更足。

虚拟项目部的内部群聊中，方召发现祖文他们昨晚十一点多还在聊谁会赢，想来今天的直播也肯定会看。

方召吃早餐的时候简单翻了一下新闻，便放着了，进游戏熟悉一下感觉。

今天早上的娱乐头条几乎全部被2S和BOOM两个俱乐部打练习赛的消息霸占，同为延洲五强的另外三支队伍也不会错过这个观察对手实力的机会，虽然只是一场单项练习赛，但从对手对工具的使用熟练程度，就能够初步评估对手的实力。一个能熟练使用各种工具的人，在乱世之中的生存能力是相当强的，现实中是这样，在游戏中同样如此。

天罡俱乐部本部，主力队员们早就到齐，这里是他们内部观赛的地方，没有其他游戏项目的人，方便讨论。

“你们觉得谁会赢？”

“2S吧，虽然柯兹莫那小子说话确实欠揍，但不可否认，那小子实力很强，很有天赋，出名也早，十年前如果不是因为他年纪不够，可能那时就与咱们交手了。他对得起2S给出的高薪。”

“我希望BOOM赢，真让柯兹莫那小子赢了，不用明天，今天他就能将咱们再使劲踩几脚。”

“骑个车而已，就嘚瑟成那样，骑得再好也未必能笑到最后，创世纪大将就没一个赛车手出身的。”

“……好像有个开卡车的，冀洲那个。”

“不是说冀洲那个在开卡车前是个退伍兵？”

“那也是开车的，也算车手出身吧。”

“说起来，柯兹莫那小子还怀疑过烈士方召呢，要不是现在对这类言论宽容了许多，烈士方召也没有直系后代，估计那小子接受完采访就被叫去喝茶了吧？”

“真有那胆子，他怎么不去说历史课本上夸得更离谱的大将乌延？他也就瞅准说烈士方召不会有人找他麻烦，他是嚣张，但不傻，知道谁能说又不会被找麻烦。”

“可惜了。”队长伊元叹道。

伊元想起那天在采访中柯兹莫说出那句话时，网上很多人还起哄开玩笑地说方召的棺材板压不住了。

伊元的历史不错，对那位在延洲历史上留下浓重一笔的领导人也很崇拜，可惜的是，那位运气不好，若是能再熬一年，哪能由乌家人发展起来？乌家后人们没能把握住大好的形势，创世纪之后就内部分裂，就算现在影响力又慢慢起来了，但在延洲早已不是一手遮天的局面，多少任延洲洲长都没个姓乌的了。这也是外洲人总拿来嘲笑延洲的一件事，偏偏很多延洲的人并不在意。

“唉！”伊元也只能叹气，如果他擅长这个的话，肯定会参加这场练习赛，但现实是他不擅长，与其上去给对手增加一个笑料，不如老老实实坐着分析对方的实力。

九点半的时候，直播频道开始播放游戏界面。两支队伍已经登入游戏，地图中还有双方的粉丝，和抢到参加练习赛名额的玩家。

是的，除了2S和BOOM两个俱乐部之外，火烈鸟延洲分部还放出了一百个名额，这类名额一般会先向高级VIP用户开放，有多余的才会一级一级向下开放给其他玩家。

延洲五大俱乐部都有高级VIP名额，但这次另外三支队伍都没人参加，知道不擅长还过去，不是将脸凑过去给人打吗？

直播中，背景是火烈鸟提前开放的一个地图，起始点在城区之外的一处村庄，此时那里已经热闹非凡。现场的一辆辆黑色重型机车，如同一只只暴力怪兽，充满了力量感，粗肥的后车胎露出大半，像一只随时准备开始猎杀的暴龙，在新世纪人看来，它带着压迫力强大的原始野性。

劲爆的电子舞曲之中，负责解说的人语气激动，时不时来几声怪叫，他们懂得如何调动粉丝和玩家们的情绪。旁边一些获得参赛名额的高级VIP玩家猛加油高速空转发动机，在引擎发出的巨大轰鸣声中歇斯底里地尖叫着，肆意宣泄着情绪。

粉丝们情绪很亢奋，但也很有秩序，不会捣乱，想必也是经过筛选的。

大概为了这场练习赛专门设计过，起始段的路面很宽，最前方的是2S和BOOM俱乐部的人，不过他们也不会主力全出，一边出了五个人作为代表，机车服上有各自俱乐部的花纹图饰。在他们后面，是过来打算跟着跑一跑的抢到“暴龙”使用名额的玩家，玩家们身上的衣服各不相同，有的是带自己标识的，有的则是系统默认的一身黑的专业装扮，车服和护具武装到牙齿。

劲爆的电子舞曲骤然停止，现场有片刻的安静，但很快就响起更疯狂的尖叫声，因为，这意味着这场比赛要开始了。

随着一声炸裂般的声响，前面的十个人已经冲了出去，引擎蛮横的低吼声中，看似笨重的体型庞大的机车，在这一刻终于毫无保留地展示出了它们凶暴的气势。大排气量、高功率输出等参数都在告诉人们，它们不像看起来那般笨重，它们是双轮的重型跑车！

在那十人之后，其他玩家们也相继跟上，只是他们比赛的心思并不那么强烈，只想跟在后面过一把瘾。有些人因为驾驶不熟练，又或许是太激动没控制好，没跑多久就翻车了，直接摔下线，如果是在现实中，他已经没命了。

翻车的人附近的几个玩家都受连累，一起被撞出去。那几个玩家虽然没有直接被摔下线，但因为摔得太狠，车和人都有损伤，因为游戏中痛觉调低了，人倒没有太强烈的感觉。那几个人也没兴趣再继续跟了，直接主动下线，去看直播。

这场练习赛全程处于监控之下，可以从前后左右以及上方等几个方位的视角去观看，另外有专门的镜头跟着前面十个人。

起始点的人都准备下线去看直播了，这时候，却发现突然又多出一个身影，看到对方同样骑着“暴龙”，就知道这是抢到参赛名额的一百个玩家之一。

“嘿，哥们儿，来迟啦，那边都已经出发了，你恐怕是赶不上了，不过，跟在后面去玩一玩也行。”起始点的一个人说道。

骑在黑色机车上的人朝说话的那人点了点头，启动。机车在震耳的轰鸣声中冲了出去。

“那人是谁?”一个玩家问。

“看身上的机车服，不是2S和BOOM的人，也没看见有什么标志，猜不出是谁。”

“管他呢，肯定也是个凑热闹的玩家。赶紧下线去看直播，在这里什么都看不到。”

“对对对！看直播重要，管其他人干什么。”

火烈鸟延洲分部，直播室。

“练习赛开始了?”

“刚开始，除2S和BOOM的十个人之外，另外一百个参赛玩家已经上线九十九个……咦，最后那个也上线了！刚才看还不在的。”

“不用在意，反正那些人也只是玩玩，算是给高级VIP用户近距离接触俱乐部的福利，他们什么时候上线、想怎么玩都随他们。你们只要盯紧2S和BOOM的那几个人就行。”

“了解。一百一十个人，才一分钟就掉线八个了，掉的都是后面的。”

“待会儿前面与后面的距离会拉开，注意切分镜头。”

“知道……又掉线两个，还剩一百，不知道再过五分钟能留下几个。”

“进城之后摔的会更多，也该让他们吃吃苦头，别以为这个很轻松。”

“咦?”旁边一个人诧异地盯着光屏，“后面那个，好快!”

“哪个?”其他几人都伸长脖子看过来。

“这个点。刚才还在最后面，现在已经接近中段了。”光屏前的人指了指面前光屏上标出的一个点，地图被缩小，参赛的每个人都在这面光屏上显示为一个亮点。

“开太快了容易掉线。”另一人说道。他的意思其他人明白，车速越快越难控制，没人的地方，跑直线赛道还行，若是疾驰过弯，就容易摔出去。

“前面又摔了一个，还剩九十九人。我就看看这个家伙什么时候翻车掉线。”

地图上的赛道，一开始是很长的一段平坦宽阔的直线道路，弯道不多。过一段之后，弯道就渐渐多起来了，翻车的人也越来越多。如火烈鸟的人所想，五分钟之后，原本在线的九十九人，骤减到六十七人，最后面的人也被越甩越远，大概是有些人觉得继续跑也没意思了，所以主动停车下线，这样一来，参赛人数又以极快的速度减少到五十一人。

看直播的人也会自己找乐子，一些娱乐工作室的人也看到了吸流量的机会，因为翻车的人多，而火烈鸟官方的这场直播又禁止录制，他们只能用截图手段，每看到有个翻车的就非常兴奋，迅速截图然后发帖，让大家看看那些人翻车的时候是什么样的姿态，点评一下谁摔得更有气势。

疾驰过弯的时候，就算是职业赛车手，也面临着翻车的风险，帖子里有侧滑、高抛等各种姿势的翻车截图，且随着比赛进行，翻车图越来越多，图中还标出了哪些是直接被摔下线的，哪些是被连累的，哪些是因伤退出的。

虽然那一身专业级赛车服和护具能将每个参赛的人武装到牙齿，但他们车速太快，不管是摔还是撞都太猛烈，直接下线的几乎占了一半。对这些业余玩家和观众而言，这仅仅是一场游戏，又不是真出了事故，所以只是以游戏的心态去谈笑。但当过职业赛车手的人，在骑上车的时候，他们就已经抛开了游戏和现实的界限，严肃认真地对待，虽然这只是一场练习赛。

领头的2S俱乐部的柯兹莫，以及BOOM俱乐部的奥拉夫，已经渐渐与其他人拉开距离。

2S俱乐部和BOOM俱乐部参赛的十个人，开始没多久就将后面的人甩开了，而且他们本就是这场比赛的看点，被称为“前十阵营”，所以直播主画面的镜头也多是给他们，其他人都在另外的分镜头画面里。

随着比赛继续进行，前十阵营中，作为职业赛车手的柯兹莫和奥拉夫，与另外八个人的距离也越来越大，最后前面的远景镜头再次一分为二，给最前方较量的柯兹莫和奥拉夫一个镜头，给前十阵营的另外八个人一个镜头。

柯兹莫是嘴炮，但作为一个职业电竞选手和职业赛车手，比赛的心态还是调整得很不错的。

此时，比赛已经过去二十分钟。位于前十阵营第十位的2S俱乐部的一位选手，已经有好几分钟没听到身后的声音了，心里不由得意：看吧，业余的就是业余的，比不上咱们职业玩家，咱们虽然不是职业赛车手，但作为电竞俱乐部主力，综合能力比业余玩家高出一大截，照样虐他们！现在不就是，甩远啦！也就是说，从现在开始，没那些局外人什么事了！

他们刚接触机车的时候骑得特别小心翼翼，但后来技术一熟练，便会想着浪一浪，体验那种狂飙的激情，比赛中那种刺激的感觉就更强烈了，他们很享受，顺便显摆一把，以吸引更多的粉丝。

不过，一直被吊在第十位他也很不满，他前面排第九的是BOOM那边的人，得将人超了！再过两个弯，就要进城，到后面的难度会更大，最好能在进城前超过去。

嗯？怎么后面还有声音？而且听起来还在靠近。有人追上来了?!

诧异于后面竟然有人能追上来，一个分神，慌乱之下又出错，在过弯时冲出了弯道，从公路摔下山坡。

排第九的BOOM俱乐部的人听到身后传来摔下山道的动静，心中暗爽：哈哈，摔了吧！

一直紧咬在身后的对方阵营的人终于翻车，他心中很高兴，到现在为止，前十阵营就出现了这么一个翻车的，真丢脸！到时候能抓住这事踩2S一脚！

但很快，第九名那位心中的高兴劲就散了，因为，他听到了身后越来越近的引擎轰鸣声。

怎么可能?！刚才不是摔下山坡了吗?！别说没直接摔下线，就算能继续跑，也不可能这么快就沿路追上来！但如果不是对方追上来了，那又是谁?

想到一个可能，排第九的那人心中顿时按捺不住好奇心，扭头往身后看了一眼，就这一眼，让他追悔莫及。

公路上时不时会有一些石块，比较大，很显眼，只要避开就行了，难度不大。但他好奇往后看时，发现对方一身默认服装，显然不是一直紧咬在身后的对手，心中惊讶，而对方又快速逼近，顿时慌了，分心时间长了点，等再看向前方时，离前方路面上的石块已经很近，虽然临时做出躲避但还是蹭到了，连人带车往前滑，整个人从车上甩了出去。

落地翻滚的时候，他的余光已经瞥到后面靠近的几乎要撞上来的车，以这个速度，对方要避开石块，就只能朝着他冲过来，而对方显然也这么做了。

吱——高速运转的车轮与地面摩擦发出刺耳的声响，耳膜都像是要被刺破，发动机的嘶吼像是在宣泄着不满的情绪，震得人思维都变得散乱。

原本排第九的那人摔在地上，这一摔还没能停下来，因此他的视线还在晃动，只能看到似乎有个黑影与他擦肩而过，就像幽灵在他面前诡异地转了个身，晃了下便不见了，但身上还带着刚才那一刹那被劲风吹动的感觉。

耳边刺耳的摩擦声响消失，引擎咆哮的声音渐渐远去，他挣扎着起身看向周围的地面，只有轮胎与地面摩擦留下的怪异的弧线轨迹，每一处都如同轮胎在路面灼烧出的痕迹，残留着刚才那一幕的火爆气息。

即便只在游戏中，他也能感受到背后冷汗涔涔的惊悚，似乎有一块冰透过头盔压在头皮上，那感觉就像在一只庞然大物迎头踩下的大脚的趾缝中侥幸存活下来。

心脏还在怦怦猛烈跳动，大脑还没有从刚才的那一幕中回过神来，呆愣在那里，等清醒过来，再看向公路，哪还能看到对方的身影！

而一直盯着直播这个分镜头准备截图的人，刚才的那一瞬间都忘了原本的目的，目光完全被惊险的一幕抓住，而网上其他看着这个直播分镜头的人也沸腾了。

“靠，刚才过去的那疯子是谁?!”

“不……不知道，那一幕太惊险了，差点就撞上……刚才是没撞上吧?”

“那样都能避过？竟然没翻车!”

“刚才有谁看清他是怎么避开的吗？我现在想起来就感觉大脑一片空白。专业截图的人呢？有截到吗?!”

“哪个电竞俱乐部的主力披马甲上阵了吧?”

“应该不是，如果是其他俱乐部的，有这技术，肯定大张旗鼓地穿上有自己俱乐部标志的赛车服，刚才那人身上都是系统默认的服装。”

“难道是哪个职业赛车手打算玩一把？”

“极有可能。”

“不对啊，昨天看官方公布说，除了2S的柯兹莫和BOOM的奥拉夫，并没有职业赛车手加入。”

“那刚才过去的是什么人？专门过来砸场子的吗？”

“哈哈哈，前十阵营竟然吓得摔了两个！看这架势，谁能笑到最后，还真说不准。现在多了个神秘人，不知道接下来他还能超几个。”

看着分镜头的人都赶紧叫上自己的好友们，让他们别只盯着主镜头中的柯兹莫和奥拉夫，后面有个怪物冲上来了！

本以为这场练习赛只有2S和BOOM两个俱乐部主力较量的看点，没想到竟然突然杀出一个神秘人物，看热闹的群众一下子兴奋了，各种交流群里都开始了讨论。

“从他过弯时的漂移来看，应该是个职业赛车手。”

“看来火烈鸟官方给出的信息也不一定全面。”

“也未必，也可能是业余赛的高手，不是有句话吗，高手在民间。”

网上各有猜测，火烈鸟延洲分部的人其实也很无奈。

他们看得最清楚了，早在那个神秘人从后面冲上来的时候就一直注意着他，只是没想到他刚追到前十阵营，就弄掉了两个职业玩家。

“我们筛选过抢到名额的高级VIP用户，确实没有职业赛车手认证的人，有的话肯定不会漏掉。”一名直播厅的员工说道。

“那应该就是业余的职业玩家。”所谓业余的职业玩家，就是没有正式的职业认证，却一直专注于玩赛车，并且玩得很溜，技术不输职业赛车手的玩家。

“有没有可能是哪个俱乐部的储备人才？储备人才未必都已经通过职业认证。”

“也有可能，不管怎么样，继续盯着，这也算是意外之喜了。”

这场练习赛哪个俱乐部会赢，对他们而言并不那么重要，他们看重的是在线观看人数，看重的是能不能借这件事给公司的衍生品牌打广告；技术部门也会借机做测试。现在出现的这个意外，能更好地满足他们的需求，正合己意。

此时，银翼虚拟项目部也热闹着。正在看比赛的祖文几人没见到刚才那幕，他们一直关注着在最前面较量的柯兹莫和奥拉夫两人，交流群里有人说这事，他们才切换过去，正好看到那个追上前十阵营的神秘人又连超两人。

“也不知道老大有没有看到，提醒他一下，看热闹这种事情可别错过了。”祖文拨了方召的通信号，但是无人接听，一直提示忙碌中，“可能老大有事情，算了，给他留个言。”

第15章 C H A P T E R 15

# 神秘车手

因为直接杀进前十阵营的神秘人，关注分镜头的人一下子多了起来，人数甚至超过了柯兹莫和奥拉夫两人所在的主镜头。

“第七了！看样子还能超几个。”

“注意截图！这次千万别愣住了！”

娱乐工作室的人，以及一些同样关注此事的媒体，都开始紧盯那个冲上来的神秘身影。

发动机高频的嘶吼刺激着人们的神经，前面正较量着的两个俱乐部的人，也发现了这个突然追上来的陌生身影，想甩开也没办法，反而被对方越逼越近。

进城之后，虽然路上没有任何行人和行驶的车辆，但道路时宽时窄，远不如城外宽阔。

为了这场练习赛而开设的这个地图排除了很多元素，虽然时不时会有一些停在路边的车辆，让宽阔的道路变得略显拥挤，但因为没有快速行驶的其他车辆和行人，玩家们的行驶速度依旧很快，如果有谁是站在路边观看的话，只能看到一个个快速闪过去的影子。

又一个转弯之后，神秘人已经挤到了第五的位置。

“太冷静了，几乎没有出现任何失误。”天罡俱乐部主力战队的队长伊元紧盯着光屏，说道。

“是个厉害的，恐怕前面两个也拦不住他。”另一个队员也说道。

伊元想到什么，颇有深意地笑了笑：“未必，看看挡在前面的两个是谁。”

“看赛车服上的字母，排第三的应该是BOOM的副队乌斯其，排第四的是2S的折巴尔，哟，这两个狡猾的家伙拦在这里呢！这是早就计划好的？就是为了防止发生意外？”

“看来是了。这场练习赛，与其说是两支队伍的较量，不如说只是柯兹莫和奥拉夫这两个职业赛车手的表演，其他人不过是助威，顺便防止突发意外。这不就出现了吗？”

别看2S和BOOM平时吵架吵得厉害，这场练习赛之前就在打嘴仗，但要是真有外人威胁到他们，两边就会联手排外了。延洲电竞五大豪门俱乐部都是这样的，不管是五强中的哪两方比赛，只要有五强之外的人出现，就会联手先将这个“外人”给除掉。

这时天罡的领队打断其他人的议论，脸上满是严肃："盯着折巴尔和乌斯其，这两人要出手了！"

光屏上，眼看着那个神秘人逼近，即将超越第四名，却陡然减速，并往旁边挪了一步。几乎同一时间，排第四的折巴尔像是驾驶出现了意外，翻车了。

如果神秘人刚才还在原本的位置，就算及时避让，也无法完全避过，肯定会撞上前方摔来的人或者车；但他却像是早就料到了对方的行车轨迹一般，提前避让，正好避过。

同样看着这一幕的HWR俱乐部的队长乔斯眯了眯眼："高手！预判能力很强，折巴尔没拦住也正常，下线之后还能交差，他已经尽力了。"

HWR俱乐部的副队乔恩赞同地点头："又折损了一个，现在就看乌斯其能不能将他拦住了，拦不住就会出现他与柯兹莫和奥拉夫三强争夺的局面。"

乔恩话刚说完，就见光屏上排第三的乌斯其好像一个分神，过弯时没能控制好，摔了出去，直接撞上路边的路灯；灯杆因为这一撞而折断后往下倒，路的另一边停着一辆车，灯杆的另一头压在车上，并不算宽敞的路面因为灯杆的这一拦，隔出一个并不高的梯形空隙，虽然没有像乌斯其想的那样直接横在路面上，但这个空隙也足够卡住后面的车了。

"乌斯其真够狠的，也不知道私底下练习过多少次。"

"这就是副队的魄力，比折巴尔狠多了，直接将自己撞下线。这次他的任务也应该能完成，这威胁拦住……咦？他不打算停下？!"

光屏中，那个身影仍然在往前。

以倒下的那个灯杆隔着的高度，即便不算上人，仅仅是车也过不去，车头肯定会撞上灯杆。要么停下，想办法将车开过去；要么就改道，另外寻找其他的路继续追。不管哪种都肯定要耽误些时间，这种竞速赛事，多耽搁一秒就会被甩开一大段距离。

"还不停下就撞上了！"

"要摔……我靠！"紧盯着光屏的HWR俱乐部的队长乔斯爆了个粗口。

光屏中的那个身影，在靠近拦着的灯杆时，一个甩身，车身整体倾斜，从灯杆之下的空隙，横甩过去。轮胎与地面摩擦发出的尖锐声音，给人感觉像是要燃烧起来一般。

在大家都以为那辆车会翻倒的时候，已经从灯杆与地面的空隙甩过去的车，竟然又起来了！而且侧着的车身已经甩正，引擎咆哮着继续往前驰去。

"怎么可能?！真能做到那样?"

"只要稍稍擦上一点儿就能直接被撞下线，竟然就这么……过去啦?"

"都斜成那样了竟然还不倒?"

"我觉得引力被嘲讽了。"

"不，我觉得我被嘲讽了，要不是亲眼看到，我绝对不会相信！"

"这可不像是偶然的幸运。"

网上看着直播的人，同样惊叹于刚才发生的那一幕，他们觉得不可能发生的事情，就在他们眼前发生了。

游戏对现实高度模拟，那么放在现实中，那人应该同样也能做到。

撞灯杆直接撞下线的BOOM俱乐部副队乌斯其，在游戏结束强制下线之后，就立马从游戏舱里出来了。

“拦住了吗?!”他迫不及待地问队友们。然而，队友们的表情很奇怪，沉默不语。直播中引擎的声音将乌斯其的视线吸引过去时，他就知道，他还是没能将人拦住。

乌斯其的脸色有些苍白，像是想到了什么可怕的事情。

“那家伙，什么来头?”乌斯其问队友。

“我们刚问过，不是五大俱乐部的人，不知道是什么来头，总感觉这家伙很恐怖，可能会对咱们造成很大威胁。”

“职业赛车手?不对，如果是职业赛车手，肯定有认证，火烈鸟不可能漏了这个信息。”

“可惜的是那家伙匿名，所有身份信息都隐藏了，就算问火烈鸟那边，他们也不可能因为这个去查用户的信息。”

与此同时，火烈鸟延洲分部直播室的人，也很想知道那个突然杀出来的神秘人到底是谁，但对方的高级VIP身份让他们有些不敢放手查。就算对方只是个普通用户，因为这事而去查对方隐藏起来的ID，也有违职业道德，火烈鸟的规矩还是很严格的。

“不能查ID，那就查一查他的注册时间。”一人说道。为了尊重用户隐私，他们不可能去查更多，尤其是在用户隐藏ID的情况下，更不能因为他们是公司内部人员就去翻看，但只查看注册时间还是可以的。

“个人终端的注册时间是……今年的九月一日?只有一个号，没有其他账号，第一次玩咱们的游戏?新手?还是年龄刚达到要求的人?”

凡是火烈鸟公司出品的游戏，通用一个ID，只要注册，就能登录火烈鸟出品的所有游戏,《世纪之战》虽然是在今年才开放了一些练习平台，但公司还有其他游戏，只要是年龄符合要求的玩家，在《世纪之战》之前，肯定会拿其他游戏练手。

“也不一定，也可能只是第一次玩咱们公司的游戏，所以九月一日才第一次注册咱们公司的通用ID。”

高级VIP用户，今年九月一日才注册，实力很强，让两大豪门的人接连吃瘪……

“这到底是个怎样的人?”

玩游戏的不一定是个健全的人，可能身有残疾，也可能体弱多病，只要大脑活跃，控制力强，一台游戏机就能闯出一番天地。火烈鸟以前的一位老总曾经说过:“通过游戏能看到一个人的灵魂。”

而现在，那个神秘人，像是藏在黑暗中的看不见身形的巨兽，终于探出了利爪。

“感觉要出事啊。”

“只剩下三个了。”

“没想到一场普通的单项练习赛，竟然能看到这样的三强争夺局面。”

其他电竞俱乐部的人也都在关注这场比赛最后的争夺战，一些有练习任务的选手也都被领队叫过来观看。

参加练习赛的2S和BOOM的十个人，加上凑热闹的一百个玩家，一共一百一十人，现在就只剩下三个。其他人现在或是因为翻车，或是因为被甩太远没心思继续跑，都下线观看直播去了，尤其是被甩掉的前十阵营的其他人，虽然没翻车，但追上去难度太大，不如提早下线关注前方战况，所以就出现了现在只有三个人还在线的情况。

柯兹莫和奥拉夫两人一直在领跑，两人之间的距离也没拉远，有时候柯兹莫领先，有时候奥拉夫也会成功超车，但总的来说，柯兹莫领先的时候居多，现在柯兹莫就处于领先位置。

奥拉夫心中稍有些急，但也不至于失去理智，他比柯兹莫年长，赛车的经验也更足，论天赋或许没柯兹莫强，但够勤奋，平日里也比较沉稳，只是在后面紧紧咬着，保持着二十米到五十米的距离，没有被继续甩远。

在前方领跑的柯兹莫心中得意，但也没得意忘形，他知道这时候不能分心，得继续保持优势到底，从地图来看，大概再过个十分钟就能出城了，出城就能到终点。

这时候，后面的奥拉夫心中猛地一跳，他感觉有人追过来了。

这里正是一处倒Y字形的高架桥，柯兹莫和奥拉夫在Y字形的一支，而另一支上，出现了一个身影。就在两支交汇的点，那个身影闪电般插到了柯兹莫和奥拉夫中间！

拍摄柯兹莫和奥拉夫的主镜头，和跟着后面那个神秘身影的分镜头，画面在这一刻重合！

竟然真追上了！这是所有观看直播的人心中的想法。

被超车的奥拉夫被惊得一个不稳，差点翻车。再看前方的人，一身系统默认黑色机车服，看不出任何特别的地方。这到底是谁啊?!

别说奥拉夫，前方领跑的柯兹莫心中也猛地一惊。还有第三个人?！除了他和奥拉夫之外，竟然还有第三个职业赛车手加入这场练习赛？柯兹莫想不明白。

不可能啊，之前火烈鸟官方已经说过没有其他职业赛车手加入，那么后面的人又是谁？不是职业车手的话，莫非是哪个俱乐部找过来砸场子的?

作为一个职业赛车手，柯兹莫没有像他的队友那样回头张望，就算听到了后面的声音，心中万般好奇，他也依旧只盯着前方的路面。车手只有前方，没有后方！他只要看着前面的路就行了！不管追来的是谁，不管对方是哪个阵营的人，他只要继续保持优势到底！

只是，这个突然出现的人还是给柯兹莫造成了一定的心理压力。奥拉夫虽然与他实力相当，但因为是老对手，私下里也较量过许多次，互相都了解对方的套路。可是，这个突然出现的家伙就不同了，柯兹莫完全搞不清楚他的来历和目的。

因为后面突然出现的车，柯兹莫再次加速。既然对方能够一直追到这里，如果他继续保持现在的速度的话，肯定会被超车，为了保持领先优势，柯兹莫不得不加速。虽然加速之后他的掌控力会降低，一个不小心还可能会出事故，但柯兹莫只能选择这样做！

因为这第三个人的出现，不仅是柯兹莫加速，追在后面的奥拉夫也开始加速，他已经被甩到第三位，要是再被拉远，就很没面子了。

三个身影在路面上疾驰，追得也很紧，两个职业赛车手加一个疑似职业赛车手的人，让这场竞速赛变得越发激烈。每次过弯的时候都像是斜着飘过去，仿佛随时都会滑出跑道一般。

就连观看直播的人都开始紧张起来，也更兴奋。

“那样一辆车放在我面前，我连扶都扶不起来，但是那三个人竟然能将车开成那样，就算是在游戏里，也很难得了。”

“就像是艺术表演一样，厉害！每次看他们过弯，我都觉得要摔出去，偏成那样都不倒，换我早就摔远了。”

“像他们那种人，大概就是……已经练成了绝世车技的那种，传说中的那什么人车合一？就像是达到了一种凡人没法窥见的境界。”一些粉丝一脸崇拜地盯着光屏。

不过，相比起围观群众，俱乐部的人却看出了更多的问题。

“你们有没有觉得……那个神秘人，像是在逗他们玩？”天罡俱乐部的队长伊元说道。

伊元这句话让其他人都瞬间沉默了，是有那么点感觉，但心里又不愿意承认。谁会将车飙到那个速度去逗人玩？就不怕一个不小心，炫技不成反被摔？

但他们是看着那个神秘人一路稳稳超车追上去的，在追上之后却又迟迟不超车，虽然柯兹莫也提速了，但他们就是感觉，那个神秘人应该还能超车，可现在那人像是就打算卡在那里跟柯兹莫和奥拉夫玩一把似的。

“应该快了。”天罡的领队说道，“快出城了，这场比赛也该结束了，他既然一路追上来，肯定不会只想卡在第二位。”

柯兹莫现在很烦。他发现后面那人根本甩不掉！而且逼得很近，比奥拉夫难缠多了！

这种感觉别提多憋屈了，别说观看直播的人，就连柯兹莫自己都有那么点会被超车的感觉，这也让他心中更着急。要是输给奥拉夫他也不会这样，但输给一个还不知来历的人，就不那么愉快了。

他现在已经不想去猜测对方到底来自哪个阵营了，但柯兹莫有种直觉，对方参赛的目的，可能就是自己！仿佛被一双藏在黑暗中的犀利的眼睛盯着，随时有一张血盆大口要咬过来一样，柯兹莫感觉背后的汗毛都要竖起来了，他不断告诉自己要冷静，冷静！

但时间过去，柯兹莫还是压根没法冷静下来，他很少被人这么紧逼，能给他造成这种压力的只有他的赛车教练，但就算是教练带给他的压力也没法与现在相比。

越来越靠近出城的地方，柯兹莫心中的那点不安感也越来越强烈，直到耳朵敏锐地捕捉到轮胎与地面摩擦的声音和引擎的咆哮。

对方要超车！

柯兹莫几乎是下意识地将车往旁边挡，封住超车的路线，他不愿意失去领先的地位，选择了挡住后面的人。但几乎在下一刻，柯兹莫心中就知道糟糕了。

对方只是虚晃一下，就在柯兹莫挡过去的时候，后面的人已经从另一边冲上来了。

曾经在赛道上，柯兹莫无数次这样超越别人，但他没想到，今天，在这样一个赛场上，他被人以同样的方式超过了。

那一刻，柯兹莫感觉时间都像是被放慢了，他只能眼睁睁地看着一台系统默认外观的黑色机车，和机车上穿着没有任何标志图案赛车服的人，从他身边擦过去。

没有任何标志?！到底是谁?！

他一路保持的优势，竟然就这么……丢了?！

这种速度之下，不容许片刻的失神，在此之前，柯兹莫都做得很好。但现在，在那个身影从他身边超过去的时候，柯兹莫心中突然升起一股气馁挫败的情绪，甚至突然生出了点愤恨的思想。

吱——砰！

柯兹莫的车撞在了路边的护栏上，人从车上被甩了下来，在路上滚了好几圈，但赛车手的自身条件反射，让他在突发事故中比其他人更好地保护自己，所以就算撞得狠，也不至于直接撞下线。

后方的奥拉夫也急停了下来，因为柯兹莫从车上摔下来的时候，正好倒在他前进的路线上。他也知道柯兹莫不是故意的，这只是个意外，但不管如何，他们两个，一个翻车，一个急停，都不可能继续追上去了。

然而，与奥拉夫想的不同，原本已经超到最前方的身影，车后轮突然翘起，前轮依旧贴地向前滑行，以几乎倒立的姿态，悬空来了个一百八十度的转向，从车身朝前，变为车身朝着后面的柯兹莫和奥拉夫。

后轮落地的那一刻，就像是一只奔跑的巨兽终于停下了前进的脚步。轮胎擦地的尖锐声停止了，引擎的咆哮也停歇了，这台名为“暴龙”的重机，终于收敛了鼻息，但那股焦灼的气息仍旧弥漫在周围。

对方就这么坐在不远处的车上，静静看着他们。系统默认的黑色的头盔遮挡着，看不到长相，身上没有任何标志图案，猜不出身份，但就凭对方一路超到现在玩的这一手，柯兹莫和奥拉夫认定对方肯定来头不小。

还骑在车上的奥拉夫，和虽然没摔下线但也没法立刻就站起来的柯兹莫，心中没来由地紧张。同样骑在车上，奥拉夫却感觉自己要比对方低一头。

就在柯兹莫和奥拉夫以为对方会说几句嘲讽的话，或者打个鄙视的手势的时候，对方直接选择了下线。

“竟然下线了?！”

“这位大神来参赛的目的到底是什么?”

“赛车手难道不是要拼尽全力冲过终点吗?这还没到终点，怎么就下线了?”

看直播的人有些失望，他们还以为这三人会再扯几句，最好能吵起来，这样才有热闹看，多说一个字也行啊。

“不过最后那个一百八十度转向真酷!这绝对是个高手!谁知道这人是谁?一百块求答案，现转!”

“一千块，求解答，有谁知道这人底细的，私聊就行，我要去拜师!”

“就没人想知道2S和BOOM的人此刻的想法吗?”

……

不管网上看热闹的人怎么想，2S和BOOM俱乐部的人脸色都不怎么好，任谁遇到这种情况也不会好受，本以为能在游戏正式开始前借这场练习赛提高存在感，撩个粉什么的，没想到反而被人给踩了!

游戏中柯兹莫没法继续比赛，只能下线，被拦在那里的奥拉夫也不可能厚着脸皮继续，在柯兹莫下线之后也下线了。

直播结束，各媒体打了鸡血一样写稿子。2S和BOOM被挑了场子，这肯定是现在娱乐圈的大新闻，有人招惹本洲电竞豪门，这事的话题度不小。

有人猜测这个神秘人是业余的职业赛车手，也有人说是职业电竞选手，还有人猜测是某位因身体原因没法当车手却热爱竞速游戏的玩家。

甚至还有几个延洲有名的赛车队放出公告，开出高薪，希望那位在练习赛中超了柯兹莫和奥拉夫的神秘人能加入他们车队，就算现实中身体不健全也无所谓，进他们车队可以担任辅助教练，薪酬好说。

赛车圈里相互试探，没能试探出个结果，电竞圈里的各种猜测，也同样没有头绪，除非火烈鸟公布对方的信息，否则，现在他们还真没法知道那人究竟什么来历。

此时，已经退出游戏的柯兹莫正在接受队友们的询问。

“那人肯定是职业的，职业赛车手，或者职业电竞选手，又或者是双职业。”柯兹莫阴沉着脸。

其他人看柯兹莫的脸色就知道他心情相当糟糕。这简直就是当面的一巴掌，而且当时看直播的人何止千万，脸丢大了，对本以为能拿下这场练习赛的柯兹莫来说的确是当头一击。

“我觉得他在针对我。”柯兹莫说道。

“你得罪人了?”折巴尔话刚问出口就意识到这话不对，柯兹莫平日里什么性子他们都知道，仗着脑子灵活又有技术，太嚣张，对他有意见的人多了去了，这次大概真惹到哪个厉害人物了。

“要是真对柯兹莫有意见可以直接说嘛，没必要做得这么狠。”一个队员低声道。

旁边几人没吭声。他们知道，单纯的言语根本没法让这小子放在心上，只有用事实才能让他认清。

不管俱乐部私下里怎么看待这事，放到台面上的时候，他们就得护着柯兹莫，他们是一个团体。

队长谢赫看柯兹莫现在的情绪状态并不太好，抬手示意其他人暂停询问，看向从外面走进来的副队阿布：“问到那人来历了吗？”

副队阿布摇头：“火烈鸟说是隐藏了ID的高级VIP用户，他们得尊重用户隐私，不透露任何信息。”

砰！柯兹莫猛地捶了捶面前的桌子，双眼赤红，喘着粗气，也是气狠了。

“没关系，下次我看到他一定能认出来！”柯兹莫咬牙说道。

谢赫瞟了他一眼：“柯兹莫，你急躁了。”

“……抱歉。”柯兹莫在这位队长面前还是比较收敛的，他再张狂也不敢跟队长和副队狂。

“这对你来说是好事。”谢赫说道，“不要觉得自己平时训练表现得不错就是天下第一了，高手多的是，这次只是单项赛，用来热身和配合宣传的，对正式游戏的影响不大，就当是个教训。行了，去会议室，分析这场练习赛。”

在练习赛时分心翻车的人，这时候心里就开始打鼓了，他们知道开会的时候绝对会挨批。

电竞俱乐部的人都去针对这场练习赛开分析大会了，而赛车圈子则借着这个机会冒泡，给人们讲解过弯道的时候怎么有技巧地压弯，玩特技的人配合着讲解将看似不可能的一幕幕重现。

“这些动作其实很简单，很多玩特技的车手都可以做到，只是用旧世纪的那些车会更难一点……”某特技车队的队长放出了自己和队友们在火烈鸟开放的网上练习平台录的炫技视频，虽然用的不是练习赛中的“暴龙”车型，但也吸引了不少人观看。

撒把、后空翻、坐式起头旋转、漂移等技巧一一展现，也重现了练习赛直播中那个神秘人从倒下的灯杆和地面的空隙斜飘过去的那一幕，让观众狠狠过了把瘾。

视频的最后，那个特技车队队长坦然道：“你们看的是剪辑过的录像，其实很多时候我们要做十次百次才会成功一次，比如这个，还有这个……”他点了几个截图，其中就有灯杆下斜飘的一幕，以及最后前轮滑行接转体一百八十度的那一幕，这两个动作他们可是练了好多次才成功的。

“开那台车，还开到那个速度，想要完成那几个动作，真不容易，不是专业玩特技的基本没可能。坦白来讲，像我们职业玩车的，一般要么专心玩特技，就要注重技术；要么专心玩竞速，就要注重速度。能二者兼顾的不是没有，但能玩到这个级别的，肯定是游戏玩家，现实中没人敢这么疯，敢这么疯的都进医院了，伤病积累会对身体造成严重影响。所以我判断，这是个玩竞速游戏的高手。”

作为职业特技车手，这位队长给出的判断依据确实很能说服人，在他之后，又有一些职业特技车手和竞速车手留言表示赞同，于是很快，媒体就发出了这个赛车圈给出的结论——神秘人是玩竞速游戏的高手！

只有在游戏中，不管怎么摔，不管摔多少次，对身体本身都不会有多严重的影响，不会骨折，不会危及生命。

但对方究竟是游戏圈的哪位大神，仍旧没有答案，这成为《世纪之战》开启前的一大谜题。

练习赛之后，火烈鸟也放出了这场练习赛的精彩片段，之前看直播时因为切换镜头而错过的人，这时候终于看到了那个神秘人是怎么一路超车的。

看直播的时候是一种心情，赛后看剪辑的时候则是另一种心情。直播时人们重点关注的是参赛者排名如何，有没有翻车，有没有超车等等。但看剪辑的时候，看着光屏上旧世纪背景中的那些飞驰的身影，人们仿佛看到了那个年代的情形，深刻感受到了那种旧世纪文化和赛车的激情碰撞带来的兴奋感。

旧世纪的背景，旧世纪的赛道，旧世纪的交通工具，他们无法理解旧世纪的人是如何生活的，但却能通过这样的比赛看到，在那个时候，应该也有很多有着同样爱好的人。

灭世纪一百年，新世纪五百多年，已经过去六百多年了。

六百多年前，是否有一群骑着旧世纪机车的年轻人，在同一个城市的赛道上飞驰？

没有人能永远年轻，但永远有人年轻着。

方召退出游戏之后，站在窗口吹了吹风，让亢奋的大脑冷静下来。

看了看通信提示，回拨过去。

“喂，老大！看2S和BOOM的比赛没？”那边祖文大概刚跟人讨论过，现在语气还带着看热闹的兴奋。

“看了。”方召道。直接参与也算是看了吧？

“嘿嘿嘿，看到2S和BOOM吃瘪，感觉酸爽酸爽的！就是不知道赢了柯兹莫和奥拉夫的那个神秘人是谁，他现在肯定很得意吧？”

“欺负小孩子有什么好得意的？”方召道。

给个教训而已，得意说不上，柯兹莫也就是嘴欠了点，直接批到他头上来，但也仅此而已，方召就当柯兹莫年轻不懂事，小小地教训他一下。方召真要下狠手，能让柯兹莫比现在难堪十倍、百倍。

“欺负小孩子？也是，听说那个神秘人是玩竞速游戏的大神。唉，反正看柯兹莫翻车挺爽的，那小子前两天不是还在采访中嘚瑟吗，这下被打脸了……对了，差点忘了跟你说，刚收到消息，火烈鸟延洲分部邀请咱们过去参加发布会。我刚问了人，他们在游戏正式开放之前会开几次发布会，公开一些宣传片或者周边产品之类的，反正去了肯定会有礼物。”

“什么时候？”方召问。

“后天下午两点，包晚餐。”

“除了我们之外，还有谁？”

“我们是以极光团队的身份参加，除了咱们之外，还有一些电竞俱乐部的人和媒体，哦，2S和BOOM的人也会去。”

“知道了，我后天上午去公司，下午同你们一起过去。”

火烈鸟延洲分部举办的发布会面向整个延洲，邀请的都是延洲这边的大型媒体，中小型媒体没资格入场，只能等在门外，想着抢不到里面的第一手新闻，抢个边边角角的新闻也行。可惜的是，他们只能拍到一些飞车的身影。

火烈鸟延洲分部在齐安市中心地带，银翼大楼离它并不算远，但为了表示对火烈鸟的尊重，也为了显示自己的身价，银翼专门安排了加长版豪华飞车，车身上有极光的形象和银翼的标志。方召到公司之后，就同部门的其他人乘坐公司安排的车去发布会现场。

“人好多！”车外面安装有摄像头，车内的人能通过摄像头拍摄到的画面，看到周围的情形。

火烈鸟延洲分部大楼外面，除了没能入场的媒体之外，还有大量的粉丝，那些粉丝穿着印有自己支持的俱乐部标志的衣服，也有印着俱乐部成员的编号的，例如字母或者数字，还有的直接印全名。柯兹莫前天练习赛的失利，并没有影响他的高人气。

每当有哪个电竞俱乐部的车过来时，底下站着的粉丝们就疯狂地叫喊。方召他们到达的时候，正好超凡俱乐部的人也到了，下方超凡俱乐部的粉丝们尖叫、狂吼，看到有人打开车窗探出头朝下方招手，叫声越发激动。

而不管是哪个俱乐部的粉丝，都是火烈鸟的粉丝。火烈鸟才是最大的赢家。

方召看到火烈鸟延洲分部的大楼外墙上不断变换的画面，有极光代言的广告，也有其他电竞俱乐部的照片，还有一些宣传视频。

方召带着部门的人走进大楼，工作人员告诉他们，发布会在楼上会场，不过还没开始，他们可以随意看看。

一楼大厅有不少人在走动，厅内陈设充满了科技与游戏的炫酷感，有全息投影，也有实物展示，分片区陈列，有第一代至第十代游戏机、以前制作的游戏，还有这两天大受关注的重机“暴龙”。

火烈鸟这次的确是最大的赢家，关注度有了，点击量有了，周边产品也提前发出。前天才借练习赛出现在众人视线中的重机“暴龙”，现在已经有了实物模型。这次发布会，作为周边产品的重机“暴龙”模型也是宣传的重点之一。

重机“暴龙”模型有两款，2S和BOOM那场练习赛用车的同款——赛道版，以及标配——街道版，两款模型同期发售。看到这些模型就知道，前天的比赛，对火烈鸟不仅起到宣传游戏的作用，还宣传了周边产品。

为练习赛专门改造的地图中，除去了很多干扰因素，行人、杂物等给比赛造成干扰的因素都被排除，一切以速度和观赏性为首要，这就是为什么当时平整的街道上除了一些明显的障碍物之外，没有杂物垃圾，也没有来往的行人和车辆。

在这张地图中使用的赛道版赛车，底部包围完全密封，拆掉了车灯和反光镜，换了轮胎，还有其他不容易注意的地方，从链挡、手把到排气管、齿轮等等，与标配版都有不同，这正是火烈鸟的严谨之处。赛道版赛车是专门为练习赛地图打造的，以旧世纪竞速比赛用车为参考做出了改动。而在这种职业比赛之外的场景，比如正式的游戏中的正常街道，使用的肯定是标配的街道版。

赛道版与街道版，远远看去没什么不同，但仔细看的话，会发现两者的差别还是很明显的。赛道版更像是一只显露杀气的随时准备狩猎的猛兽，更犀利一点，而街道版看着就比较亲民了。

游戏玩家年龄太小没法登录《世纪之战》？连练习平台都登录不了？没关系，有模型！火烈鸟从未放弃过青少年游戏爱好者。

这些模型，1∶18、1∶12、1∶4等规格的都有，售价一千元到两万元不等，根据大小、配置的区别而价格不同，制作材料都是合金，能通过个人终端操控行驶。与游戏中的设定最大的不同，大概就是能源了——这些模型不是用汽油，而是充电的。

有更方便、更清洁的能源，为何还要使用旧世纪的那些能源？少数人因职业关系要用也可以，但得打申请，普通人就不用去掺和了，造成污染会被罚款的。

方召让部门的其他人自由参观，他则沿着陈列台观看，看火烈鸟以前还出过什么周边产品。

# 第16章 CHAPTER 16

# 发布会

前方有电竞俱乐部的人在争吵，说争吵也算不上，也就是老对手碰面斗斗嘴，互相戳一戳对方的痛点。

“等正式游戏开始，就没那么简单了，难道你还想在正式游戏中也把车开到飞起？电视里是特效合成的，游戏是仿现实的，到时候地面上全是障碍物，之前练习赛上的那些动作根本不可能做到，有谁真能在正式游戏中将车开成练习赛那样，我认他作爹！”

方召脚步微微一顿，往聚在那里的人群看过去，看身上的标志，是2S和天罡两个俱乐部的人，柯兹莫也在。不知道天罡的人刚才说了什么，柯兹莫的脸色很差，而说话的人是2S的一个队员。

见方召看向他们，正憋了一肚子火没处发泄的柯兹莫对着方召甩了句：“看什么看?!”其他人也看向走过来的方召。

“方先生。”天罡俱乐部的队长伊元还是认识方召的，向队里其他人介绍道，“银翼极光项目制作人，作曲家，音乐创作圈的新星。”

“我知道他，我们还买过不少极光代言的东西呢，牧洲哪个品牌来着？”

“四象。”

“对对对，那牌子的东西不错，我们现在都在用。”

“方先生，你那只价值一亿的卷毛狗呢？”天罡的一个队员问。他们队里曾经讨论过方召这个人，所以对方召的事情都知道一些。

听天罡的人这么一说，2S那边的也对上号了。

“噢！那只价值一亿的狗就是他的啊？”2S的副队长阿布叹道。不过毕竟方召不是电竞圈的人，他们平日里对电竞之外的新闻关注得不多。

天罡的队长伊元想到什么，看了看柯兹莫，笑道：“方先生与灭世时期延洲著名领导人同名同姓，烈士方召是我偶像，所以我对方先生印象比较深。”柯兹莫接受采访时说过灭世时期领导人的事情，还将烈士方召的事迹拿出来举例，这事大家都知道。

方召看向2S那边的柯兹莫："没见过不代表不存在，自己做不到不等于别人也做不到，就算质疑，对烈士也得有起码的尊重，下次注意。"

柯兹莫嗤笑一声："你算老几?！跟烈士一个名字还真当自己是个领导人了?"反正这里就他们这些人，没有其他媒体在，方召跟他们又不是同一个圈子的人，他压根没将方召放在眼里。

"柯兹莫！"身为队长的谢赫斥责一声，转头对方召抱歉地笑了笑，"我们对烈士当然是尊重的。"他们可不能背上不敬烈士的罪名，但他们尊重也只是尊重烈士，至于其他人……还没这个资格！

"听说……火烈鸟以后可能会取消虚拟偶像的代言，希望到时候还能在这里见到方先生。"谢赫看向方召，笑得一脸客气。

"没事，刷卡就行了。"方召掏出了一张火烈鸟的黄金VIP贵宾卡，这张卡是随邀请函一并寄出的，除非火烈鸟主动收回，否则一直有效，持卡人任何时候都能进入火烈鸟延洲分部的大楼。就算没了代言方制作人的身份，方召照样能进这栋楼。

谢赫面上一僵，但很快恢复自然，试探问道："方先生也玩火烈鸟的游戏?"

"玩，玩的时间不长。"

2S和天罡的人都扯了扯嘴角，心中同时蹦出一个词——菜鸟。玩的时间不长，不是菜鸟是啥?

"不知方先生用的是哪种机型?"谢赫问。

"第十代'狂想曲'。"方召说道。

柯兹莫："……"老子用的都只是九代升级版！

周围羡慕嫉妒的视线毫不掩饰地纷纷射来。

"你竟然用第十代?！"

"能用得了吗?"

2S和天罡的队员们一脸的肉疼，因为第十代是限量的，他们几个俱乐部基本上也只有队长使用第十代，其他人用的都是第九代升级版。

浪费！太浪费了！第十代竟然给这种外行人使用！

"这就难怪了。第十代的用户，火烈鸟都送出了黄金VIP卡。"谢赫说道，不过他的重点不是这个，"不知方先生有没有出售第十代的意愿? 其实方先生你刚接触游戏，没必要使用第十代，《世纪之战》这款游戏，使用六代以上的机型都行，使用第十代反而会有不适感。"

天罡的人也都看向方召，如果方召愿意出售的话，他们也想争取一把。作为职业电竞选手，总是倾向于使用最新的机型。

"不卖，我用着挺好。"方召说道。

"价钱可以商量。"

“我不缺钱。”

想到方召的狗都值一亿，谢赫还真没法用金钱改变他的想法。至于方召说的“用着挺好”，他不信。

看看时间，方召也不再跟他们多说，他得去将部门其他人召集起来，发布会要开始了。

方召离开后，柯兹莫阴恻恻地笑道：“你们说，到时候要是将他杀到不敢登录游戏，他是不是就不会再玩了？”

其他人若有所思，好像……有点道理。

方召没能听到柯兹莫说了什么，但他能猜到。在末世混了那么多年，几句话、几个眼神，方召就能知道别人心里大概在想什么。他刚才说起第十代机型的时候，柯兹莫看他的眼神，就暴露了那小子又在动什么小心思。

刚才柯兹莫那语气方召也没在意，他就当柯兹莫年轻不懂事，但若是到时候在游戏中继续“不懂事”的话，他不介意下重手让这“小孩”知道该怎么尊重前辈。

方召将祖文他们召集到一起，上楼准备进入会场。

“方先生！稍等！”

正准备带队进场的方召扭头看过去，是之前给他安装机器的工程师扎克利，还有一个不认识的人，看着年纪比扎克利要稍小一些，比较温和，但身上又有股领导者的气势，再看看他胸口的标志，职务级别属于火烈鸟延洲分部的高层。

“这是我们延洲分部的总工程师萨菲格，有点事情要同方先生谈一谈。”扎克利介绍道。看到方召身后极光项目组的人，扎克利让人先将他们带入会场，然后请方召到隔壁的一间小休息室谈话。

“第十代机型方先生应该用得很不错。”萨菲格说道。

“还可以。有话直说。”方召可不认为这两人将他叫到这里来只是为了询问机器的使用情况。

萨菲格笑了笑，问道：“前天的练习赛……那人是你？”

方召抬眼看向萨菲格和扎克利：“你们不是查到了？”

“咳，猜的猜的……”对上方召的视线，扎克利将原本编好的理由咽了回去，无奈道，“是查了，不过我们不会泄露用户的隐私，绝对保密，没人会说出去。”

萨菲格也保证道：“保密这方面我们火烈鸟一直做得很好，五大俱乐部的人都问过我们，知道这件事的人，一个字都没透露。方先生你应该知道，第十代机型会将部分数据传输到我们这里，用户协议上有写。”

方召点头，这个他知道，当时安装机器的时候扎克利跟他说过，他也同意了。因为第十代机型是新机型，是火烈鸟看重的一个大项目，现在只是限量出售，他们需要采集一些用户数据用于第十代的改进。不过那些数据只涉及部分信息，每一项都明确列出，其中一项就是玩家对机器适应度的综合数值，不只是方召，延洲其他使用第十代机型的人，都是在同意被监测的前提下使用游戏机的。当然这也是对使用者负责，一旦出现什么异常，使用者尚未察觉到，火烈鸟那边就能收到警示，及时做出应对措施。

“练习赛当天，方先生对所使用的第十代机型，适应值就已经超过95，最终稳定在96。”萨菲格再次打量方召，“整个延洲，方先生是目前唯一一个适应值超过95的人。”

这个数值当时让扎克利惊讶万分，他甚至怀疑是数据出了问题，所以后来他又循着传输回来的数据，查看了方召的登录情况，而方召的在线时间，与练习赛中的“神秘人”的在线时间是一致的。

九月一日的新注册用户，一注册就是高级VIP，在线时间还对得上，那就只可能是方召了。发现这一点之后扎克利就跟顶头上司萨菲格说了，萨菲格授权查ID，一查，果然是。

扎克利觉得简直不可思议，延洲这边使用第十代的只有八个人，其中五个是五大俱乐部的队长，他们确实能力超群，第一次使用的适应值都在90以上，但到现在也都还处在91到95这个区间；而方召在练习赛时，适应值一度上升到96。

这也算是对查ID做出的解释，方召点头，表示理解。

“感谢您的理解，我们会保密的，其他人不会知道。”扎克利很明白，这种时候将这事说出去简直就是坑方召。那些商业俱乐部都是抱团的，前天方召踩了2S和BOOM一脚，要是2S和BOOM想要报复的话，等游戏正式开启，方召就可能被那些狡猾的俱乐部先给围了，明里不好下手，暗地里也可能会做出些什么，电竞五大豪门哪个没点手段？

“他们知道也无所谓。”方召说道。

萨菲格和扎克利闻言也只是笑笑，他们就当方召还年轻，说的气话。

方召还真不是说气话，他当时之所以选择隐藏ID，不是怕他们围堵，而是因为透露出去肯定会有点麻烦，找他的人不会少，公司的人、媒体的人、电竞俱乐部的人等等，甚至可能会让连他玩游戏的时间都没有。游戏正式开始前，他不想被打扰，以免破坏玩游戏的兴致。

“其实今天找方先生过来，还有一件事，方先生在练习赛当天结束游戏之后提交的用户反馈意见表，我们已经收到，并传给了总部。半小时前总部给我下达指示，希望方先生能加入《世纪之战》游戏项目的顾问团队，并参与游戏测评。”

扎克利是真服。仅凭一份反馈意见表就能引起总公司的重视，并决定邀请他加入顾问团和测评团，可见方召那份意见表有多珍贵，其中提到的很多问题都是顾问团没有注意到的。

方召提交的意见和建议中，附上了一些参考文献，很多资料还比较偏，看的人很少，甚至引用了灭世时期保存在纪念馆的手抄笔记中的某段话，不是鸡蛋里挑骨头，而是一针见血。

总部觉得这小子是个人才，对灭世时期的历史的确很了解，才决定邀请方召加入顾问问团，他也是《世纪之战》项目组顾问团中，唯一一个年龄低于三十岁的人。

发布会会场，受邀的俱乐部和媒体都已经到了，火烈鸟的其他合作伙伴也都陆续到达，其中不仅有银翼这边的极光项目组，还有制造“暴龙”模型的玩具厂商等。

2S俱乐部左边是HWR俱乐部，右边是BOOM俱乐部，三个俱乐部的人正在打嘴仗。HWR嘲讽2S和BOOM在两天前的单项练习赛上出丑，2S和BOOM则嘲讽HWR连参加单项赛的资格都没有。

HWR的副队乔恩跷着腿，也没看2S那边，随意望着前方，嘴上却不饶人：“是啊，至少我们承认对那个不在行，你们倒是使劲吹，结果呢？还不是被踩下去了？丢人！说起来，你们当时翻车的姿势真酷啊，我们现在还保留着你们翻车的截图呢，可惜你们当时都戴着头盔，看不到表情，如果有表情的话，一定是这样……”收起腿，乔恩脸色一变，双目瞪大，一副被震惊到蒙的表情，惹来队里其他人的哄笑。天罡和超凡俱乐部的人看热闹不嫌事大，跟着嘲讽，刚才2S和BOOM讽刺HWR的时候开地图炮，连着他们一起骂了。

正吵着，灯光一变，俱乐部的人也顾不上吵架了，原本懒散躺着的人也坐直，议论着的媒体记者也都收起其他杂事，准备抓新闻。

重要人物总是最后才到场，发布会准备开始时，一些人才踩着点进来了。这些都是火烈鸟延洲分部的重要人物，有高层管理人员、主要工程师和顾问团代表等，他们都被安排坐在前面几排。

但在走入场的这队人中，却有个让人意想不到的身影。

“那家伙为什么坐头排？”柯兹莫指着跟那队人一同走入场的方召，问道。

其他人也注意到了，踩点进场的这些人里面，有方召。

不过发布会已经开始，他们也不好大声议论，都只是互相发着信息讨论。

“那小子怎么能坐前面？难道有其他背景？”

“不应该啊，我记得那小子刚出名的时候就有人说过他的来历，就是个普通毕业生，没听说有什么大背景。”

“待会儿看看吧，如果那小子上台讲话就知道为什么了。”

“就他？在这种发布会能上台讲话？”

“他可是极光项目的总负责人，别忘了现在还是极光在代言游戏。”

“所以说，应该尽快废掉虚拟偶像代言的规定，简直鸡肋！”

不管参加发布会的人私下里有什么想法，发布会还是按照之前安排的流程在进行，游戏新预告片公开，背景讲解，周边产品发布等等，五大俱乐部的队长也都代表各自俱乐部上去说了几句。

五队之中，最后一个上台的2S俱乐部的队长谢赫，在发言时也提到了媒体比较在意的两天前的练习赛：“单项赛我们不拿手，事后也总结出了很多问题，我们很感谢那位神秘车手，他让我们提早发现了自身的一些问题。在正式的游戏中，我们仍旧会是延洲之王！”

天罡、超凡、BOOM、HWR四个俱乐部的人几乎同时出声：“放屁！”

等谢赫回到位置，五大俱乐部之间又开始队战了，争论谁才是真正的延洲之王。

“哎，那小子真要上台了！”2S的一个队员说道，其他人也往前面看过去。

刚才主持人介绍方召时，说的是“延洲第十代机型的八个使用者之一，游戏背景音乐创作者之一，顾问团和测评团成员，以及代言人极光的项目总负责人”。

“还是顾问团和测评团的人？那小子不是作曲的吗？怎么还掺和这个？”

“这么一来，是不是不好下手？”柯兹莫也皱眉。

台上的方召补充了几句关于旧世纪的话，临下台前说道：“可能有些人会想着到时候将我打到不敢登录游戏，对此，我有一句话要说——”

方召抬眼扫过去，看似随意的一眼，让2S的人有片刻的不自在。那小子怎么知道他们想堵他？难道会读心术？

“放马过来。”方召用平缓的语气说道，“只要你们不后悔就好。”

“嚯！这小子够狂的啊！”

“不是职业电竞选手，居然还这么狂？”

“我以为2S的柯兹莫已经够狂的了，没想到还有个比他更狂的人。”

方召那句话让不少电竞俱乐部的人撇嘴。

一个中年媒体人感慨道：“年轻人，就是这样，理解理解。”

会场外，左俞正跟自己的战友们聊天。

今天左俞跟着极光项目组来火烈鸟延洲分部大楼，碰到了在这里当保安的战友，他在会场里面听了一会儿就出来了，反正方召在里面跟火烈鸟的人在一起，安全没问题，用不着他跟着，就来外面找战友叙旧，聊一聊在齐安市的工作经历。

“火烈鸟这边工作很忙，游戏要开放了嘛，狂热粉丝多，稍不注意就会有人溜进去，别说里面的各种展览品，要是弄坏了其他机器，我也心疼啊！”左俞的战友边说边捂着胸口，他想起了前些日子几个狂热粉丝进去偷第十代机，被抓了，还弄坏了几件展览品，损失数百万。

这点钱火烈鸟不看在眼里，后来那几个狂热粉丝也赔偿了，但看着那些如艺术品般放置在陈列台上的东西被摔毁，他们就忍不住心疼。他们也是火烈鸟的粉丝，对火烈鸟出品的每一件东西都视若珍宝，尤其是陈列台里那些四五十年前的限量版，那都是值得纪念的东西，意义非凡，毁一件少一件。

“尤其是最近发布会比较频繁，除了火烈鸟的粉丝，还有电竞俱乐部的粉丝，都得盯着，加强守卫。不过火烈鸟确实给钱比较爽快。你呢？跟着一个作曲的，不觉得无聊？”左俞的战友问。

“还行，我老板给钱也比较爽快，不怎么无聊，今年还去牧洲看过牧羊赛，福利好待遇好。”左俞说道。

“也是，你那老板不缺钱，听说一只狗都价值过亿。哎，你老板有没有什么特殊嗜好？听说像他们这种搞艺术的，比较另类。”

“你知道的，搞艺术的人，这里……”左俞指了指自己的头，“与一般人不一样，没法知道他们怎么想的。他现在大部分时候都待家里，用不着我，但工资没少给。”

“那你很轻松啊，不用贴身保护还照样拿工资，哪像我们这么累。”左俞的战友感叹。

“咱们当贴身保镖的，当然得将老板护好，也需要机会表现自己，护好了才有钱拿，老板高兴才给钱多。看在他给钱多的份上，到时候玩游戏也护着他。”左俞说道。

“又能玩游戏，还能拿奖金，挺好，说不准到时候你老板玩着一高兴，又给你涨工资。我还羡慕你呢，我们是轮班倒，你小子这工作找得不错，什么时候你要辞职或者被辞了，推荐我过去。”

“嘿，你还跟我抢工作呢？”

两人说笑着，突然见会场的门打开，哄闹的声音从里面传出。

“行了，不说了，发布会结束我得送他们回去。”左俞看到了通信器里方召的留言。

“我的休息时间也结束了，得出去守着，有时间再聊。”

这次方召是同祖文他们一起从后面的另一个出口离开会场，给左俞留了个言，让左俞开车过去等。

因为方召上台时说的话，一些媒体想采访方召，但是都没能成功，一眨眼人就不见了，连带着整个极光项目组的人都没见到。既然没堵到方召，他们也不会浪费时间，转头就去采访其他人。

萨菲格和扎克利将采访留给发言人，他们则回到办公室。

“可惜了，如果他从小被当成职业电竞选手培养的话，现在恐怕是延洲的五大豪门抢着要的，怎么就去学作曲了呢？”萨菲格觉得方召选错了专业。

“这么好的天赋，确实可惜了。”扎克利也赞同道。

他们刚才从总部那边了解到，这次开放给公众的一百台第十代机的使用者中，还真就只有方召一个人过了95这个坎，其他洲最高也就稳定在95。或许适应值会随着使用机器的次数增加而继续升高，但现阶段，只有方召一个人达到96，最高分。

所以萨菲格才感慨，一个当电竞选手的好苗子，竟然选择了作曲！

方召可不知道火烈鸟的人对他的评价，他让左俞直接开车到他家，因为祖文他们想亲密接触第十代，顺便在家办了个小型聚餐。

方召在发布会上说的话被媒体传了出去，引起了不少玩家的不满。

“他一个业余的竟然敢在五大豪门面前放狠话？”

“不怕输得连裤衩都不剩？嫌第十代机留手里时间太长吗？”

“还别说，可能真有人想用这种方法逼他卖第十代机。”

“有句古语，叫‘匹夫无罪，怀璧其罪’。要是他愿意将第十代卖出去还好，不仅自己轻松，还能大赚一笔，偏偏他又不愿意卖。就算五大豪门拉不下面子出手，其他人也会将他杀得不敢上线，不上线不玩游戏，那么好的机子搁家里生灰？到时候他肯定会卖的，说不定到那时候卖的价钱还会比较低。”

“现在全球都在炒第十代机，炒到六千万了，昨天有人预言说，过个十来天得炒到八千万。”

“等游戏正式开始的时候，说不定得过亿，啧——第十代机有那么好？”

“你不懂，那叫格调，多的是人想买。昨天还听人说，因为是火烈鸟所有机型里面第一个外骨骼式，第十代机收藏价值很高，过个几十年价值翻倍也是有可能的，反正不会亏。”

“谁有渠道？卖房贷款也要搞一台过来！”

第十代机是不可能瞒住的，所以方召一开始就没打算瞒。最近想从他手里买第十代机的人越来越多，延洲八台第十代机，五台在电竞豪门，不可能转手，另外两台的拥有者也是延洲权贵，相比之下，从方召这里下手要好得多。方召最近通信都设置了屏蔽，清静些。

好在很快网友们又被其他的消息转移了注意力，九月各大电竞俱乐部之间的练习赛也多了起来，都在抢头条。这次方召没插手那些练习赛。如人们想的那样，作为娱乐大军的主力之一，游戏圈憋了十年，现在相关新闻几乎天天占领热门前十，就算不全占，也能占据前十里面一半以上，强势压过影视音乐明星。

银翼也将之前储备的双职业人才推出，比不过电竞豪门，跟另外两个老对手比一比还是可以的。

时间转眼到了十月一日，今年这天刚好是周末，不少人等着《世纪之战》正式开放。

火烈鸟官方公布的时间是皇洲时间十月一日中午十二点，皇洲比延洲快六个小时，所以在延洲的开放时间是上午六点。

早上五点，虚拟项目部的群就热闹起来了，祖文、罗德尼几个大概兴奋得一晚上没睡觉，但很有精神。他们这些技术宅都是游戏老油条，十年前他们因为年纪太小没机会，现在终于能参与这场全球盛宴了。

“大家还真早。”方召在群里说道。

“哟！老板早！”

“老板有没有兴奋得睡不着觉？”罗德尼问。

“睡了七个小时。”方召道。

“老板，你进游戏要小心了，有人要在游戏里堵你。”部门的技术人员付应天说道。

他们都知道方召是在虚拟项目部渐渐起来之后，才开始花时间玩游戏的，之前玩的也多是射击游戏,《世纪之战》这种操作难度高的大型游戏还是第一次,刚接触肯定会忐忑。再加上早就有人放话要堵方召，所以他们担心方召会受到影响而心情不好。

“别紧张啊，老板。”

“对，老板别怕，我们罩你!”

“想杀你得先踩过我们的尸体!”祖文说道，这种时候当然要表忠心。

“我也在呢。”左俞说道，刷好感这种事情他当然也不能落后，加工资啊!

“我没怕。”方召道。

“老板你现在什么感觉?”祖文问。

“想到了一首曲子。”

虚拟项目部所有在线的人:“……”

“老板你脑子里又开始乱响BGM了。”

登录游戏需要设置形象和游戏ID名，方召在拿到第十代机的时候就注册了火烈鸟出品游戏的通用账号，他想了很多ID名，但都已经有人使用了,“方召”这个名字也有人使用，应该是哪个同名同姓的玩家占了。最后方召随手输入了一个“再活五百年”，系统显示无人占用，便用了这个。

方召上辈子临死的时候也是想能继续活下去的，那种百步行到九十九就终止的遗憾他现在还记得，只是没想到一睁眼，直接来到了五百年以后，空缺的五百年只能通过影像资料去了解。

虽然依旧有遗憾，但至少他看到了这五百年来的发展，那些老朋友知道的话，肯定会嚷嚷再活五百年，如果那些人真的能再活五百年，现在还能和方召见一面。可惜，没有如果。

形象方面，方召直接在自己现在的形象的基础上稍作修改，他不记得自己上辈子年轻的时候具体长什么样了，只凭记忆中模糊的印象改了改，然后在脸上添了两道疤，这与他上辈子后段的形象相近；身高这些因为与他上辈子也相近，所以都没做出改动。

祖文几人看到方召在自己游戏形象上添加的疤时就笑过，说:“就知道老大你崇拜烈士，连疤都仿照烈士来两道。”

方召也只是笑笑，没解释。

祖文等人也不是全都用本身形象来做游戏形象，庞普颂真人有些矮胖，但游戏形象高大威猛如健美先生一般；祖文的游戏形象与本人相似度在80%以上，添加了爆炸头和两道诡异弯曲的胡子；其他的人，也都与祖文一样，基于本身形象做了一些改动。

虚拟项目部的人组队进入游戏，其他大部分玩家同样如此，尤其是游戏俱乐部的人，都是直接组队进入。

正式进入之后，眼前一变，旧世纪的平和画面展现。

# 第17章 CHAPTER 17

# 《世纪之战》

开场动画中清亮琴音有节奏地敲击着，眼前的画面与资料片中呈现的相似，所以看到的人并没有多少惊奇感，只是期待动画快点过去，他们迫切想要进入游戏中大展拳脚!

“听说开场动画有两分钟?”有人说道。

“太长了，怎么就不能快进?”

“等吧，也就两分钟而已。”

组队的人相互聊着。

很快，琴音变得遥远而朦胧，悠长的音符涌动，缓慢而压抑，带着低沉情绪的弦乐响起，令人们脆弱的神经紧绷，似乎有一些不和谐的声音从遥远的地方传来，像是人的叫声，又像是其他物体制造出来的动静。

视野开始剧烈摇晃，仿佛有一头巨兽在地下翻腾，地表像是一块地毯被人掀起抖动，脚下的地面崩裂，出现深不见底的裂痕，不远处出现巨大的塌陷，行驶着车辆的高架桥断裂，大厦瞬间倒塌，繁华的城市眨眼间成为一片废墟，远处的海边城市被海啸吞没，巨轮倾覆，陨石天降，火山喷发，天空蒙尘。

琴弦拨动的颤音演奏像是有人在瑟瑟发抖，鼓声如巨石撞击地面的轰鸣，又像是一把看不见的大锤一下下撞击人的内心。随着地面掀起，爆炸的火光完全遮挡住视线，视界之内宛如烈火燃烧的地狱，整个世界都完了!

呜咽的号音带着黑暗的色彩，伤感低沉的弦乐仿佛陷落的城市中不断蔓延的绝望，逼真的视觉冲击，配合紧张的声乐，营造出令人窒息的氛围。一段电子合成音效从耳边拂过，像是有谁在身边匆忙跑动，拨动了玩家们敏感的神经。

原本议论纷纷的玩家，不知不觉停止了话语。

钢琴的声音淡淡进入，仿佛一个老者回想着褪色的记忆，音与影的结合展示了真实的那一段历史，那个受到毁灭性力量冲击的悲惨世界。

视角开始拉远，城市缩小，高楼消失，显示在所有玩家眼前的，是一张缩小的世界地图，地面如花叶枯萎之后的灰暗，满是裂痕，裂痕之下，是涌动的岩浆和几欲焚烧一切的火焰！

它的变化告诉人们，自此之后，旧世纪结束，灭世纪开始。

依旧沉重的弦乐中渗透着些许钢琴的清亮，音乐上也开始体现两种力量的较量，一种是灾难肆虐下尽显的杀机，另一种则是绝地之中的顽强抗争，节奏不断加强，鼓点的敲击与琴弦的拉奏也越发有力，两重主题交织在一起，难解难分。

缩小的地图上也渐渐出现了一些如星星般的光点，每一刻都有光点泯灭，也有新的光点出现，还有一些光点越变越大，总的来说，地图上的光点是在增多的。

每一个光点都代表一个与命运抗争的团体，那是人类的希望。

音响充实到整个画面，双簧管和圆号交替出现，如废墟之中站起的灵魂，隆隆的打击乐代表着恐惧过后的那份凛然，仿佛那个地狱般的时代中，人们死里逃生后联合奋起的惊心动魄的过程！

短暂的静场过后，铜管乐、弦乐、电子乐和似乎自遥远天边而来的和声交织在一起，极具张力，节奏坚定，勾画出宏大的气魄。与此同时，那张全球板块图上，自两极开始，景象的分界线如浪潮般推进，所过之处，枯萎干裂如地狱烈火燃烧之地，从荒原到海角，逐渐平息。

看着这一切的玩家们明白，这是世界在那段历史中的变化过程，从两极开始往赤道推进的收复之旅。

而就在大家以为已经结束的时候，如自遥远边际的隐约和声陡然高亢起来，弦乐组分成数个不同的声部，除明显的高音旋律声部之外，中间不易察觉的内声部与遥远高亢的和声融合在一起，难以辨别。乐声如天地之间瞬间拉起的万顷碧涛，又仿佛破开黑夜的启明之光乍现！

仿佛有一道冰冷的电流窜入脊椎，直达脑髓，令人的身体都不由得一哆嗦。

脚下的地面再次震动起来，却不同于一开始灾难降临时的摇晃，而是有什么东西破土而出！

十二个灰白的石身显露，只冒出个尖，对此熟悉的人就已心中了然。

皇洲烈士陵园纪念碑！

延洲烈士陵园纪念碑！

冀洲……

桐洲……

阿洲……

锦洲……

拉洲……

雷洲……

马洲……

奚洲……

牧洲……

戎洲……

十二座纪念碑!

位于全球十二洲的十二座最大的烈士陵园纪念碑主碑，拔地而起!

其上的壁画和浮雕展示着弹雨呼啸、刀锋交错的杀戮景象，再现那段长达一个世纪的血雨腥风的历史，缭绕的雾气如灵白的火焰，仿佛不死的灵魂，在史诗般气势恢宏的音乐烘托之下永不停息地燃烧!

这不是热血沸腾的轰鸣，而是寂静的壮烈!

音乐在缅怀的喃喃声中淡去，画面也不再变换，视野中留下的，只有那十二座高耸的墓碑，以及墓碑之后如群星一般的小碑。

所有进入游戏的玩家，原本满脑子的爆爆爆、杀杀杀，此刻却像是被浇了一盆冷水，沉静下来。面对十二座庄严肃穆的碑体，以及巨大碑体之后的无数小碑，仿佛饮下一杯冰冷的烈酒，触之极寒，却烫至骨髓。

这就是火烈鸟要传递给第一次进入游戏的玩家们的信息。它突出的不是单个的人物，而是整体！是一段历史，是一群人。

灭世百年，死亡人数过百亿，巨大的牺牲才换得新世纪的开启，那长达一个世纪的战争何其悲壮惨烈，是如今生活在新世纪五百年后的人们难以感受到的。

很多人以为《世纪之战》的开场动画会是一段激情澎湃的渲染，又或者是一段恐怖血腥的恫吓；但实际上，火烈鸟要传递给玩家的是，灭世纪有很多人牺牲，有很多能力超群的人同样在战争中阵亡，这些墓碑就是警示。

那么多能力超群的人都没能活下来，你们能吗？最有力的说服，就是让他们自己去体会。

生存，是一种心态。那么现在，所有站在这里的玩家，做好走进地狱的准备了吗?

有人回过神来，深吸一口气:“感觉被这开场动画给打蒙了，对了，刚才是不是有谁在叫我?”

“没啊，没谁叫你，反正我没叫。”他的队友说道。

其他队友也纷纷出声。

“我也没叫。”

“你幻听了吧?”

“我……我刚才好像也……也听到有人叫我……”一个怯怯的声音说道。

“什么时候?”有人问。

“就是刚才墓碑拔地而起的时候。”

“你呢？”那人问最开始出声的那位。

“……我也是。”

“嘶——”一阵齐齐的抽气声。

“仔细回想一下，刚才这些墓碑升起来的时候，好像是感觉有人声从这后面传来。”队里一人犹豫着说道。

“你这么一提，我也好像有点那感觉。”

“见鬼了啊？”

“靠！你们别说了！鸡皮疙瘩都起来了！”

“哈哈，就这点胆？你们怕了？”一个胆大的嘲笑道。

“也不是怕，就是……就是感觉挺奇怪的，有点哆嗦，但又有些兴奋，唉，说不出来那是什么感觉。”

类似的对话，很多队伍里都出现了。

有的队伍中有学音乐的队员，正好研究过交响构架的音乐，他们跟着朋友们进游戏，一个是闲着无聊进来玩玩，另一个就是想听听今年火烈鸟游戏的开场动画背景音乐，从中学习学习。

他们昨天就在讨论开场动画的背景音乐会是哪位大师的作品，导师们也说过，火烈鸟十年前那款游戏的开场曲就被拿出来考过，说不定今年的试题也会涉及游戏的开场曲，他们听的时候就更认真了。

音乐是游戏的灵魂的组成部分，那些不认真制作的开发商也许会在这上面敷衍了事，但真正认真的游戏制作商，比如火烈鸟，都会舍得在音乐上下大功夫。

有很多作曲家急于证明自己，却最终被火烈鸟拒之门外，能被邀请的都是圈内的名人，而最终被选中的作品，无一不是战胜了数十个名家名作，开场动画的背景音乐更是重中之重，他们这些学音乐的自然不会放过。

因为游戏是全球同步开放，有的人所在的时区是凌晨，所以设定闹钟半夜起来登录游戏；有的人干脆直接熬夜，为的就是第一时间去感受。

专业的人在听完之后，已经下意识地开始分析了。

在描写灾难的电影或者纪录片中，音乐为了实现强大震撼性与刺激性的声响效果，常常利用不和谐的和声以及非常规的音乐组合去撩拨听觉感官。

新世纪主流的版权音乐工作室，作品多是电子合成乐，即便是管弦乐声，也有很多是模拟技术制作的。但这首开场曲，却是古典与新潮、传统乐器与电子技术的融合，音乐风格不似他们以前听过的那些灾难片中的乐曲那般张扬，却同样营造出极其震撼的听觉效果，这功底不一般！

能做到完美运用，这么强悍的功力，不可能是年轻人……也不对，能将古典与新世纪乐风糅合，能完美利用电子技术与传统乐器，气势和震撼的力度也丝毫不弱的……

他们想起了一个人，那个掀起交响构架音乐学习浪潮的人。

对这类音乐感兴趣的专业人士，都听过方召的《百年灭世》系列乐章，而刚才这段开场音乐，让他们想到了《百年灭世》四个乐章中的第三乐章《使命》，但这两首却又截然不同——前者的核心是“动”，如爆炸般的绚烂火光；后者是静，如自墓碑中燃起的灵魂之火，寂静却又壮烈。

“方召？是不是他？”这是很多音乐专业的人心中所想的。

不过纯粹的游戏玩家就不会去注意这些了，他们虽然因为开场动画和音乐冷静了点，但还是很兴奋地期待游戏的开始。不过，这次他们心中的警惕心却提高了，尤其是经验丰富的电竞俱乐部的人，他们可能在别的事情上不靠谱，但在游戏中却有敏锐的感知力。

“接下来，可能会是一场艰难的征途！”

虚拟项目部这边，之前还叫嚣着待会儿要爆头爆头爆头的祖文几人，也不吭声了，他们也感受到了火烈鸟要传递的思想。

左俞哆嗦了一下，刚才看开场动画的时候，他听着那背景音乐就感觉不自在。他知道开场背景音乐是方召创作的，而作为保镖，他全程经历了方召的取材之旅，现在才终于明白为什么方召要去陵园取材——火烈鸟的开场动画，点睛之笔就是墓碑！

这得镇住多少头脑发热的人？

不过，火烈鸟的所有行为都是有目的的，左俞同样察觉到，接下来恐怕会很艰难。

“老大，准备进去吗？”其他人看向方召。

游戏地图的入口，就在十二座墓碑脚下。

“稍等。”方召说道。

在入口这里，有个拜祭选项，可以选择直接进入或拜祭后再进入。心急的人选择直接进去了，而希望烈士们保佑他们好运的人，则选择先拜祭。祖文他们有的想直接进入，有的想拜祭，但最终还是看方召，他们是以组队的形式进入游戏的，要进去自然也是一起进，行动一致。

听方召说“稍等”，他们就知道方召的选择了。

“也对，老大可是非常崇拜烈士的。”罗德尼说道。

方召不语，看了看前方的十二座墓碑，每一座他都去看过实体，他对这些墓碑的感情，与其他人是不同的。

开场动画结束后，只剩他们所在的这里还是亮的，远处都已经暗了下来，就如在拜祭区拜祭的时候那样，巨大墓碑后面那些数不清的小墓碑，如浩瀚星空倒映在水面上。

醉若不知天在水，烈酒三杯魂兮归！

和以前一样，方召选择的是酒祭。

好久不见，我曾经的世界。

左俞看了方召一眼，不知道是不是错觉，他总觉得，方召拜祭时的眼神有点恐怖。

其他人对方召的拜祭方式很好奇，本想跟着用同样的方式拜祭，但被方召阻止了，最后还是用各自习惯的方式拜祭。祖文还鞠了好几个躬，一边拜一边说着：“求各位烈士保佑我，别运气太差，别饿死……”

啰啰嗦嗦说了些话之后，队伍才正式进入游戏。作为团队，他们都会一起被随机分配到一个地方。

“仓库？”左俞看着眼前的情形，这是一个放置杂物的仓库，比较空，像是被人翻过，几个放杂物的箱子东倒西歪地堆在边上。

“一开始就送枪啊？”祖文查看了自己的装备，多了一把枪，“这应该就是火烈鸟说的开场礼物吧？”

昨天火烈鸟在总部官网上说了：游戏开场会送给大家小礼物，希望大家喜欢。

“有枪就好，嘿嘿。”

“为什么我手里只有刀，没有枪。”

“我的是枪。”

“这枪也太老了。”

“就这点子弹玩个毛线？”

一把旧世纪的普通警用手枪，根据枪型，弹匣内有十五至二十颗子弹不等，没多的子弹，这就让人苦恼了。

“难道其他地方还藏了东西？”

祖文和罗德尼几个讨论着去搜索这个仓库的其他地方。

“小声点。”方召说道。

祖文笑着回道：“知道知道，欸，老大你神经太紧绷了，游戏嘛，玩得开心就好，别那么严肃，反正有三条命呢。”他仔细听过，没听到周围有什么可疑的动静，他们搞技术的几个人一起玩游戏很久了，知道怎么配合，有人警戒。再说了，玩枪战游戏的时候他们吼的声音都比这更大，何况是第一次作为首批玩家进入火烈鸟的游戏，实在太兴奋了，想先爽一把。

毕竟是游戏，不会完全按照真实情况来，进入游戏之后玩家们都有三条命，但这三条命用完，死一次就得隔一个星期才能再上线。当然，花钱买命也可以，但最快也得在第二天才能上线。这是火烈鸟所有游戏里面，在生命值上卡得最严的一款游戏。

总的来说，有三条命让祖文他们轻松不少，反正死一次还能接着玩嘛！

方召要去周围看一看，被祖文几人阻止：“老大你就在这坐着，找东西我们来就行。”这种时候得将领导照顾好。

左俞就守在方召旁边，点头道：“对，老板你先在这里坐着，他们去找找看有没有食物。放心，抢东西的人或者狂兽什么的，来一个我崩一个。”

“这边有个小厨房!”后面有人进入一个房间。

“咦？这是旧世纪的解压缩机吗?”

“不，我记得资料上说过，这是旧世纪的微波炉。”

方召听着他们几个的议论声，再次提醒:“我劝你们还是小声点。”

那边几人大概太兴奋，并没有当回事。方召也就不说了，安静坐在一个钉着木板的盒子上。

左俞想说“老板，不用太紧张”，但见方召望着前方的大铁门不知道在想什么，又止住了，他总觉得，老板进入游戏之后，状态有些不对，眼神也犀利不少，可能是那两道疤衬托的。

后面小厨房里，祖文几人对旧世纪的厨具很感兴趣。他们这个年纪，虽然不是第一次玩火烈鸟的游戏，但却是第一次在游戏开放的当天进入游戏。他们十六岁以后才能正式登录游戏，但那时候很多攻略都已经出来了，照着别人的经验去玩就行，不够刺激。但现在，他们必须靠自己摸索，这种经历对于喜欢玩游戏的人来说很新奇。虽然以前玩过灭世纪题材的游戏，但没有哪个能与火烈鸟的这款相比，连细节也特别精致。

祖文在厨房翻出了一个鸡蛋，因为对旧世纪的微波炉很感兴趣，所以将鸡蛋放进微波炉里玩了玩。

“有电吗?”

“有。”

“这还要设置什么？怎么不是智能的？真麻烦。”

“欸，随便选一个啦。”

“那就这个……嚯！机器开始运转了!”

祖文几个围在微波炉前面，脑袋凑在一起，盯着里面的鸡蛋，像是在看一个稀罕物件。负责警戒的章禹和付应天都忍不住好奇地往那边看。

“没变化啊。”

话音刚落，就听到“嘭”的一声，吓得几人齐齐往后蹦了一大步。

“爆，爆，爆了啊?”

“这鸡蛋放里面怎么会爆呢？是不是使用不正确？宋秒，难道咱使用方法不对?”

宋秒也不明白:“可能吧，我又没用过。”

“那再找点东西试试!”祖文还玩上瘾了。

“看看还有没有什么。”

“哎这里有鱼!”

外面，坐在仓库箱子上的方召无声地长叹一口气。好想揍人。

守在旁边尽职尽责的左俞听到动静都忍不住往那边瞟了好几眼，他也对旧世纪的东西很好奇。这个游戏除了让大家感受灭世纪的背景之外，也满足了大家对旧世纪的好奇心，这是一种情怀。所以现在左俞听着那边的动静，心里就跟猫爪子在抓一样。

“啊！”一声惨叫打破了刚才愉悦的气氛。

“我靠！老子被一条鱼咬了！”祖文叫道，随后厨房就传来嘭嘭的敲打声。

“行了庞普颂，它不动了。”

“死了？”

“有加经验值吗？”

“加了零点五分。”

“才零点五分？”其他人听着有点遗憾。

“我完了。”祖文哭丧着说道。

几人再次来到方召面前，队里做主的还是方召，出事了肯定要先告知方召。

罗德尼将刚才的事情简单对方召说了说。原来祖文在翻找还有没有什么能玩的东西时，看到角落一个盖着盖子的桶里似乎有东西，小心揭开之后，发现里面只有两条巴掌大的鱼，一条已经翻着肚皮，一动不动，显然是死了，另一条在里面有气无力地游动。就在祖文放下戒备的时候，原本看似有气无力的那条小鱼，突然跳起来咬了祖文一口，速度太快，祖文闪避不及，手被刮了一下——那鱼长牙了。

跳出桶的鱼在地上翻跳，庞普颂从厨房门背后摸出一根铁棍，将地上的鱼给敲死了，得了0.5个经验值。而刚才只是被刮了一下的祖文，发现自己的状态显示为“感染”，顿时哭都没法哭了。

随着时间过去，他的感染值越来越高，按照游戏设定，感染值达到临界点的时候，玩家就没法再控制自己了，会同那些病变的生物一样，攻击自己的队友。

“不用你们，我要自我了结！”祖文很有经验地掏出枪抵着自己的脑袋，“同志们！等我，半小时后，我一定会带着攻略回来的，信我！”

祖文也确实后悔，刚才太不小心了，但他也没想到这比他以前玩过的游戏还要阴险狡诈，一条不起眼的小鱼竟然将他给咬下线了，简直就是奇耻大辱！

砰！一声枪响，祖文自我了结之后从原地消失了。

方召闭着眼睛没说话，其他几人瞧着方召脸色不太好，也不吭声了。

“你们几个。”方召睁开眼睛。

“老大，有什么吩咐？”几人这下子老实多了，也意识到他们刚才的行为确实太蠢，大概惹老大不高兴了。

“下线待着去。”方召说道。

“……”几人齐齐看向方召，像是在分辨方召是不是在开玩笑。

“下线冷静半小时再上来。”

“……哦。”这是让他们下线反省，跟做错事了面壁思过一样。

几人相视一眼，罗德尼犹豫着问方召：“我们都走了，老大你怎么办？”

"有左俞在。"

既然方召都这么说了，他们也觉得自己还是乖乖下线的好，别气得老板扣工资。反正方召只是让他们下线面壁思过半小时，半小时之后他们再和祖文一起上线，或许还能将最新攻略带过来分享。

"庞普颂。"方召叫住庞普颂，"手里的铁棍给我。"

"……哦，好的！"庞普颂恭敬地将手里的铁棍递过去，然后乖乖下线。他一向都很听方召的话。

等其他人都下了线，仓库里只剩下方召和左俞，左俞想了想，觉得自己有必要说两句。

"毕竟不是职业的团队，也只是以玩乐为主，其实大家就是太好奇，不用为这点事情烦恼。"

"我知道。"

见方召不想多说，左俞也不再多言，只是他不明白，方召就干坐在这里有什么意思，不去找找食物什么的？

突然，左俞眼神一动，看向一个方位。他听到了那边传来的枪响，还是连续的枪响，离得不算近，但也不是特别远，应该是附近别的玩家遇到了事情。有什么东西来了吗？

侧头打算劝方召找地方躲一躲，就见方召握着铁棍的手在颤抖。

这是害怕了？左俞心中暗笑。方召也不过是个二十出头的人，玩游戏的经验也比其他人少，刚才装得再厉害，现在不也暴露出本性了？其实承认害怕也没什么，又不会动摇他部门老大的地位，死要面子！难道方召知道他自己会害怕，所以才借祖文的事情将其他人都赶走，自己多适应适应？左俞越想越觉得是这样。

不过，该说的话还是要说的："老板，我听到有脚步声过来了，还有吼声，不止一个，也不是人的，可能是病变的狂兽，你要不要先去厨房避一避？"

"不用。"

"那待会儿老板你躲我后面，放心，有我在。到时候要是势头不对，你先下线。"没听到方召的回应，左俞也不再问，他盯着仓库的铁门。

背对着方召，左俞没看到，随着外面的脚步声和吼声逼近，方召握着铁棍的手反而颤抖幅度越来越小，几乎就是在脚步停在铁门前的时候，稳了下来。

方召似乎能听到自己如擂鼓般的心跳，还有血液如江水般奔腾流动的声响。他不是害怕，而是激动。

大概是第十代机的性能太好，连嗅觉都模拟得有七分真。每一次呼吸，空气中的污浊、血腥，仿佛与记忆中的那个很久以前的世界重合。重生以来压抑的情绪，好像找到了一个突破口，就要喷发出来。

嘭！嘭！嘭！

来到铁门前的身影咆哮着，用力撞击铁门，被铁链锁着的铁门不断发出咯吱哐啷的呻吟声。透过铁门的门缝，能看到外面那些沾着血的身影，它们通红的眼球从门缝望着仓库内的两人，令人恶心的浑黄口水从龇着的尖牙边滴落。

灭世纪初期，因为突降的灾难，包括人类在内的许多生物都出现了病变，不管是天上飞的，还是水里游的，无一幸免。

生物病变之后会失去理智，变得性情狂躁，有的会因为病变渐渐走向死亡，而有的则会在病变基础上进一步产生异变，变成杀伤力更强的狂兽。它们嗜血杀戮，会对人和其他生物产生极强烈的攻击欲望，很多没有病变的生物惨遭屠杀，灭世纪时灭亡的物种不计其数。

到新世纪的现在，一些存留下来的旧世纪生物的骨骼被制成标本，作为珍贵的艺术品被收藏。虽然现在很多物种已经通过基因技术“复活”了，但骨骼标本的价格却一直居高不下，这是新世纪人们的旧世纪情怀。

今年年初的大型拍卖会上，一个生物标本被牧洲的收藏家以两千万高价买走，那是灭世纪初期犬类病变而成的一种毛色鲜艳的变异生物。当时的科学家为了研究肆虐的病毒，保存了一批动物肢体，后来因为战乱，辗转各个地方，一直到灭世纪结束。

新世纪创立之后，那个装在液体罐中保存了百年的研究样本，被制作成干燥的特殊标本，又经历了一些事情，最后被当作收藏品拍卖出去。

这事延洲很多人都知道，这种生物在网上很是火了一段时间，大家对历史学家取的生物学名不感兴趣，却记住了网友们给它取的亲切的名字——两千万。

火烈鸟说的送给大家的小礼物，恐怕就是这个。

现在，在登录游戏的第一天，所有玩家就惨遭“两千万”群体追杀。

与新世纪人们所熟悉的标本鲜丽的样子不同，游戏更大程度还原了它本来的模样和性情，这些由犬类病变而来的狂兽，如血一般的毛发上布满了深浅不一的红褐色血迹，龇着尖牙，牙缝里还带着一些血肉，通红的眼珠中喷发出狰狞的杀气。

可能大多数人第一次看到它们这番模样会被震住，因为接触这类生物都只是在历史生物课程上，或者一些简单的小游戏中。但对于方召来说，见到这场面就像是久远而熟悉的记忆被重新唤起。上辈子为了生存，除了一般的救援和寻找食物之外，还要主动去猎杀这些在末世中攻击性极强的病变怪物，杀一只就少一只。

铁门外的锁链倒是没被撞断，但本就不牢靠的铁门即将被直接撞倒。从门缝中能看到那些身影释放着疯狂的杀戮气息，它们只想将仓库内的人咬死撕碎。

左俞深深吸了口气，作为一个有经验的前特战队战士，他觉得这游戏虽然有些吓人，但以他的能力还是可以应付的。他的身体已经做好了战斗准备，既然老板不愿意离开，他也就只能站在这里迎战了，这是他表忠心的机会。

砰！铁门被撞开，朝仓库内倒下，发出轰的一声，砸得脚下的地面都在颤抖，仓库内回响的声音像是在震动人的灵魂。

砰！砰！砰！砰……

快速的七连击。在铁门倒下的那一瞬间，左俞手中的枪发挥出了它的极限。最前面的三只病变狂兽被击倒。

七颗子弹击杀三只病变狂兽，算是不错的了，但这个成绩却并不那么让左俞满意，在他的预计中，要击杀三只病变狂兽，耗费的子弹应该在五颗以下。

难道是太久不用枪，生疏了？他明明经常去射击场练习，玩射击类游戏也没停过，想来想去，左俞觉得应该是手中这枪的性能不行，毕竟是旧世纪的老枪了，性能差也能理解。嗯，这种老古董肯定影响了发挥。

外面那些病变狂兽也没有给左俞思考的时间。聚集在门外的并不止三只，而是六只；仓库外面，还有其他病变狂兽听到动静，往这边跑过来。冲进来的另外三只身形一转，想要绕过左俞扑向他身后的方召。

在真实的末世里也是如此，病变狂兽虽然性情狂躁，但那种挑弱者下手的天性却还刻在骨子里。如果只有左俞一个，它们会直接攻击左俞，但方召和左俞在一起，而左俞刚才一个照面就杀了三只病变狂兽，这让它们选择先对仓库内的另一人发起攻击。

砰砰砰！又是快速连续的三枪，这次只击杀了一只病变狂兽，一只没射中要害，只是打了个滚又爬了起来，像是感受不到疼痛一样。

“老板，你小心！”

左俞计算着剩余的子弹，两枪解决受伤的这只，另一只病变狂兽已经离得很近，并且已经快要绕过他往后面的方召身上扑过去。左俞也不犹豫，掏出祖文下线时扔给他的一把在厨房找到的菜刀，刚准备动手，就察觉耳边一阵劲风，像是一辆高速飞驰的列车从身边呼啸而过。

方召直接将刚才坐过的那个木箱抡起，硬生生砸在扑过来的病变狂兽身上。

砰！咔！木箱因大力的撞击而散架，钉住的木板折断，那只病变狂兽也被砸得往后飞去，撞到刚从仓库外跑进来的另一只病变狂兽身上。

方召上前两步，从左俞身后走到他身前，冰冷的铁棍，犹如突降的暴雨，呼啦啦密集地砸了过去，气势像是要掀起风暴一般。

左俞：“……”

左俞维持着拿菜刀的姿势，傻了。

# 第18章 CHAPTER 18

# 杀！

砰！砰！咔嚓！咔嚓！木箱被砸散架的声音似乎还未消失，一连串骨肉碰撞的声音就清晰地传入左俞耳中，伴随着骨骼断裂声响的是病变狂兽凄厉的惨叫。左俞睁大双眼，像是看到了什么不可思议的事情，眼珠子下一刻就要瞪出眼眶似的。

一只，两只……在铁棍暴雨般的猛烈攻击之下，靠近的病变狂兽接连被击杀。

仓库外还不断有病变狂兽进来，方召表情都未变，对着从仓库外跑进来的病变狂兽，抬臂就砸，攻击看似毫无章法，却每一下都目的性极强。铁棍敲击在肌肉和骨头上的声音，在左俞听来却仿佛一阵阵响雷，炸得他不知该如何反应。

一只病变狂兽被敲倒在地，却并未立刻毙命，挣扎一会儿之后又爬起，嗜血的目光却不是看向方召，而是盯着方召身后的左俞，低吼着起身就要继续扑过去，下一刻后腿被人抓住，大力的拖拽让它整个身体脱离地面，在空中抡出一个圆弧，然后飞出去砸向后面又出现的病变狂兽。方召压根不给它们起来的时间，快步过去又是一轮猛烈的连续攻击。咔嚓！砰！沾满血的铁棍都有些弯曲了。转眼间，方召就拿着那根铁棍干掉五只病变狂兽。

拿着菜刀的左俞看得愣在那里，脸上的表情近乎呆滞。

这……这……这还是他那个肩不能挑手不能提的文艺青年老板吗?！左俞心中几乎在狂吼：这是精神分裂了吧?！这么狂暴是不是也被病毒感染了?！

一根铁棍干掉五只病变狂兽之后，方召看也没看左俞，将已经不自然弯曲的铁棍扔下，冷静地摘掉手中的手套，这是原本放在木箱里的工作用棉手套，现在已经染上了血。

将染血的手套扔在地上，方召掏出枪，继续往仓库门口走过去。

砰砰！抬起的枪口喷出致命的硝烟，一颗子弹射中病变狂兽的脖子，另一颗直接穿过它通红的眼珠射入脑中，病变狂兽哼都没哼一声就倒下。

砰！砰！砰！砰！后面接连出现在仓库前的四只病变狂兽，都是一枪毙命。

左俞看着方召走在满是病变狂兽尸体的地上，那种镇定与冷静，绝不是强行装出来的。

即便只是处于游戏中，左俞都能感受到方召身上不断散发出冰霜一般的杀气，还有这般精准的射击，让左俞产生了一种幻觉与对人生的怀疑：他和方召，到底谁才是特战队出来的？

就在这时，方召却突然转身看向左俞这边，抬手就是一枪。冰冷的视线，惊得左俞倒吸一口冷气，感觉浑身的汗毛都要根根竖起来了，头皮更是一阵发麻。那一瞬间的真实感，让左俞觉得仿佛已经脱离了游戏。

这是发狂了连队友都杀?!

左俞脑中这念头刚闪过，就听到身后不远处的动静。转身，他才发现，方召刚才那枪对着的不是他，而是他身后的一只不知道什么时候潜入的半臂长的小型病变狂兽，子弹直接射入它头部，同样一枪毙命。

让左俞震惊的不只是准确率，还有方召射击时那种没有任何征兆的，无比干脆的进攻性，那种冷静之下的强大自信感……这不是一个从未摸过真枪的菜鸟能表现出来的。

虽然科技的发展让游戏能模拟出接近真实的情况，但那种心态和气势，是没法只通过游戏培养出来的。射击场练习？不，肯定不止如此。与其说像一个运动员，倒不如说方召像是一个经历过无数杀戮的杀手。

暂时没有其他危机出现，也没有听到周围有什么可疑的动静，仓库内又安静下来，气氛却相当诡异，左俞感觉像是处在冬季的寒冷北风中。

“你……”左俞感觉自己嘴皮子有点抖，说话时声音都在打战。

不知道为什么，左俞心中有很多疑问，却在对上方召看过来的视线时，又全部咽回肚子里。他明白，知道太多不好。

方召借祖文的事情将其他人都赶下线，恐怕并不是为了让他们冷静，而是怕吓到他们。而只将他留在这里，意思是不打算瞒着他，如今作为一个职业保镖，嘴严是必须的，毕竟贴身跟着老板的时间是最长的。

左俞明白，恐怕自今日起，这位老板，是不打算再瞒着他了。

“老板，你刚才真是……威武霸气。”话到后面，左俞硬生生将“血腥暴力”转换成了另外四个字。

方召扫了他一眼：“哦，不好意思，入戏太深。”

坑你大爷的“入戏太深”！骗鬼呢！

左俞抖动着嘴皮子，磕磕巴巴道：“老板……我尿急，能不能先下线去解决一下？”

“准了。”想了想，方召又道，“下去后让他们再等半小时。”

“是。”这是左俞担任保镖以来，从未有过的恭敬态度。

银翼五十楼，虚拟项目部。

左俞下线后从游戏舱出来。房间里没有其他人，左俞长舒一口气，擦了擦额头的汗，脸色复杂，叹息着摇摇头，走出房间。

这是为了方便玩游戏，专门整理出来的一间房间，房间里还放着部门其他人带到公司的游戏舱，清一色的火烈鸟第九代升级版。这就是公司很多人羡慕虚拟项目部的原因，有钱，任性！

左俞几乎吃住都在公司，自然是同其他人一起。现在是周末，不上班，但祖文和罗德尼他们几个都在公司蹭网蹭电。左俞出来的时候，祖文几人正在讨论什么。

“咦？左俞，你也挂了？老大呢？”祖文疑惑地问道。

“屁话，我命大着呢，尿急而已。老大…… 老大好得很。”最后三个字左俞加了重音。

不过其他人并没有多想，罗德尼还好奇地问：“你怎么流这么多汗？很热？”

“关你屁事。”左俞不想说这一身汗是被方召吓的，想到方召的话，左俞又道，“老板让你们继续面壁思过半小时。”因为有人不在公司，左俞又在群里发了个通知，让他们多等半小时再上线。

“为什么?！是不是你又惹老板生气，牵连到我们了？”祖文问。

“去去去，老板的心思是咱们能猜的吗？自觉遵守就行了，想知道原因到时候上线你自己去问。”

“我不傻。”祖文今天上线因为一条小鱼儿就丢了一条命，正反省呢，已经惹老板生气一次了，他才不会傻到去老板面前质问，“我还是多搜集一些有用的材料吧。今天发攻略的人很少啊。”

一些专发攻略的团队，到现在为止发出来的东西也少得可怜，只提醒大家小点声，声音会刺激得原本已经不活跃的兽类又狂躁一把。祖文被咬，大概也是因为他们在厨房话太多，将那条病恹恹的鱼激得狂性大发。也有与祖文一样被咬下线的，祖文是被鱼咬，其他人被老鼠咬、被不知名的虫子咬，各种各样都有。不谨慎的下场就是，刚上线就挂。

“要是老老实实听老大的话就好了。”祖文叹气道，“被罚下线冷静一小时，简直就是煎熬。”

左俞嘴角抽个不停，想说什么，又不知道该如何开口。方召罚他们下线的真相是不能告诉他们的。摇晃着脑袋，左俞来到茶水室，喝了杯水压惊，然后坐在旁边认真反思。

都说虚拟的世界中能看到人的灵魂本质，难道游戏中暴露出来的，才是方召的本性？在此之前，左俞对方召的印象一直停留在“文艺青年”的标签上，但经此一事，他知道，方召绝对不是他想的那样。

突然回想起他跟着方召外出取材的时候，在各个陵园内被守墓人盯着查身份的情形，那些守墓人每次盯的人是谁？是他左俞？不是！是方召！

那时候左俞以为是方召这位艺术家身上的那种神经质吸引了守墓人的目光，现在看来，“最能嗅到危险”的守墓人，一直都是对的！

一想起以前在方召面前嘚瑟吹牛的行为，左俞就恨不得给自己一巴掌。蠢爆了！

祖文进茶水室倒茶的时候，就看到左俞抱着头正蹲在沙发上嘀咕："我错了，我真的错了……"

"嘿，哥们儿！受什么打击了？"祖文问。

"你们不懂，作为一个职业保镖，我压力很大啊！"

左俞下线之后，方召拖了个木箱在仓库里静静坐了一分钟，顺便用积分兑换了不少子弹。比现实好的是，游戏里的每个人都有一个"包裹"，一些小东西可以放进里面，比如弹匣和食物等。

方召无声笑了笑。如果现实真如游戏这般，当时也不会死那么多人。

游戏毕竟只是游戏，不是真实的那个年代。方召知道这里不是他曾经的世界，只是一个虚拟的并不完整的复制品，甚至只是一个游戏的背景，但因为太过真实，周围的这些，就连空气中浮动的气味，都会让方召压抑了许久的情绪产生波动，灵魂深处仿佛掀起了一场迟来的风暴。

回不去那个时代，也不想回去。正常人都不想受虐，他在末世中拼杀了近一个世纪的时间，最终也没有看到胜利的曙光，却难得有了其他人没法获得的机会，当然得好好享受。这是他，以及无数人用一个世纪的时间和生命换来的世界！

方召不是怀念那个时代，而是怀念那个时代的人。

深呼吸，像是将心中的郁气都发泄出来。

"没错，是得好好享受。"

不过在那之前，压制许久的戾气，总得找个途径发泄。虽然他在新世纪装得跟其他人没什么两样，但灵魂里还是保留着那地狱般的一百年的记忆，就算他能以各种办法压制着，也不能一直那样下去。现在他找到了发泄的机会，这不就是他一直等着的吗？

或许别人是借这款游戏去搏出路，也有些人是为了寻找刺激，又或者仅仅是为了娱乐，但他不同。刚才的只是一个热身，但藏在灵魂中的那些躁动的因子已经苏醒，方召不会现在就停手。左俞不在正好。

双眼因为灵魂中的那些躁动因子而爆出的兴奋光彩，很快收敛。眨眼间，方召整个人像是融入了这个仓库，气息与四周协调。

除了这个装货物的仓库以及后面的厨房之外，楼上还有许多房间，大概是工人的寝室。方召不漏过任何一丝微小的声音，他能将一首歌里面的每一个音节、每一种乐器都分辨出来，同样也能从杂音中分辨出藏在里面的动静。

楼上的房间里有人，也不算是人，因为他们已经脱离了正常人的范畴。在灭世纪，这些"人"与那些病变的动物一样，失去了原本的意识而变得嗜血狂躁并且极具攻击性，他们会保持着这种攻击性，直到身体再也无法提供行动能量而死亡，无法救治。

有被感染而死的人，自然也有幸存下来的人，而幸存下来的人体内都产生了抗体，能对那种狂躁病毒免疫；新世纪人的体内也有，此外还有相关的医学手段可以防御，曾经的那些致命的威胁再也无法卷土重来。

但在灭世纪，感染这类病毒的人，几乎是必死无疑。

金属的寒光闪过，面目狰狞双眼通红的狂躁感染者倒下，他的颈部多了一个伤口。闪电般的一刀切断了他的脑干，也断开了他的脑部与身体的信号通路。

如果是一个正常的人，遭这么一刀早就死了，但这些感染者没有立刻死亡，却也无法再做出任何攻击性的动作，只能倒在那里等死。游戏中如此，是因为在灭世纪正是如此。

方召挨个清理了仓库楼上的所有房间，便出了仓库。清理仓库只是为了给祖文他们一个安全些的地方，到时候祖文几个再上线，就不用继续清理楼上的房间了。

而在这之后，才是方召自己的娱乐时间。

感染者，杀!

病变狂兽，杀!

方召整个人就像是草原中伏击猎物的豹子，不管是移动和潜伏的身法，还是那一手精准且快速的射击，放到教科书中也会让人觉得夸张，别说左俞只是特战队出身，就算是拥有丰富战场经验的战士也未必能做到。

用积分兑换的子弹以惊人的速度消耗着。虽然兑换了不少子弹，但积分仍旧大幅增长着。方召一直保持着高效率的清扫，几乎都是一枪一个目标。而在方召本人的状态栏，除积分之外，经验值也以更恐怖的速度在疯涨。

+10

+20

+1

+5

+10

+1

+30

……

不同的目标，击杀获得的经验值不等，但方召根本就没有去注意自己的经验值加分，他现在只想畅快地杀一场，以发泄压抑了很久的戾气。而且相比起经验值，他更在意积分，因为在这场游戏里面，积分能兑换东西。

《世纪之战》地图，延洲大区79区南，一栋七层居民楼内。

两个玩家正窝在二楼一间房间内，从窗口看向楼外靠近的两只病变狂兽。

“快快快！开枪啊!”一人催促同伴。

“再等会儿，射程以外，太远了，浪费子弹。”

“靠近了，它已经发现咱们了！”

“别急！”

“能不急吗？都这么近了！会被咬死的！”

“别催，我知道！”

“它们要跳了！快开枪！”

“我知道！马上就……”

砰！砰！

两只正朝二楼冲过来的病变狂兽应声倒下，再没爬起来。

“……”

数秒沉默之后。

“刚那两枪不是你开的吧？”

“一听就不是啊！”

其中一人小心伸脖子看了看，朝四周望了一圈，没看到人影，气愤地捶了捶墙壁。

“被抢了！”

“我就说让你快点开枪，看，慢一步就被抢了吧。”

“闭嘴！”

79区南，某办公楼内。

一个身影悄无声息来到自己看中的狙击点，将兑换的狙击步枪拿出来架好，冰冷的视线通过瞄准镜，看向楼外街道上那些疯狂奔跑的身影，手指搭上扳机。

对面楼里大概是一群刚上大学的学生，人多，但都没什么经验，应对能力不强，上来见到那么多“两千万”围过来，慌忙乱射一通，目标没杀几个，倒是很快把自己暴露了。大概是被杀下线，或者没子弹下线了，现在对面枪声没怎么响了。

他刚才趁对面混乱，捡了便宜，然后用积分兑换了一把狙击枪，他喜欢狙击猎物的滋味，每一次猎物身上爆出的血花都能令他热血澎湃。但作为一名喜爱枪战游戏的狙击手，必备的素质还是有的，调整好心态，冷静下来，准备朝盯上的目标下手，想象着下一刻那猎物头爆血花的情形，嘴边都扬起了胜利的笑容，但这个笑容却在下一刻僵住了。

随着一声枪响，被他盯上的猎物倒下，不再动弹。不是他开的枪，有人抢先一步。

暗骂一声，他也不再耽搁，继续瞄准下一个目标，刚准备动手，猎物又倒了。

“靠！”

第三只，第四只，第五只……在瞄准镜中，他看到一只只“两千万”应着枪声接连倒下，一枪一只！

猎物被抢的愤怒渐渐没了，取而代之的是蹿至脑门的冰凉的寒意，头发丝都要根根竖起。

这完全是单方面的收割！

到底是谁?！绝对不是对面楼上的那些蠢学生。从枪声判断，对方的位置不断在变动，但却根本找不到人，只有一次他从瞄准镜中看到了一个快速晃过的人影，也只有那一次，再之后，连人影都没见到，追着枪声也无法寻到，直到连续的枪声停歇，视野中再也见不到一只活的病变狂兽！

见鬼了！

79区南，某酒店一楼大厅内。

“快快快！左后方注意！”

“交给我！”

“西南方向注意！”

“我守着呢！”

一阵密集的枪声过后，外面已再无威胁。

几人长舒一口气，随后脸上露出喜色，迫不及待地查看自己的经验值和积分。

“不知道刚才射杀了几只。”

“我觉得我至少杀了两只！”

“我肯定打中了一只，刚才看到好几只倒下呢。”

“我也是！”

几人喜滋滋地查看自己的状态。

**经验值：**0

“……”

“我怎么也是零？十几枪什么都没打到?”一脸茫然，“外面那些是谁杀的?”

检查一圈，十来个人，就两个人有可怜巴巴的十到二十个积分，其他人，刚才那一战获得的积分和经验值，全是零。

“我靠！到底怎么回事?！”

火烈鸟《世纪之战》官网，各洲区分论坛。

“有79区的朋友吗？刚下线蹲了个厕所，再上线就发现周围全是病变狂兽的尸体！谁能告诉我发生什么事了?”

“同79区，我也不知道，我们遇到的病变狂兽的数量骤减，半小时都没碰到几只，是不是火烈鸟又在酝酿什么大招？心慌！”

“同在79区，我们这边正常。”

“79区的，正常。据说一般情况下，遇到病变狂兽的数量是与队伍人数成比例的，队伍人数越多，遇到的病变狂兽越多。反正我们遇到了不少，你们那边可能是人少，遇到的也少。”

“不！79区南部街道，这边像是被人扫货，活的大一些的病变狂兽数量骤减，最恐怖的是，大多是被一枪毙命！79区有高手？”

“同在79区南部，老子好不容易用积分兑了把大狙，守半小时终于等来一只，没来得及出手就被抢了！”

“同79区南，情况一样！有哪个俱乐部被分在咱们区了吗？谁知道？”

“同79区……”

79区下线的人发现不少人遇到与自己一样的情况，而且都是在79区南部。难得憋足了劲准备大干一场，突然发现没有发挥的余地，不到一个小时的时间，病变狂兽已经被扫了大批！偏偏还不知道是谁开的枪，甚至连人影都没看到！

因各种原因下线的人都在讨论区讨论起来。延洲大区这边，热门被几大知名俱乐部霸占，那些电竞豪门阵容强大，有自己的战术，动静也不会小，只要是跟他们在同一个区的人，不会不知道。但没一个俱乐部在79区。

79区的事情虽然也有人讨论，但比起那些备受关注的电竞豪门，热度就低了很多。但随着那个帖子下方参与讨论的人越来越多，热度也高了起来，虽然比不上有团队炒作的那些，但一时也不会被挤掉。

参与讨论的人越来越多，甚至还吸引了不少延洲其他区的人好奇地过来凑热闹。

“你们79区咋了？”

“鬼知道我们经历了什么！”

《世纪之战》游戏正式开放五十分钟。

延洲大区，整个79区南部的病变狂兽正以惊人的速度减少着，而79区南部街道的玩家，都只听到枪响，以及病变狂兽应着枪声倒下的声音。简直就是扫荡！

不只是怪被抢，更让很多人抓狂的是，他们找不到开枪的人，对方有几个人都不清楚！

就算有人看到，也只是看到一闪而过的影子，根本来不及看清样貌或者其他特征，也无法得知对方到底是谁。

不过，79区南部的事情虽然引起了关注，但比起整个延洲范围内的其他事情，也只是一点小浪花而已。各大娱乐媒体争相报道的是延洲各电竞俱乐部的情况，猜测这次榜单上哪个俱乐部能位居前列。

全球知名网络游戏社区“升龙”上，各洲网络投票早已开始，猜测谁能在这十年一度的盛况，第一小时刷新的榜单上留名，各个俱乐部的粉丝们正吵得欢。

火烈鸟官方网站上，各洲战区都有经验值的排行榜，分为团队的和单人的，一小时刷新一次。这个榜单是公认的最权威的实力排行榜，所以各洲的电竞俱乐部都特别关注，越靠前关注度越高，从商业价值讲，他们的身价也越高。

延洲人气杂志《燎原火》已经邀请了几位退役的老牌电竞明星到直播室，就等着榜单出来解说一番，火烈鸟官方网站更是被无数人关注。延洲的那五大电竞俱乐部常年霸占榜单前五位，其他俱乐部也摩拳擦掌，想着挤到前面去。

游戏开始已经快一小时了，多少双眼睛都盯着即将第一次刷新的榜单。

银翼游戏部。

部门经理维恩看了看游戏室内的五个人，出来倒杯水缓解一下紧张。作为部门的总负责人，维恩这几天觉都没睡好，眼下一片青黑，满脸胡茬。

这次签了五个人，三个双职业，演员兼电竞选手；另外两个，一个是刚签约的在读大学生，另一个是从别的工作室高价挖过来的。除此之外，为了脸面好看一点，他还跟一个私人工作室合作，让签约的五人与工作室的人组队进场，队名“潜伏者”，暂时没有对外公开，之前的新闻也只是摆出一副神秘的样子。

赛前吹得越狠，赛后打脸越疼。所以除了部门的人之外，其他人根本不知道这一次银翼游戏部组的队伍叫什么，战斗力如何，成员有哪些。

银翼也会投资游戏，但比起火烈鸟的游戏，就只是小打小闹了，而且很多时候都会选择同其他游戏公司合作，而不是自己单干。银翼和新世纪其他娱乐公司都是一个想法，与娱乐沾边的、能赚钱的，都插一手。

维恩的游戏部在公司地位比不上影视和音乐部门，但比其他小项目组要重要，曾经还有虚拟项目部在各个部门里垫底，现在眼看着虚拟项目部强势起来，他们游戏部隐隐有被挤下去的迹象，维恩打算借着《世纪之战》的东风，看看能不能将部门拉升一把。

单人排名不指望了，他们毕竟是业余，比不上那些专业运作的职业电竞俱乐部，在造星这点上，比不过。但队伍排名，维恩想着，如果能挤进前五十，也算是给上面一个交代，让公司的颜面好一点，他们不是职业电竞俱乐部，但毕竟说出来也是延洲有名的娱乐公司，既然选择在这上面插一脚，结果也不能太难看。

电竞俱乐部竞争太激烈了，比影视和音乐领域的竞争还要激烈得多，银翼的重心还是在影视和综艺那边，电竞只要过得去就行。前五十是上面给他定的目标，如果能挤进前三十，维恩睡觉都要笑醒。

不过，第一个小时，维恩没指望能有多好的成绩，职业俱乐部的人都知道，头一个小时，是高玩扫分的最好时机，很多新手还没适应，一脸蒙的时候，就是抢分的最好机会！等那些人都缓过神来了，各种攻略都出来了，各类私人工作室都开始卖装备了，再想要扫分就没那么轻松了，所以职业的电竞俱乐部都会在头一个小时里将能杀的怪都杀了，能拿多少经验值就拿多少。毕竟是商业性俱乐部，不是业余爱好者团队，每一步都是为了利益最大化。多少公司等着借这一波浪潮制造明星。

从经验值能看出个人或者团队的实力，不过现在一支队伍最多也就二十个人，想要扩大，只能先提升总经验值。但就算系统对团队人数有限制，也有跨团队的“配合”一说，很多俱乐部的二队、三队以及替补等，就会辅助主力队伍，让他们拿下更多的分数冲榜。

就像银翼这边，除了签约的五个人之外，还有一个私人工作室，为的就是给这五个人送分，以及尽量增加团队总分。只要将这五个人捧起来，维恩造星的目的也就达到了，只等着借此炒作一把。

与此同时，维恩也不会放过吸纳新人的机会。

“盯着，看看有哪个还没签约的潜力苗子，先抢过来！”维恩揉了揉疲惫的双眼，叮嘱手下的人。

不仅是银翼这边，就连银翼的老对手霓光和橦山实华那边也抱着同样的心思，许多职业俱乐部也有专人盯着。人才什么时候都不嫌多，不管能不能用上，先捞过来再说，屯在自家长蘑菇也不能让给其他竞争对手。

而一些游戏玩家也抱着自己的明星梦想，打算一鸣惊人，一飞冲天，就算身在遥远山坳里又如何，没有家世没有财富又如何？只要榜上有名，不愁没人找你。一夜暴富不是梦，成名之路就在眼前！

《世纪之战》游戏正式开放五十五分钟。

超凡、天罡、HWR、BOOM、2S等俱乐部的人也都等着。

2S俱乐部。

“通稿准备好了？”

“准备好了。”

两个榜单，自家俱乐部在第一小时榜单刷新的排名，第一、第二、第三、第四、第五名的通稿都已经写好，第几名都能应对。至于五名之外？可能吗？

“听说团队总分早就破万了，谢赫单人总分已经破两千！”

听到这个消息，众人脸上露出轻松之色，但很快又安静下来，紧张、期待，看着时间一分一秒过去，盯着榜单的刷新，能不能来个双榜开门红，就看待会儿刷新的榜单了。

《世纪之战》游戏正式开放五十九分钟。

线下的很多人都停下了手中的其他事情，之前吵架吵得热火朝天的粉丝们，也都暂时熄火，盯着光屏，数着秒数。

0：59：58

0：59：59

1：00：00

火烈鸟官方网站排行榜刷新！

# 第19章 CHAPTER 19

# 扫荡

延洲大区分榜，个人经验值排名。

按照排名顺序，每一个ID后面依次是经验值和所属团队信息。

1.再活五百年 5,267.3 银翼50极光

2.谢赫 2,683.1 2S

3.白绛 2,592.4 BOOM

4.伊元 2,546.7 天罡

5.乔斯 2,458.5 HWR

6.空天寒 2,306.2 超凡

……

看着这第一次刷新的榜单，许多俱乐部办公室都陷入了沉默。

盯着光屏的人，腮部肌肉抽动，嘴唇翻动两下，却没发出任何声音，像是有一只大手扼住了他们的喉咙。

“这不可能！”一名2S的分析师面色苍白，指着光屏的手指颤抖着。

作为一个分析师，他当然知道队员们的经验值得分情况，不管是谢赫还是他熟知的其他几个俱乐部的头号选手，得分基本上都是在后半个小时扫的，那时候很多辅助队伍的积分也有了，兑换的装备也给了主力队员，还有人负责引怪，尤其是这第一个小时的最后十分钟，那完全就是仗着装备泼子弹！真正的资本运作下的扫分行动！

其他队的情况也差不多，所以大家的分数都比较接近，最多也就两三百的差距。但，排第一个的是什么鬼?！五千分?！这还是人吗？系统出错了吧?！

再看看全球总榜，经验值破三千的都不多，就八个，两个皇洲的，两个戎洲的，奚洲、桐洲、马洲各一个，除了这七个之外，就是占据第一名宝座的延洲“再活五百年”这个头一次出现在众人视线中的陌生ID，而且硬生生将总榜第二名马洲那位全球知名金牌射击运动员甩了一千七百分！

再看看所属团队，银翼50极光？这是哪里蹦出来的？以前从未听说过！

但转头看看团队排名，银翼50极光在全球排名前一百找不到影，延洲分榜也只排到第二十八，总经验值竟然只有5,350.4！也就是说，那个排第一的奇葩，一个人扫了团队98%以上的分！

可能吗？

“绝对不可能！”

“运作的！一看就是商业团队运作的！拿钱雇人砸出来的！”

“银翼50极光？银翼的团队？靠，银翼居然闷声不响憋了个大招！”

“阴险！当真阴险至极！”

“所以说，资本就是无耻！”

“有高手在吗？说一说他们用什么手段扫出来的这么多分。”

“我不听！反正他们肯定耍了什么见不得人的手段！”

与此同时，银翼游戏部同样一片茫然。

维恩看着刷新出来的榜单，愣在那里。

旁边的员工小心凑过来，有些磕巴地问维恩：“老大，这个……是咱们公司的吗？”

“是……吧？”

网上看到延洲分榜榜单的各俱乐部的粉丝们不满了，这“再活五百年”什么来头？竟然能踩着五大俱乐部上位？

团队名字说与银翼无关别人也不相信，那么大的“银翼”两个字，想忽视都难。

不少人骂银翼耍手段，但也有些人并不觉得银翼哪里做错了，耍手段又怎么样？本就是一家商业公司，谈兴趣那就矫情了，任何手段都是奔着利益最大化去的，手段谁都耍，就看谁棋高一着。

银翼老对手，同为延洲三大娱乐公司之一的橦山实华，大老板宋实华铁青着脸摔了自己好不容易淘来的旧世纪陶瓷杯。

“我就知道他们没那么简单！”宋实华在办公室来回走动，边走边骂。

银翼之前炒过新闻，关于他们签的几个游戏明星，但炒得也不厉害，刚炒起来就被职业电竞俱乐部的新闻挤下去了。宋实华也没当回事，以为银翼也就这点能耐，只是插一脚而已，没动真格。但现在，宋实华觉得自己被骗了！

那个什么“再活五百年”的“银翼50极光”团队，才是银翼真正出的招吧？！赛前拿其他新闻打掩护，真正重要的信息一点不透露，赛后就搞一个大新闻！

玩的这一手眼熟吗？太熟了！这简直就是复制了当初极光出道的那一手！

说起来，宋实华这次已经在游戏部门加大投资，秘密签了三个工作室，又从几个不算有名但也不差的电竞俱乐部挖了人，之前也没往外透露，都是秘密进行的，就打算榜单出来之后炒一把新闻，造几个新星，从电竞这块捞些钱。

这些人也没让他失望，最高单人排名延洲榜第二十七名，团队排名要高些，第二十一名，差一点点就能挤进前二十了，前后三名分差只在个位数。这个排名已经算很不错了，至少放在以前，是压得过银翼和霓光两边的。

但现在……有什么用！跟那个总榜第一的五千分比，还真不够看，说出去指不定会被笑话！

宋实华气得发抖，将游戏部的几个负责人叫过来骂了个狗血淋头："同样是游戏部，人家银翼游戏部的维恩为什么能挖到那么厉害的人，为什么能玩手段不声不响地扫出那么高的分？你们呢？废物一群！我投那么多钱是供你们吃喝玩乐的吗？谢谢你们全家！"

与宋实华有同样想法的人也不少，那个招摇的"银翼50极光"包含的信息量太大了。

"咦？极光？这莫非跟银翼的极光项目有什么联系？"

"说不定只是为了提高银翼的虚拟偶像极光的人气，所以才用一个专业的团队和不为人知的手段，打造出了'再活五百年'这个ID，银翼这是又要造星了！他们这是要运营出一个超级ID！"

"想想也是哦，连队名都没浪费，给极光打了个广告。毫无疑问，作为一家商业公司，银翼这一手玩得真漂亮，还以为前些日子银翼推出的那几个小喽啰是主力呢，我怎么就这么天真地相信了呢？"

"银翼50极光，这队名很明显了，说的就是诞生于银翼公司五十楼虚拟项目部的虚拟偶像极光！"

"的确，上个月有传言，说火烈鸟将来会取消虚拟偶像的代言资格，不少人还想着银翼的极光这次亏大了，一旦火烈鸟撤销虚拟偶像代言，极光的游戏代言不保。没想到现在银翼就出手了！那队名明晃晃在告诉大家，代言他们不会放弃。厉害！就是不知道他们从哪里挖到的那个一小时砍五千分的神人。"

"既能给极光创造保下代言的条件，又能运作起一个超级ID，达到造星的目的，佩服佩服！"

觉得自己挖出了真相的围观群众，争相发表自己的看法。

被喷得满屏又被深度解析的极光项目组众人："……"

"发生了什么事？"祖文一脸茫然。

"我是不是还没睡醒？"罗德尼眼神恍惚。

"他们说的都好有道理，但为什么我看不明白？"付应天双眼直直地瞪着光屏。

"那说的是我们吗？咱们公司是不是还有个虚拟项目部？"章禹翻看公司各部门信息。

正说着，祖文几人的通信器都开始疯狂响起来。有来自亲朋好友的，有来自银翼其他部门员工的，但他们谁都没敢接。

虚拟项目部内部交流群里，名义上是二把手且并未参与游戏的祝珍，传达了段千吉的命令——现在开始，虚拟项目部所有员工，进入封闭模式，不得往外透露任何有关游戏的信息！至于什么时候解除封闭，等通知。

银翼游戏部。

维恩看着坐标信息一样的“银翼50极光”，脸色变幻不定，随即猛地站起身，因为动作太大，椅子与地面摩擦发出咯吱的尖锐声响，刺得牙酸。

维恩打算亲自去五十楼问问，起身快步离开，走到门口又转头朝游戏部的众人扫了一圈，厉声道：“都把嘴巴给我闭好！查出来谁往外透露消息，从严处置！”

维恩到五十楼的时候，五十楼的大门紧闭，不少人在门外晃悠，大概是想问个究竟。娱乐公司加班是常事，周末留在公司的人还是不少的，但门外的人很快就被各部门领导呵斥走了。

维恩刚出电梯就接到了段千吉的来电。

“段董，是，是，我现在刚到虚拟项目部门口……好，我明白，好的……”维恩走进虚拟项目部的时候，见段千吉直接派下的副经理祝珍守在那里，祖文等人都坐在大厅。

祖文这个老员工，维恩比较熟，他也知道这事多半祝珍也不了解，所以直接问祖文：“那个银翼50极光，是你们组的队？”

“是，队名还是我想的呢。”祖文小声道，“当时要取队名，老大没出声，我就代劳了，想着既然是我们虚拟项目部一起行动，就直接用了坐标一样的名字，银翼（传媒）50（楼）极光（项目组全部核心员工）。”

维恩看着祖文，脸色青白红都轮了一遍，嘴巴张张合合好几下，愣是没能说出什么来，深吸一口气之后，才道：“你们……你们又在搞事情啊！那个‘再活五百年’是谁？”维恩急急地问。

“那是我们老大。”

“方召?!”维恩脸上的表情很明显，那意思就是——你唬我?!

祖文同样是满脸的一言难尽：“真的！比那五千分还真！”

维恩看看其他人，罗德尼几个也是齐齐点头。

“就方召那样儿的……”就方召哪样儿？后面的说不下去了，维恩是真看不出方召有这能耐，他不是个作曲的吗？呃，好像也兼职虚拟项目制作人。但玩游戏能玩成这样，还当什么虚拟项目制作人?!

坐在一旁的左俞瞥了眼还在震惊中的维恩，垂眼不语。

“你们老大呢？”维恩问。

“老大在家，没来公司，今天周末。”

“我打他电话也没人接。”

“老大可能还没下线。”

“那你们怎么下线了？”维恩问出了心中的疑惑。

祖文扯扯嘴角：“维恩老大，说出来你可能不信，我上线没两分钟，就被一条价值零点五个经验值的鱼咬下线了。”

“那你怎么不再上线？”

“老大不让，我面壁思过呢。”

“其他人呢？”维恩不死心。

“其他人也面壁思过。”

维恩：“……”

“也就是说，方召到底怎么砍下的那五千分，你们都不知道？”维恩一激动，句末拉出了高音。

庞普颂心道：这声音，不去唱歌可惜了。

面对维恩的问题，祖文几人的回复是整齐的点头。

2S俱乐部，游戏室内。

谢赫满身大汗从游戏舱中出来，作为队长，他承担了不小的压力，尤其是最后那十分钟高强度的作战，精力高度集中造成的体能消耗无疑也是巨大的，出来的时候身上穿着的衣服全都汗湿了。出舱之后，谢赫也顾不上擦汗，挥开助理递过来的水杯，问：“排名怎么样？”

刚才还闹哄哄的游戏室，瞬间安静下来。助理和赶过来的队医一时间也不知道该说什么，每个人都脸色复杂。看大家这反应，谢赫心中顿时一咯噔，拿起旁边的手环打开保存的页面。

在下线之前，谢赫感觉自己过去的这一个小时表现还不错，有点超常发挥，说不定这次能拿下第一名。就算不是第一，第二、第三甚至第五名也不是那么难接受，但大家的反应让谢赫心生忐忑，莫非，连前五都没进？而在看清榜单上的排名以及分数之后，谢赫手一抖，价值百万的个人终端手环掉落在地。

“怎么可能……这怎么可能！”

谢赫的首席助理无奈摇了摇头：“据说是银翼游戏部与虚拟项目部合作运营的团队，那个ID的操作者到底是谁还不知道，银翼那边透露的信息很少。老板猜测，银翼这次要造星。”

“这不可能！”谢赫还是难以接受。第二名，他不觉得有什么，但这分差被拉得也太大了！对方若是只有三千多分，谢赫也就认了，五千分？到底怎么做到的?!

不管其他人怎么想，游戏不会停止，排行榜也只是刚刚刷新第一次，这场战斗才刚开始而已。

谢赫稍作休息，待队医为他检查身体补充能量之后，便再次进入游戏舱中，他就不信，第二个小时那个人还能拿下这么高的分！就算是一个运营团队合力去打造一个超级ID，总得有个时间限制，有个度吧？就算只是玩游戏，人也是会累的，精力有限，其他团队有五大俱乐部这样的底蕴和配置吗？

银翼五十楼，维恩没有再离开，而是留在五十楼守着。

为什么他说虚拟项目部这边又在搞事？出了个高手，维恩当然是高兴的，甚至在看到那个排名、看到“银翼”字眼的时候，他也是兴奋且激动的。但是，在一家商业娱乐公司，任何重大事项都是在经过策划团队安排之后才启动的。

这一年来，银翼只在两件事上显得被动，一件是去年极光突然冒出，当时极光的出道方式，打得银翼好几个部门的团队措手不及，新闻发言人对外只能笑而不语，再就是现在了。

在火烈鸟官网第一次榜单刷新之后，面对众多媒体，包括全球知名媒体针对“银翼50极光”这个团队、针对“再活五百年”这个神秘人的提问，银翼首席新闻发言人林盾，再次笑而不语。

作为游戏部门的经理，维恩现在是又惊又喜，但也得考虑公司的面子，真相肯定是不能公开的，公开会闹笑话。银翼游戏部投资打算力捧的几个小明星还没能炒起来，虚拟项目部这边就突然放了个巨响的礼炮，现在银翼的公关团队正忙着解决当下的问题。至于维恩，他要在这里继续等，他想从祖文他们这边得到第一手消息——现在能联系上方召的，也只有祖文他们几个了。

祖文他们已经再次进入游戏，方召要求他们面壁思过一小时，时间一到，他们就都迫不及待再次上线。上线之后依旧在那个仓库，左俞下线之前射杀的那些狂兽尸体已经消失。

游戏中，尸体保留一段时间就会消失。作为一款游戏，还是以娱乐为主，玩家玩游戏不是来受虐的，游戏就是在真实与虚拟之间找到那个最合适、最恰当的点。为了让玩家既能感受到那种真实的场景，又能体会到游戏的乐趣，堆积的尸体和腐臭味肯定不会太过分，一段时间之后，各种尸体都会消失。这也就是游戏中的场景显得比较“空”的原因。在真实历史中，灭世初期病死的生物太多，整座城都被腐臭笼罩，游戏中则避开了那些元素。

“老大不在啊。”祖文左右瞧了瞧，这次他不敢大意了，压低声音，小心看了看周围。

“有信息，老大留给咱们的。”罗德尼说道。游戏里面联络比较方便，同一支队伍有类似于组群的联络平台。

“让咱们自由活动，适应适应。”

“也没说他在哪。”

左俞在队伍群里问：“老板，你现在在哪里，需要支援吗？”

没有看到方召的回复。

“可能他正在忙吧。”左俞说道。

“对了左俞，之前因为有祝珍和维恩在，我没问你。当时你在我们之后才下线，知道老大是怎么回事吗？”祖文问。对祖文来说，不管是上面派下来的祝珍，还是游戏部门的维恩，都是外人，有什么秘密他们私下里再说，当着外人的面他是不会说太多的。

其他人也都疑惑地看向左俞，方召拿下榜单第一，他们的震惊并不比别人少。

左俞不知道该如何解释，只能道：“他枪法准。”左俞没提当时方召挥铁棍的那股狠劲，说多了怕吓到祖文他们。

“那我们现在怎么办？”祖文茫然，“咱们出去打怪？”

“这周围，大概暂时也没什么大的能杀了，只能捡一些小的。”左俞说道。他们被分到了城区，城区现在能找到的病变狂兽种类有限。

“难道连只老鼠都没有？”祖文纳闷。

“老鼠应该是有的，只是大概会少一点吧。中学历史生物那门课上不是说过吗，灭世时期生活在下水道的老鼠，其实染病的概率比较低，比人类还能抗病，疫苗的研制都与它们相关，反倒是那些精心照料的宠物病变的概率高一些。”

“那就找吧，看看还能找些什么。对了，楼上老大已经清理过一遍，咱们再上去看看，找点能用的工具也行。”左俞无所谓，在没等到方召的回复之前，他会带着这些人先适应适应。

“总有点拖后腿的感觉。”祖文嘀咕。

“压力很大啊。”罗德尼也说道。

他们还是第一次碰到这种情况。本打算在游戏里罩着方召，没想到现在反过来了，他们都成了队伍中拖后腿的。

站在一旁的左俞面无表情，心想：你们压力大？有我大吗？你们只是在游戏里压力大，我在游戏和现实中压力都大！

《世纪之战》开放两小时，第二次榜单刷新。

维恩早就守在光屏前等着了。第二次榜单刷新之后，延洲大区两个榜单，排名没太大的变化，团队榜仍然是五大电竞俱乐部霸占前几名，单人榜的排名也没变，但第一名与第二名之间的分差，拉得更开了。

排第一的“再活五百年”，经验值15,377.6，排第二的谢赫6,018.3，全球榜排第二的马洲那位职业射击手马希尔8,195.5。

难以置信的分差！看到这个排名的维恩，忍不住猛吸了一口气，狂喜，激动，难得还有一种不知所措的情绪，一时间竟然保持着盯光屏的姿势，只是桌下握紧的双拳在颤抖着。他知道，他们游戏部的机遇来了！

而网络上已经再次炸开锅，第二次榜单刷新之后，很多人都吓傻了——之前还质疑为什么他能在一个小时之内砍下五千分，第二个小时人家直接砍了一万分！

马洲那位在第二个小时升级装备之后拿下了四千多分，但要跟“再活五百年”比，还真比不了。

“这，这，这真是人能做到的？”

“一万五千分！一小时一万分！怎么拿下来的？！杀疯了吧？”

“这到底在延洲哪个区？我要去围观！”

还有人直接花钱在延洲大区买了道具，大区内的人都能听到、看到他发的那条消息：“谁知道‘再活五百年’在哪个区？一千块悬赏！私信现转！”

这样的消息不止一条，可能是某土豪，也可能是某娱乐媒体，又或者是某电竞俱乐部的人披着马甲去套消息。但不管这些人怎么嚷嚷，都没人能确定“再活五百年”在哪个区，分区是在登录游戏之后，进入地图时随机分配的，而“银翼50极光”团队公开的信息有限，除了一个队名，其他的什么都看不到。

祖文没跟其他人联系，被咬下线之后，也没好意思告诉他的朋友们，再说大部分他认识的都在线上玩得起劲，像他这样刚上线没多久就被一条鱼给咬下线的情况实在是少数。队伍中的其他人也是同样的情况，当时与自己的同学好友们联系得少，就导致了现在的情况，没人知道“银翼50极光”这个团队到底有哪些人，现在在哪个区。

分析师们给出了他们的猜测，单人拿下那么多分，动静不可能小，总会有人察觉的；但延洲大区之下有一百个小区域地图，出现大动静的也不少，排除最不可能的那几个大俱乐部所在的区，还有好几个看着都像。挨个筛选，最后筛选出了七个区，这七个区中，有的区也有职业电竞俱乐部存在。但谁又能确定，银翼有没有与那些俱乐部或者私人团队合作？

79区也在怀疑对象之列。79区的玩家都很郁闷，他们这区出了个抢怪狂魔，也可能是个抢怪团队。但对方是谁还不清楚，毕竟看不到ID；对方有几个人也不清楚，因为很多时候根本看不到人。

《世纪之战》开放四小时，79区南被扫。

《世纪之战》开放八小时，79区东被扫。

《世纪之战》开放十二小时，79区西被扫。

可能因为很多人已经适应了游戏，装备也都想办法升级起来了，一些有财力的玩家都从专门卖游戏装备的团队那里买到了装备，大家的装备水平都提高了，榜单排名靠前的那些人能靠杀怪抢到的分也就变少了。但不管怎样，连续十二个小时霸占全球单人总榜第一的“再活五百年”，每一次榜单刷新，分值都会增加七千到一万分，不仅没被后面的追近，反而将后面的越甩越远。

各区的游戏玩家们不满了。

“我不信！肯定是哪里出问题了！”

“开挂了吧！”

“已投诉！”

“强烈要求彻查！”

火烈鸟今天接到投诉太多，以前没谁敢质疑火烈鸟出的游戏，外挂这种词说出来都是对火烈鸟技术团队的侮辱；但这一次不同，火烈鸟的技术团队难得在面对这些质疑声的时候没甩脸色，还公开发布了一份声明：“经调查，无异常。”

火烈鸟的“无异常”三个字就是告诉大家，没有外挂，也没有代练，真就是人家一个人拿下的这么多分！

与其他人关注点不同的是延洲79区这边，79区的人要哭了，倒不是说那地方所有的病变生物都被清扫干净了，但只要是枪声扫过的地方，街道上和所有并不封闭的建筑物内，像是被筛子筛过一样，大个儿的、稍微明显一点的，都被筛走了大半，感染者都没看到几个。街上，能看到的跑动的大一些的病变狂兽，少得可怜，真的像是被清洁工清理过一样。一些埋伏着等着狙击猎物的人，半小时都等不来一只。

有财力却技艺不精的玩家，明白自己实力有限，一开始登录游戏之后也没到处晃悠，就在附近熟悉一下游戏操作，等时间差不多了，便下线去找那些卖装备的工作室或者团队。他们是没实力去打怪拿积分和经验值的，没积分就不能兑换更多的东西，所以只能到线下找人买。

十二个小时，半天时间，发生了很多事情。

卖装备的人，用团队打下的积分兑换装备，在外猎杀怪物时也会偶然捡到枪械，这些他们都能标价卖给别人，约个地点之后交货，或者买主给出游戏中的坐标，他们找过去送装备。专搞攻略的团队也都给出了花半天时间整理出来的“秘籍”。

但当那些玩家买好了装备、看完了攻略，全副武装准备大干一场的时候，上线却发现，周围空了许多。

一只怪都看不到，你让我打毛?！鬼知道下一波怪什么时候来？小怪？小怪看不上！

这种“身怀绝世武学，却无用武之地”的憋屈感，相当难受！

第20章 CHAPTER 20

# 银翼游戏部

延洲齐安市，人气媒体《燎原火》的主编办公室。

钱承看着手下人的汇报，思索半晌:“是79区吗?”

“不知道，还没法确定，其他几个区也没有明确表示不是。”过来汇报调查进展的员工回答道。

钱承坐在办公椅上，脸上虽然没有什么明显的表情变化，但敲桌子的手指却大力了很多。

一名《燎原火》的员工愤愤道:“问他们队名也不直接说，遮遮掩掩！就是蹭热度!”

他们很气愤，筛选出来的那几个可疑的区，他们都安排人过去了，还找了几个俱乐部询问，但那几个区的俱乐部或者团队，有些直接回答“不是”，有些则闪烁其词，并没有明确表态，事后就立马炒新闻吸引关注，这些手段他们看不上眼，但也的确不能排除是那些人的可能性。

之前钱承想着，只要盯着看哪支队伍只有一个人在狂杀，或者队内其他人都在为一个人创造猎杀条件，那肯定就是他们要找的目标。但很快,“银翼50极光”团队其他队员的分也开始拉升了，所以现在还真不好判断。

十二个小时过去了,《世纪之战》经验值全球总榜单人第一的归属，一直都没变过，前十也没有太大的变化，但分差依旧在持续拉大。

至于被大家热议的方召本人，根本就没去在意其他人的反应，屏蔽了区域消息，队内消息也没有查看。他不断地射击，换弹匣，射击，兑子弹，射击……抛开其他情绪，他只想着在这场游戏里面好好发泄而已。当感觉差不多了，方召才停手，查看队内消息，没什么太重要的事，报了个平安之后就下线了。

方召大汗淋漓地从游戏舱中出来，身上的衣服都已经湿透，不用扭都能看到一滴滴汗水从衣服上滴落，精神和身体都相当疲惫。

方召并不像其他人想的一小时休息一次，或者几小时休息一次，而是连续十二个小时不停猎杀，中间根本就没有休息过！

这是一次彻底的发泄！明明已经很累，但眼底却闪动着异样的光芒。

爽！轻松！那种感觉，就像是持续的灰霾天气之后降了一场大雨，清新无比！

方召深呼吸，这是自重生以来，最轻松的一刻！不需要靠脑内BGM去调节，不需要刻意去压制，那种沉甸甸的压抑的情绪，消散了不少，真正的由内至外的轻松感！

当然，除了疲惫感之外，还有饥饿感。如果不是这具身体体质增强了很多，换个人可能早已经累晕或者饿晕过去。

延洲所在时区已经下午六点多了。喝杯高能量的饮料缓缓，冲了个澡，将储存的压缩食物解压之后，方召一边享用晚餐，一边看着手环里面的消息。

手环显示来电近百个，吓了方召一跳，还以为发生了什么大事，看了留言，才了解原因。他之前并不关注排行榜，那在他看来还真不算大事，所以事先根本就没去想排名。当时只想着将心底那股压抑许久的戾气发泄出来，抛开了其他情绪，倒是没想到会造成眼下的局面。

全球总榜单人榜第一？正看着，手环有来电显示。不是段千吉，而是游戏部部门经理维恩。维恩从早上等到现在，才等到方召下线！

因为之前方召一直没下线，银翼这边搞不清状况，没跟方召沟通，也不敢往外乱放消息，所以在外面的人看来，银翼似乎、大概、应该是在酝酿什么大事件，以至于一些娱乐圈的资深分析人士都无奈摇头："看不懂，也猜不到银翼到底要搞什么。"

"方召，你终于下线了！"那边维恩语气相当激动，一激动，句末就不自觉飙高音。

方召将手环拿远了些，才回了个："嗯，有事？"

"你知道你现在排总榜第一吗?!"

"刚知道。"

维恩耳力多好，他听出了方召语气轻松，心情应该是高兴的，还以为方召是因为总榜第一而高兴。

"那你……接下来有什么打算？"维恩小心问道。

"没什么打算。"方召玩游戏的目的就只是发泄心中压制许久的戾气而已，目的达到了，其他就无关紧要了，接下来怎么玩，看心情。

维恩使劲挥了两下拳头，稳了稳语气，才道："有没有兴趣合作一把？"维恩将自己的打算说了说，他是想动用公司的资源，将方召捧起来，打造一颗游戏界超级新星。只要方召同意，他们游戏部这次就能崛起，他已经看到了光明的前景！

"没兴趣。"方召道。

"……别这么快拒绝啊，合作对大家都有好处，要不这样，你玩了这么长时间的游戏，肯定累了，你先休息，好好考虑一下我的提议。"

断开通话之后，维恩立马联系段千吉，他说服不了方召，只能找这位银翼大老板出面了。

其他公司要是知道那个“再活五百年”就是方召，肯定会花重金从他们这里挖人的！

今天已经有好几家公司公开表示他们愿意花重金从银翼挖走“再活五百年”了，还说违约金他们付！不止延洲的公司，还有其他各洲的！

但其他人不知道，银翼跟方召签的合同，可一点没提过游戏这方面，方召如果是作为一个游戏玩家跟其他公司签约，并不算违反协议。

于是，在挂断与维恩的通话之后，一分钟不到，方召又接到了段千吉的来电。坦白讲，段千吉给方召的待遇还是很好的，对于这位公司老板，方召愿意给点面子。

意料之中，段千吉再次劝说方召跟游戏部门合作，有什么条件可以提，明天请他去公司一趟，大家好好商量。不仅是维恩，段千吉也不想放过这大好的机会。

通话结束之后，方召没立刻上线，而是去翻了翻火烈鸟官网《世纪之战》的游戏论坛，果然有很多人在说今天排行榜的事情。看了几眼，方召便换到延洲大区这边，众俱乐部的宣传团队已经出手了，靠前的热门消息，大多是与那几个俱乐部相关的。

方召进入79区，看看79区有什么重大新闻，之前玩游戏的时候把区域消息都屏蔽了，所以很多都不知道。果然，都在讨论79区东、西、南三面被人扫荡的事情。方召想了想，觉得这些人说的好像是他，又翻了一些帖子，确定说的就是他。

正好这时，一条用道具置顶的帖子出现：

**那位不知名的扫了本区东、西、南三面的大神！枪下留情！79区北求放过啊！我们还只是学生！**

如果是真实的灭世纪，可能巴不得有人去清扫一个区域，但这毕竟是游戏。方召反思了一下自己的行为，的确不太妥当，有点欺负小孩的感觉，他扫完之后，别人就没得玩了。

想明白了，方召用自己玩游戏时注册的账号登录，在那学生发起的帖子下方回复了。

**【再活五百年】：好。**

下一刻，帖内的回复瞬间呈爆炸式增加。

“……”

“这ID……”

“我靠！”

“我看到了什么?!”

“总榜第一竟然真的在我们区?!”

“他就是那个狂扫79区东、南、西三面的神秘抢怪狂魔?!”

发帖的那位正在读大学的学生，刚跟几个同学从别人手里买了装备，子弹枪械都买了不少，打算好好玩一场，看到79区东、西、南三面的情况之后，才发了那个帖子，他也没想到，自己一个帖炸出了这位大神。

出现了，79区！

媒体像是闻到了腥味的猫，往79区涌过去。初次登录没随机分配到79区的，就买79区的号，79区专门卖号的团队也没想到，第一天生意就这么好！

然而，当晚涌到79区的人没守到想要采访的目标，倒是与79区西接壤的78区东，出现了密集的枪声。

78区众人："……"有句脏话不知当讲不当讲。

"再活五百年"暴露之后，79区各处都布满了媒体的眼线，有些是抓新闻的记者，有些是收钱帮人盯梢的玩家。

奉命守在79区的人正瑟瑟发抖，玩游戏不是他们的强项，耍嘴皮子和偷拍、堵人才是他们的人生追求啊！所以，拿到79区的账号登录之后，他们就都找地方窝着，他们不是来这里打怪的，是来守人的！

同一家公司的人正跟自己的同伴联系。

"你们那边有情况吗？"

"没有，我待的地方，外面几个玩家正跟一只不知道从哪儿蹦出来的怪物战着……我在想能不能捡个便宜，说不定能捞点分……"

"别想了，就你那射击水平，还是别冒那个险，我这边刚有个人也想着趁机玩一把，不到五分钟丢三条命，下线挨骂去了，估计这次得扣工资。"

"……那我还是等着吧。"

"这游戏也太吓人了，有点害怕。"一个很少玩游戏的记者说道。他以前是报道美食和人文风情的，玩的是文艺小清新，今天公司游戏娱乐版块这边缺人，他正好有时间，被临时抽调过来蹲点，看能不能等到那个神秘的"再活五百年"，听说如果运气好守到了，就能加薪。任务听着很简单，他就接了，没想到一登录游戏，看到那些重口味的灭世纪怪物之后，差点叫出声，现在腿还软着。

"那是你胆子小，玩多了这类，习惯就好。"

"天……天都黑了！那个什么'再活五百年'不睡觉的吗？"

"你见哪个玩游戏的睡这么早？等着吧，他肯定不会这么早就下线的，顶多去休息一会儿就会再上线。别管其他，听枪声就行。"

"夜晚会不会有什么东西跑出来？我还没用过枪，以前服役时没接触过枪械。"

"没事，窝在一个安全的地方等着，关好门窗，别出去也别乱叫，肯定没事。"

夜晚也出来了一些其他类别的病变狂兽，只是光线太暗，有夜视镜装备的玩家还好些，没那类装备的，很多时候根本什么都没来得及看清，就挂了。

记者们守着一处觉得安全的地方，压根不敢出去，只是支着耳朵听，有没有信息上说的那种枪声。但是枪声没听到，倒是总听到一些怪异的兽吼和人的惨叫声，神经传递的刺激感，让他们感觉后背都凉飕飕的。

夜晚的游戏难度要大很多，一不小心就会丢了命，所以很多玩家直接下线了，比起白天，玩家数量要少很多，但也不是没有，有些人就喜欢这种比较刺激的环境。

有的洲这时候是白天，游戏中对应的大区也是白昼，这就使得一些原本排名靠后的人，趁白昼开始疯狂扫分，排名不断往前冲。不过，总榜前十还是没太大变化。

正如很多人知道的，所在时区已经进入黑夜的玩家们，就算不适应黑夜环境而下线，也没有去睡觉，而是在关注游戏相关的消息。有些人忙着买装备，有些人忙着背攻略，等着明天再战，还有些人在看八卦新闻。

“我靠！他怎么还在扫分！”

“那个‘再活五百年’又上线了？”

“刚去问了我表弟的同学延洲那边的亲戚的邻居，延洲79区好像也没听到什么动静。”

“废话，79区当然没动静！人跑78区去了！”

果然，很快就有一条新闻出现，附区域消息截图，是延洲78区那边的人发布的。

“78区东被扫了！听枪声，疑似‘再活五百年’出现！”

“他怎么来我们区了？欺负我们78区没高手是吧?！他怎么不去80区?!”

80区的人立马回应:“我们80区人多怪少路还不好走，真的，那位大神，求您别来了！”

延洲大区现已开放一百个区域地图，由于灭世时期很多地方的地名都已经模糊，所以在游戏中直接以序号分区，而79区与78区、80区，在地图上的位置是挨着的。

又过了一会儿，守79区的人都收到了各自老板的指示:“先撤。”

“今晚不守了?”蹲守79区的记者询问同伴。

“不守了，人都去78区了，还守什么啊。”

“那不是白守了几个小时?”

“谁有78区的号？咱去那边看看。”

79区记者们接到命令之后就接连撤离，有些人去买78区的号，他们可不敢单枪匹马从79区跑到78区去，这途中可能遇到的危险够他们死百来遍了。他们的职业是记者，不是玩游戏的。

78区卖号的卖装备的人，原本已经打算下线休息，一听“再活五百年”跑他们78区来了，立马惊醒，不是恐慌，而是兴奋，这意味着会有更多的人跑到78区这边来，他们的装备能涨价了！赚了赚了！

同之前79区的情况一样，蹲守78区的记者也多了起来，连外洲的媒体也托人过来蹲点，在排行榜上见到那位大晚上还在活跃，都起了好奇心，想着说不定晚上能守个大新闻。

然而，当这些人涌到78区蹲点的时候，方召下线了。

夜间环境消耗的精神和体力都比白天要多得多，稍不注意就容易受伤甚至死亡，再加上白天他玩的时间就长了些，下午也就吃饭的时间休息了一会儿，现在又是五个小时下来，太累了。

冲了个澡吃了点东西，翻翻新闻，方召便躺床上睡了。这大概是他重生以来第一次高质量的睡眠，轻松入睡。

然而，78区蹲点的记者们，还窝在黑暗的角落里支着耳朵听着外面的兽吼瑟瑟发抖，直到他们收到上头的指示撤离。

这个夜晚无疑是不平静的，玩家们在兴奋地讨论这第一天的收获，分享各自的经验和趣事，粉丝们忙着关注各家俱乐部的明星，媒体也格外活跃，今年延洲出了个牛人，不是五大俱乐部的，而是银翼这家娱乐公司的。对于那位“再活五百年”究竟是谁，各方都有猜测，暂无定论，不过无所谓，不管是谁，够他们炒新闻了。

次日，左俞一大早就过来接方召。作为方召的司机兼保镖，他得履行自己的职责，他觉得自己可能也就“司机”这个用处了，不好好表现的话，说不准什么时候就会被辞退。左俞还是很喜欢这份工作的，事不多，薪酬高，就是心理压力大点，老板比自己还有能耐，总感觉钱拿得有点心虚。

再次见到方召，左俞心情很复杂，以前那点优越感荡然无存，面对方召时也不像以前那么随意嬉闹了，同其他大部分保镖同行一样，带着恭敬。他也好奇方召到底怎么拿下的那么多分，但方召不说，他也不能问，反正以后肯定有机会知道。

左俞说了昨天维恩跑到虚拟项目部的事情，问：“老板，你要和游戏部那边合作？”

“看情况。”方召今天过去就是为了这件事，他要先看看银翼的打算，以及提出的条件，如果条件能令他满意，他也不介意配合银翼玩一场，反正闲着也是闲着。

“对了，有个问题问你。”方召道。

“您说。”左俞闻言不自觉坐直。老板提问，不能不认真对待。

“这类游戏，军警人员玩得多吗？”方召问。

“这个啊，其实军警部队的人玩得少，玩也是当练习玩玩，能玩的时间不多，也不会玩得那么拼。玩得多玩得拼的，除了职业电竞选手，就是那些运动员了，马洲的那位，榜单上排您下面那个第二的，就是射击运动员。”见方召对这个话题有兴趣，左俞便继续解释，“其实这也不难理解，打个比方吧，牧洲那边的牧羊犬和警犬您知道的，牧洲人训练警犬，从来不用训练牧羊犬的方式，也不会让它们参与牧羊犬的比赛，牧羊犬也不会用警犬的方式饲养。军犬和警犬接受的训练与牧羊犬不同，如果有一天，一只警犬适应了牧羊比赛，牧洲人不会再将它当成一只警犬，因为它已经不适合了。”

也不知道是在解释给方召听，还是说给自己听，左俞声音有些低沉：“如果习惯了游戏中的心态，在真正执行任务的时候，是会丢命的。”

说完左俞从后视镜看了看方召的反应，方召只是看着车窗外，像是在想什么，脸上看不出有什么情绪，也不知道听没听懂他的话。

靠近银翼大楼时，左俞说道:“今天银翼那边蹲守的人比较多，咱们走另一个门进楼。”

出了“再活五百年”和“银翼50极光”的事情，银翼大楼外徘徊的记者比较多，今天左俞开的车都不是以前经常用的那辆，而是一辆更低调的车，进大楼走的也是另一个不常用的通道。银翼五十楼的大门已经紧闭，就怕打开时一不小心让外面的人挤进去了。

方召乘坐电梯到五十楼，出电梯就发现电梯门口站了五个人，胸前都戴着银翼游戏部员工工牌；五人中有三个方召见过，当初去影视部门的时候在电梯里碰到过一次，另外两人不认识，方召猜想应该是游戏部那边另外签约的。

正打算问这五个人站在这里干什么，就见五人齐齐看过来，五双眼睛像是突然看到了发光的金子，然后像是训练好的一样，朝着方召鞠躬:“老大好!”

方召:“……”看了看周围，是五十楼，没走错啊。

“哎哎，别乱喊，叫谁老大呢，也不看看地方!”正打算去公司小食堂弄点东西吃的祖文，一出门就看到电梯门口的这一幕，顿时怒了。竟然在我们虚拟项目部的大门口，挖我们部门的镇宅墙脚?!被你们挖走了我们部门的人喝西北风去啊?!

“滚滚滚，回你们游戏部去!”祖文连连甩手，对那五人没什么好脸色，转头又狗腿地跑过来，对方召道，“老大，别理他们，咱们进去再说。”

然而，那五个人像是粘在后面一样，跟着方召走进虚拟项目部，祖文挤都没将人挤走。

“维恩说的，我们以后跟着你混。”一个爆炸头的小年轻对方召道。

他们上一次见到方召还是刚被召回公司的时候，去影视部那边时在电梯里见过，但是那时候他们也没放在心上，毕竟方召跟他们专业不同，部门不同。谁能想到现在这种情况?

游戏开放第一天，维恩给他们定过指标，他们刷分刷得累成狗，从游戏舱出来的时候，看到自己的成绩有些得意，又有些忐忑。得意是因为他们觉得自己做得还行，那分值对他们而言已经算高的了，如果让他们再来一次，未必能做到这样；而忐忑是因为排名不是很理想，他们都是二十出头的人，五人中年纪最大的也只有二十八岁，这还是他们第一次深刻感受到榜单竞争的激烈，明明自己都铆足了劲表现，排名却仍旧上不去，一个不慎就被甩老远。

本想着下线之后会不会受到维恩的表扬或者批评，可出来时只有安排给他们的助理在等着，维恩的面都没见到。游戏部的其他人反应也很古怪，像是兴奋激动，又像是在遗憾什么，他们五个也没能从部门的人口中问到原因，得到的答复只是让他们尽力就好。

排行榜上的那个“银翼50极光”，和自榜单刷新之后就一直霸占单人榜第一名宝座的“再活五百年”，确实勾起了他们的好奇心，他们都猜想，银翼游戏部是不是像外面传的那样，除了他们五个之外，还跟虚拟项目部的人合作，签了其他人？组建了另一支队伍?

他们五个在晚上才见到维恩，从维恩口中得知真相的那一刻，吓得下巴都快掉地上，脑子一片空白，不知道该做何反应。

方召？那个作曲的，虚拟项目部的老大？完全看不出来！

维恩给他们上了一晚上的课，并给他们下了新的指示。掌管游戏部这些年，维恩也是有手段的，他并不是优柔寡断的人，所以在做出决定之后，就放弃了原本的计划，没让这五人再上线，而是准备让他们注册新账号加入“银翼50极光”这个团队，进79区。第一天的努力说丢就丢，换成其他人，还真没这么果断。

不过，维恩就算有再多的想法，还是得先取得方召的同意。所以，一大早五人就跑过来守着了，带着一种忐忑又迫切的心情，见到方召的时候，仿佛看到了那盏一直仰望的明灯。

方召止住还欲说什么的五人：“先别忙着喊，带不带你们还没决定。”

查看了段千吉发来的信息，方召走进电梯上顶楼。顶楼段千吉的办公室内，段千吉和维恩已经坐在那里，还有一个游戏部门的副经理坐在旁边。

见到方召，维恩脸上顿时露出一个大大的笑容，像是见到了分别多年的亲人，恨不得过去紧紧拥抱一下。

段千吉的助理、秘书都退出去了，只有他们四个，不用担心重要的决策泄露。段千吉也没有绕圈子，将她和维恩商议的两个方案说了。

第一个方案，如外界想的那样，全力打造一个超级新星，让“再活五百年”这个ID成为超级ID，动用整个游戏部门所有的资源，为方召提供助力。一旦实施，方召将成为银翼创建以来，第一个在游戏圈占据一席之地的实力派超人气明星。

不过，方召对此并没有什么兴趣，昨天跟维恩通话的时候他就拒绝过一次，真那样的话，就意味着他只能按照公司安排的路线和目标走，没有多少自主权。打造明星什么的无所谓，他又不靠这个讨生活。

听到方召再次拒绝，段千吉和维恩难免有些遗憾，毕竟对他们而言，现阶段这个方案是最保险也是最简单的，还能收获不少利益。但方召没以电竞选手的身份跟公司签约，还真没法强迫。

“知道你会拒绝，所以，我们商量出了第二个方案。”维恩将他的想法说出来。他们的意思是，既然方召不同意第一个方案，那大家可以试试合作，银翼另外聘请方召为游戏部这边带几个人。他们签下那五个人本来就是有目的的，原本的计划就是将五人捧起来，打造成五个游戏明星。

方召闻言沉默了一会儿，问：“你们的意思是，只想捧五个不高不低的游戏明星起来？”

段千吉和维恩多厉害的人，听方召这么一问，就知道方召肯定有别的想法。

“你有什么建议？”

“建议谈不上。我看过你传给我的那五个人的信息，包括昨天游戏中的表现，想让他们单人分值提升，并不容易。”方召道。

“可以跟那些职业辅助的工作室合作。”维恩道。他说的就是那种帮忙弄装备、帮忙引怪、帮忙控制怪物给雇主猎杀，从而让雇主提高分值，一条龙服务的工作室和团队。之前维恩就是跟一个工作室合作，给签约的那五个人刷分的，可惜加辅助也比不上方召一个人扫的，连人家的五分之一都不到。

“我的队伍，没有那种工作室。”方召毫不留情拒绝。

“如果不用工作室，单靠你们几个人达不到要求。想要只靠自己团队提高分值的话，不是我泼冷水，虽然我对这方面不算了解，但也知道，五个人，太少了。就算加上你，别说与那五大电竞豪门争，连二线的俱乐部也争不过。祖文他们都是业余的，而且平日里还有其他工作，不能算在内。”维恩分析。

“那就再招人，”方召对于维恩的质疑并不着急，继续说道，“你们之前也说过，会盯着一些苗子，看着不错的就签过来。”

“你想得简单，不是我打击你，那些优质目标都看不上咱们，我自己就整理过一份名单，发过去的邀请，一个都没回复，你要是不相信，你可以试试……”话还没说完，维恩突然顿住，眼睛猛然睁大，像是想到了什么关键因素，搁在椅子扶手上的拳头使劲握了握，呼吸都突然停了一瞬。

报高价不是签不到人，只是签不到维恩满意的那些罢了，是他没能力将那些优质的选手挖过来。自己有几斤几两，维恩还是知道的，对于游戏圈内很多职业玩家而言，他还真不算什么。

维恩？他是哪位？这是很多游戏玩家看到这个名字会有的反应。这也是为什么维恩发出去那么多邀请，得到的回复却少得可怜，很多人就连一个简单的拒绝的回应也懒得给。真正的无视！

不过对此维恩也能理解，银翼作为一家娱乐公司，对电竞这方面涉及较少，重心在影视等方面，所以在很多人眼中，银翼和其他娱乐公司一样，就只是看着游戏行业有利可图，过来玩票而已。有野心的职业玩家，一般都不会考虑这种娱乐公司。以前也有不少例子，有人被娱乐公司高价从俱乐部挖走，就那么短暂明亮了一段时间，再之后，星途暗淡，圈内再也没人提起。

所以，作为一家综合性娱乐公司的游戏部的经理，维恩想去挖看中的目标人物，难度相当大。

但方召不同！总榜第一的位子仍旧被“再活五百年”占着呢！职业玩家谁不知道这个ID？而且，方召似乎还能继续保持下去？

办公室里没人说话，只有维恩越来越重的呼吸声。

“等等！”维恩急匆匆地打开自己的公文包，将里面的一份文件拿出来，郑重道，“这份名单，请一定看看！”

将那份名单递给方召的时候，维恩的手都在抖。

这份名单是维恩这三年来总结的成果，早从三年前开始他就陆续向这些人发出邀约了，可惜，这些人都不答复他，一个都没能挖过来。名单上的那些人，尤其是靠前的那些人，挖过来哪个都能搞个大新闻，挖三个就能稳稳霸占最近竞争激烈的头条！挖五个……挖五个过来，他们游戏部就起飞了！

将名单递给方召之后，维恩看着方召的反应，本以为方召会惊叹一下，谁知方召只是扫了一眼，问："只有本洲的？"

"你……你还想……挖外洲的？！"

"有没有？"方召问。

"没有，不过我可以现在就开始留意！"维恩赶紧表态。

"我先看看这些名单。先说好，我的队伍我做主。"

"这个……毕竟是公司投资的项目……"维恩犯难。没法掌控在自己手中，总觉得不安心哪。

"那行，你们找别人吧。"方召放下名单就准备走人。

"哎，年轻人，别这么激动，我也没说不可以啊！"维恩赶紧将方召拉过来坐下，将那份名单再次塞到方召手中。

维恩从顶楼回到游戏部门的时候，走路都打飘。

"老大，谈成了？"游戏部的人紧张问道。

维恩脸上梦幻般的兴奋神色收敛些许，摆出部门经理的威严，清了清嗓子："嗯。"随即想到刚才脑中浮现的未来美好画面，嘴巴又忍不住咧开。

"咳，最近大家都认真点，嘴巴紧些，知道吗？咱们游戏部，说不定真要崛起了！"维恩叮嘱道。

"知——道——了！"游戏部的人齐声应道。

维恩没有透露太多，他倒是想跟部门的人明说，提振一下士气，但又担心方召挖不来人，到时候面子上就不太好看了，所以，维恩打算还是先忍着，等方召那边确定能挖到几个人了再说。

是的，最后维恩和段千吉还是同意了方召的条件，既然是让方召带队，决定权就给方召吧，只要方召能将人挖过来就行。

维恩同样是一个商人，任何决策都离不开利益，就算事情脱离了他的掌控，只要有利可图，方召的那些条件他都愿意答应，这可是一次千载难逢的好机会！

▶未完待续◀

**图书在版编目（CIP）数据**

未来天王. 2 / 陈词懒调著. — 广州：羊城晚报出版社, 2020.4
ISBN 978-7-5543-0810-3

Ⅰ. ①未… Ⅱ. ①陈… Ⅲ. ①长篇小说—中国—当代
Ⅳ. ①I247.5

中国版本图书馆CIP数据核字(2020)第004124号

# 未来天王 2

WEILAI TIANWANG 2

**责任编辑** 黄初镇　张灵舒
**特约编辑** 曹　杰　莫莉婧　李可欣
**责任技编** 张广生
**装帧设计** 罗智超　黄学敏
**责任校对** 杨　群
**出版发行** 羊城晚报出版社
（广州市天河区黄埔大道中309号羊城创意产业园3-13B　邮编：510665）
发行部电话：（020）87133824
**出 版 人** 吴　江
**经　　销** 广东新华发行集团股份有限公司
**印　　刷** 恒美印务（广州）有限公司
**规　　格** 787毫米×1092毫米　1/16　印张 14.5　字数 210千
**版　　次** 2020年4月第1版　2020年4月第1次印刷
**书　　号** ISBN 978-7-5543-0810-3
**定　　价** 49.00元